EX LIBRIS

Die drei !!!

Die drei !!!

Petra Steckelmann
Mira Sol

Die drei !!!

1, 2, 3 – Sommer!

Kosmos

Umschlagillustration von Ina Biber, München
Umschlaggestaltung von Friedhelm Steinen-Broo, eSTUDIO CALAMAR

MIX
Papier aus verantwortungsvollen Quellen
FSC® C014496
FSC
www.fsc.org

Gedruckt auf chlorfrei gebleichtem Papier

ISBN 978-3-440-15366-6
Redaktion: Natalie Friedrich
Produktion: DOPPELPUNKT, Stuttgart
Satz: DOPPELPUNKT, Stuttgart
Druck und Bindung: GGP Media GmbH, Pößneck
Printed in Germany/Imprimé en Allemagne

1, 2, 3 – Sommer!

Skandal auf der Rennbahn 7

Jagd im Untergrund 147

Petra Steckelmann

Die drei !!!

Skandal auf der Rennbahn

Die drei !!!

Skandal auf der Rennbahn

Albtraumferien?	9
England, wir kommen!	21
Verdächtiger Geruch	32
Herzensangelegenheiten	42
Franzi auf Abwegen	52
Ein neuer Fall?	62
Franzi in der Klemme	70
Gut kombiniert, Kim	78
Geglückte Rettung	86
Jetzt kommt Licht ins Dunkel	95
Die drei !!! starten durch	103
Marie in Rage	119
Ein mieser Betrüger	125
Federwolkenleichte Küsse	136

Albtraumferien?

Franzi sah Kim schon von Weitem an, dass sie etwas bedrückte. Sie ging mit hängenden Schultern auf das *Café Lomo* zu. Franzi legte einen Zahn zu und sauste mit ihren Inlineskates direkt auf Kim zu. Als Kim gerade die Tür öffnete, rief Franzi ihr zu:
»Hey, Kim, was ist denn mit dir passiert? Haben dir Ben und Lukas Steine in die Tasche gepackt? Oder noch schlimmer: stinkende Kröten?«
So ganz unwahrscheinlich war das noch nicht mal. Bei all den verrückten Sachen, die die beiden 10-jährigen Zwillinge schon angestellt hatten, wäre auch das möglich gewesen. Kim zuckte zusammen, als Franzi neben ihr zum Stehen kam.
»Herrje, hast du mich erschreckt.«
»Keine Steine in der Tasche, stimmt's? Los, erzähl schon! Was ist Schreckliches passiert, dass du so ins *Lomo* schleichst?«
»Ach«, winkte Kim ab. »Lass mich erst einmal einen *Kakao Spezial* trinken. Unser Lieblingsgetränk zaubert bestimmt in null Komma nichts ein Lächeln auf meine Lippen. Und wenn das nichts hilft, tut es bestimmt ein Dutzend Muffins.«
Dass Kim Süßem nicht widerstehen konnte, wusste Franzi. Aber musste es gleich ein Dutzend sein? Sonst brauchte Kim nur dann besonders viel Nervennahrung, wenn ein Fall zu lösen war. Aber der Detektivclub, den Kim ins Leben gerufen hatte, hatte schon seit ein paar Wochen keinen Fall mehr.

Ob das an Kims Nerven zerrte? Dass kein neuer Fall für die drei !!! in Sicht war? Und das so kurz vor den Sommerferien.

Kim steuerte ihren Stammplatz, das Sofa in der Ecke, an und kauerte sich seufzend in die Polster.
Franzi ließ sich lässig neben Kim aufs Sofa fallen, zog ihre Inlineskates aus und schlüpfte in ihre Turnschuhe.
»Für mich auch einen *Kakao Spezial*, bitte«, nuschelte sie der Kellnerin zu, während sie die Schuhe zuband.

»Findet die Sitzung heute unter dem Tisch statt?«, fragte Marie, die jetzt ebenfalls im *Café Lomo* auftauchte. Sie beugte sich zu Franzi und zwinkerte ihr zu. Ihre langen blonden Haare hielt sie elegant mit den Fingerspitzen zurück, damit diese nicht wie ein Vorhang vor ihr Gesicht fielen.
Franzi starrte auf Maries Schuhe. Wow, dachte sie, die sehen mehr als unbequem aus. Dann rappelte sie sich hoch und staunte noch mehr.
»Marie«, hauchte sie und hielt sich die Hand vor den Mund. Sonst hätte sie auf der Stelle losgekichert.
»Gefällt dir mein neuer Lidschatten etwa nicht? Glaub mir, das ist *die* Trendfarbe des Sommers.«
»Schwarz ist keine Farbe«, sagte Franzi trocken. »Du siehst aus, als wärst du zu den Satanisten übergelaufen.«
»So ein Quatsch.« Marie schüttelte den Kopf, setzte sich mit übereinandergeschlagenen Beinen zu Franzi und Kim aufs Sofa und wippte lässig mit dem linken Fuß. »Keiner dieser abgedrehten Gruftis würde jemals solche Schuhe tragen.«
Stimmt, dachte Franzi. Pinkfarbene Clogs mit Efeuranken

aus schwarz funkelnden Strass-Steinen wären bestimmt nicht der letzte Schrei in der dunklen Szene. Eines musste sie Marie lassen: Egal wie schrill ihr Outfit manchmal auch war, es war nie langweilig und erfüllte stets die neusten Modestandards.
»Na, wie auch immer. Zumindest scheinen diese Clogs einen Siebenmeilenstiefelmodus zu haben. Du warst doch noch nie pünktlich!«, stichelte Franzi.
»Witzig.« Marie zog die Nase kraus. »Ich hatte ausnahmsweise mal keine Termine. Das ist alles. Schauspielunterricht war gestern, Gesangsunterricht fiel aus, weil die Lehrerin schon frühzeitig die Sommerpause eingeläutet hat, und …«
»Schon gut, schon gut.« Franzi wollte gar nichts mehr hören. Marie war pünktlich zum verabredeten Zeitpunkt erschienen und das allein sollte reichen. Es hat in der Vergangenheit eh schon genügend Diskussionen um Maries viele Aktivitäten gegeben, die sie immer wieder davon abhielten, pünktlich zu den Treffen der drei !!! zu erscheinen.
»Zurück zu dir, Kim. Was ist los? Du machst ein Gesicht wie hundert Tage Regenwetter. Jetzt mach deinem Ärger schon Luft«, forderte Franzi Kim auf.

Kim nippte an ihrem Kakao, holte tief Luft und zog dann einen Prospekt aus ihrer Tasche. Wortlos legte sie ihn auf den Tisch.
»Was ist das?«, fragten Franzi und Marie gleichzeitig.
»*Sunny Times*?«, las Marie vor und fragte noch einmal: »Was ist das?«
»Sprachferien in England. Das ist das. *Sunny Times* bietet

deutschen Schülern die Möglichkeit, auch in den Ferien die Nase in Bücher zu stecken. Toll, was?« Kims Stimme klang genervt. »Meine Mutter hat mich dazu verdonnert, weil ich in der letzten Englischarbeit eine Vier geschrieben habe.«
Nachdem Kim den letzten Englischtest vor den Sommerferien vergeigt hatte, wedelte Frau Jülich nun bei jeder passenden und unpassenden Gelegenheit mit der Broschüre des Sprachreiseunternehmens vor Kims Nase herum. Als Grundschullehrerin gingen ihr gute Noten über alles. Erfolgreicher Detektivclub hin oder her – so konnte es nicht weitergehen! Die deutlichen Worte ihrer Mutter hallten Kim jetzt noch in den Ohren.
»Ich werde meine Sommerferien also mit Unterricht verbringen«, sagte sie frustriert, nahm einen großen Schluck Kakao und nuschelte dann leise: »So was Doofes.«
»Hey, das ist doch klasse«, rief Marie überzogen fröhlich und sprang auf. »Ich komme mit! Ich konnte mich sowieso noch nicht entscheiden, was ich in den Sommerferien machen soll. Mein Vater hat vorgeschlagen, dass wir gemeinsam …«
»Marie Grevenbroich, egozentrisch wie eh und je«, unterbrach Franzi und wünschte, sie hätte sich rechtzeitig auf die Zunge gebissen. »Tut mir leid, Kim, ich wollte nicht schon wieder damit anfangen.« Sie wusste, wie sehr Kim die ewigen Sticheleien zwischen Marie und ihr auf die Nerven gingen. Zu Marie gewandt presste sie kleinlaut ein »'tschuldigung« hervor.
»Ach, ist doch egal«, winkte Marie großzügig ab. »Hey, wäre es nicht toll, wenn wir alle drei gemeinsam fahren würden?«
Kim und Franzi sahen sie verwundert an.

»Du weißt doch genau, dass meine Eltern nicht so viel Geld haben. Wovon sollen sie denn eine so teure Sprachreise bezahlen?«
Marie ignorierte sie und plapperte munter weiter. »Nicht sie sollen die Reise bezahlen, sondern du!«
»Ich?« Franzi verschluckte sich beinahe an ihrem Kakao.
»Wenn du überhaupt Lust hast, die Ferien mit Kim und mir am Strand in England zu verbringen!« Freundschaftlich legte Marie den Arm um Franzi und sah sie aufmunternd an.
»Ferien auf der Schulbank!«, erinnerte Kim und verdrehte die Augen.
»Ach, das bisschen Lernen, das sitzen wir doch auf einer Backe ab.« Marie schilderte in den schillerndsten Farben, wie sie sich den Urlaub in England vorstellte. »Disco, Cafés und jede Menge Spaß. Langweilig wird uns bestimmt nicht«, garantierte sie zum Abschluss.
»Und woher willst du das wissen? Immerhin geht es hier um Sprachferien. Das heißt büffeln bis zum Umfallen!« Kim schnaubte verächtlich.
»Och, der Unterricht ist doch nur so was wie ein Lockvogel, damit die Eltern ihren Kindern so eine Reise erlauben und sie bezahlen.«
»Womit wir wieder beim Thema Geld wären«, stöhnte Franzi und zog ein langes Gesicht. »Für mich werden die Sommerferien in Billershausen stattfinden. Ein Besuch bei Oma Lotti sei genau das Richtige, findet meine Mutter. Das kostet auch nicht so viel«, schob Franzi nach. Und als Marie den Mund öffnete, wehrte sie schnell alles ab, was Marie noch hätte sagen können. »Vergiss es, Marie! Niemals zahlen mei-

ne Eltern das. Dafür sind meine Noten in Englisch nicht schlecht genug.«
»Nun hör mir doch mal zu!«, sagte Marie und strahlte Franzi an. »Wir haben für die Lösung unseres letzten Falles so viel Geld bekommen. Selbst wenn wir neue Möbel fürs Hauptquartier gekauft haben, bleibt immer noch genügend Geld übrig. Und außerdem …«
Jetzt war es Kim, die Marie ins Wort fiel. »Genau!«, rief sie und war mit einem Mal gar nicht mehr so niedergeschlagen. »Wir fahren alle zusammen! Los, Franzi, das wird schon! Und die Detektivausrüstung können wir später immer noch aufstocken!«
Franzi überlegte kurz. Die strahlenden Gesichter von Kim und Marie überzeugten sie.
»Aber wir brauchen dringend …«, versuchte Franzi ihren Wunsch nach einer Erweiterung der Detektivausrüstung ein letztes Mal vorzubringen.
»Papperlapapp! Wir sind so gut ausgerüstet. Da fehlt nichts, was wir dringend für unsere Ausrüstung bräuchten!«, beharrte Kim, der der Sprachaufenthalt in England zusammen mit ihren Freundinnen auf einmal gar nicht mehr wie blöder Schulunterricht vorkam. Das würde bestimmt lustig werden!
Franzi überlegte kurz und gab sich geschlagen. »Dann muss ich jetzt nur noch meine Eltern überreden.« Feierlich hob Franzi den Kakaobecher. »Lasst uns auf England anstoßen!«
Die Becher klirrten, der Kakao schwappte und Kim, Franzi und Marie strahlten sich an.

Munter durcheinanderredend verließen sie das *Café Lomo*. Kim war sicher, dass ihrer Mutter der Mund offen stehen bleiben würde, wenn sie ihr erzählte, dass sie sich jetzt doch auf die Sprachferien freute. Marie überlegte, ob sie ihren Vater einfach so vor vollendete Tatsachen stellen sollte. Und Franzi ging in Gedanken 1000 Argumente durch, die bei ihren Eltern einfach durchschlagen mussten.

Noch am selben Abend schaffte es Marie, ihren Vater von der Notwendigkeit des Spaß… äh, Sprachaufenthaltes an der englischen Südküste zu überzeugen. Ein neckischer Augenaufschlag und ein süßes Haarsträhne-um-den-Finger-Wickeln reichten aus, ihn dazu zu bringen, das Anmeldeformular auszufüllen. Noch ein zuckersüßes »Bitte, bitte« hinterher, und er legte auch noch ein saftiges Taschengeld obendrauf. Er konnte es sich ja auch leisten, seine Tochter nach Strich und Faden zu verwöhnen. Als erfolgreicher Darsteller des Hauptkommissars Brockmeier in der Vorabendserie *Vorstadtwache* verdiente er genug, um noch nicht einmal mit der Wimper zu zucken, als Marie auch noch auf einem neuen Sommeroutfit bestand. Da hatte sie für den Parisaufenthalt im letzten Jahr deutlich mehr Überzeugungskraft aufbringen müssen.
Franzi musste sich schon mehr einfallen lassen. Ihre guten Englischnoten gaben kein schlüssiges Argument her, um ihre Eltern zu überzeugen.
»Und wer kümmert sich um dein Pony Tinka? Und was ist mit Polly? Du weißt, dass deine Schwester Chrissie sich nicht drum reißen wird, dein hinkendes Huhn zu füttern, wenn

du weg bist. Stefan gibt dir bestimmt Nachhilfeunterricht in den Ferien, wenn du wirklich glaubst, nicht gut genug in Englisch zu sein«, schlug ihre Mutter stattdessen vor. Das hatte Franzi gerade noch gefehlt! In den Ferien gemeinsam mit ihrem älteren Bruder über den Büchern zu sitzen und Englisch zu pauken. So weit durfte es nicht kommen!
Franzi musste also tiefer in die Trickkiste greifen, um von ihren Eltern die Unterschrift für die Anmeldung zu bekommen. Aber ihr fiel beim besten Willen nichts ein. Außer dem einen: Sie versprach ihrer Mutter hoch und heilig, in Zukunft mehr für die Schule zu tun und weniger Detektivarbeit zu leisten. Dass sie bei dem letzten Versprechen die Finger hinter ihrem Rücken kreuzte, sah Frau Winkler zum Glück nicht.

Drei Wochen später war es so weit. Die Anmeldeformulare waren ausgefüllt und unterschrieben, die Reiseunterlagen angekommen und von Franzi, Marie und Kim genaustens studiert worden. Auch die Koffer waren längst gepackt.
Sie trafen sich, entgegen ihren Gewohnheiten, nicht im Hauptquartier der drei !!!. Sosehr Franzi, Kim und Marie ihren Detektivclub auch liebten, sie freuten sich schon drauf, nach dem letzten spektakulären Fall, den sie gelöst hatten, den Pferdeschuppen mit der blauen Kutsche mal für ein paar Wochen nicht zu sehen. Sie saßen in Kims Zimmer und malten sich aus, wie herrlich es sein würde, am Strand zu liegen und *Kakao Spezial* zu schlürfen – natürlich mit Eiswürfeln –, der mindestens genauso lecker sein würde wie im *Café Lomo*.

Sie waren bester Laune. Bis Marie den verheerenden Fehler machte, einen Tick zu neugierig zu werden.
Sie zupfte die sorgfältig zusammengelegten T-Shirts aus Kims Koffer, schüttelte den Kopf und sagte: »Mit diesem altmodischen Shirt angelst du dir aber keinen flotten Engländer!« Da entdeckte sie es: das Detektivtagebuch!
»Oh nein, das Ding bleibt hier!« Mit spitzen Fingern fischte sie das zerfledderte Heft, das Kim als Detektivtagebuch benutzte, wenn ihr der Computer nicht zur Verfügung stand, zwischen zwei rosa-grün gemusterten Tank-Tops hervor.
»Wir fahren in die Ferien! Südküste – England – Strand und Meer! Schon vergessen?«
»*Du* scheinst etwas vergessen zu haben«, blaffte Kim Marie an und stopfte Buch und T-Shirts zurück in den Koffer. »Erinnerst du dich an Paris? Na, klickert da was bei dir?« Kim sah Marie herausfordernd an. »Da wurde auch nichts aus unserem gemütlichen Einkaufsbummel über die Champs-Elysées. Stattdessen haben wir einen Schmuggler quer durch den Schlosspark von Versailles gejagt. Dieses Mal will ich vorbereitet sein. Nur für den Fall, dass ein neuer Fall auf die drei !!! wartet.«
»Oje, Kim!«, stöhnte Franzi. »Nicht an jedem Ferienort wimmelt es nur so von Gangstern und Ganoven. Es wird doch mal einen Urlaub ohne Verbrechen geben! Diesen Sommer machen wir einfach nur die Beine lang und lassen uns die Sonne auf den Pelz scheinen! Wir lassen *Die drei !!!* hier. Sperren sie in die Kutsche in unserem Hauptquartier und fliegen als Kim Jülich, Franziska Winkler und Marie Grevenbroich in erholsame, ruhige Sommerferien!«

»Man kann nie wissen«, beendete Kim die Diskussion und klappte den Koffer zu. Und damit auch wirklich klar war, dass das Buch blieb, wo es jetzt war, setzte sie sich auf den Koffer. »Und, habt ihr schon alles zusammengepackt?«, fragte sie zur Ablenkung.

Marie schlug sich erschrocken an die Stirn. »Verdammt, verdammt, verdammt«, fluchte sie und sauste aus dem Zimmer. »Ich komme gleich wieder«, rief sie rasch, bevor von ihr nur noch der wippende blonde Pferdeschwanz zu sehen war.

»Wow, die hat es aber plötzlich eilig. Hoffentlich holt sie jetzt nicht unsere gesamte Detektivausrüstung«, sagte Franzi und sah sich in Gedanken schon mit einem superschweren Rucksack, prall gefüllt mit Aufnahmegerät, Fingerabdruckset, Fernglas, Lupe, Taschenlampe und Notebook, an der Strandpromenade flanieren.

»Wahrscheinlich hat sie einfach nur vergessen, wasserfesten Mascara in der neusten Trendfarbe zu kaufen«, meinte Kim gelassen.

Franzi verdrehte die Augen. »Farblich passend zu den Trägern ihres Bikinis, wetten!«

Das kann ja heiter werden, dachte Kim. Hören die spitzen Bemerkungen der beiden denn nie auf?

Detektivtagebuch von Kim Jülich
Freitag, 21:07 Uhr

Die letzte Nacht vor dem Abflug nach England!

Bevor wir nach Eastbourne abreisen, möchte ich noch schnell sagen, dass der Detektivclub nicht auf Eis gelegt wird. Aber uns dreien tun drei Wochen Erholung sicherlich gut. Die letzten

Fälle waren schließlich anstrengend und gefährlich genug. Wir haben uns eine Pause verdient!!!
Aber damit wir nicht vergessen, wer wir sind, hat Marie etwas völlig Irres gemacht!
Es dauerte eine Ewigkeit, bis Marie zurückkam, nachdem sie vorhin so plötzlich aufgesprungen und aus meinem Zimmer gestürmt war. Franzi und ich haben uns die Zeit mit Surfen im Internet vertrieben. Wir waren noch einmal auf der Website von Eastbourne. Die kleine Stadt ist irgendwie süß. Auf den Bildern sieht sie ein bisschen so aus wie eine Modelleisenbahnstadt. Alles ist sauber und ordentlich, so als würde die ganze Stadt vor dem Ansturm der students *(so nennen die Engländer die Sprachschüler aus aller Welt, die ab Juli die Küste belagern) noch mal auf Vordermann getrimmt. Auf dem Pier, der weit ins Wasser ragt, ist ein riesiges Spieleparadies mit blinkenden Flippern und den neuesten Videospielen. Aber am meisten hat mich* Beachy Head *beeindruckt. Das ist ein riesiger Kreidefelsen am westlichen Ende des Strandes (der übrigens aus Kieselsteinen besteht – nix mit Sandstrand und so). In dem Felsen gibt es alte Schmugglerhöhlen. Und wer weiß, vielleicht können wir ja mal einen Fall aus der Vergangenheit lösen. Möglicherweise finden wir ja irgendeinen alten Piratenschatz, der nur darauf wartet, von den drei !!! entdeckt zu werden!*
Aber ich wollte eigentlich von Marie und ihrer irren Idee erzählen. Also: Marie stürmte später mit wehenden Haaren in mein Zimmer und kramte völlig außer Atem in ihrer Tasche herum. Stolz hielt sie Franzi und mir ihre Beute unter die Nase. Drei Bikinis, einen in Pink, den sie sich gleich unter den Nagel riss, einen in Petrol und einen in Nachtblau … und jetzt kommt der

Clou: An der linken Seite der Bikinihosen war unser Logo aufgedruckt – drei bunte Ausrufezeichen auf schwarzem Grund! Franzi war sofort begeistert und griff nach dem petrolfarbenen Bikini. Mir wäre ein Badeanzug lieber gewesen. Ich habe um die Hüften schon wieder so einen ekelhaften Speckring. Franzi hat nur die Augen verdreht, als ich den Bikini kritisch anstarrte. Sie wusste sofort, was mir durch den Kopf ging. »Mach dich nicht verrückt! Wir fahren ans Meer! Bewegung im Wasser wirkt wahre Wunder. Da schmelzen die Kilos von alleine.«
Franzi hat gut reden. Weiß sie denn nicht, dass es in England die besten Muffins der Welt gibt? Wie soll ich denen widerstehen?
Wenigstens ist der nachtblaue Bikini nicht so auffällig wie der in Pink. Ich wette, dass Marie dazu ihren himbeerfarbenen Lipgloss auftragen wird und ihren pinkfarbenen MP3-Player neckisch an die Bikinihose klemmt. So perfekt, wie sie ihr Styling immer durchplant, wird sie auch noch irgendwo eine Gummimatratze in Pink aufgetrieben haben.
So, jetzt kann ich den Koffer endgültig verschließen. Und das Detektivtagebuch bleibt drin, man kann ja nie wissen! (Ich sag nur Schmugglerhöhlen!) Es kann losgehen! Auf nach England!

England, wir kommen!

Der Abschied am Flughafen war kurz und tränenlos. Maries Vater hatte keine Zeit, seine Tochter zum Flughafen zu bringen, weil er schon wieder auf dem Weg zum nächsten Dreh war. Und auch Franzis Eltern nahmen nur zu dankbar den angebotenen Abholdienst von Kims Eltern an. Sie hatten sich vor der Haustür von ihrer Tochter verabschiedet und ihr schöne Sommerferien gewünscht. Nachdem beim letzten Abflug von Kim, Marie und Franzi nach Nizza alles gut gegangen war, vertrauten sie jetzt darauf, dass es auch dieses Mal keine Probleme geben würde. »Wer so viel reist wie du, ist offensichtlich schon groß genug, seinen Koffer alleine durch das Flughafengebäude zu schleppen und auf das Laufband am Check-in-Schalter zu hieven«, hatte Franzis Vater noch augenzwinkernd gesagt, bevor er seine Tochter ins Auto von Kims Eltern steigen ließ. Kims Eltern warteten jetzt geduldig, bis der Flugbegleiter von *Sunny Times* auftauchte und die Schülerinnen in Empfang nahm. Er stellte sich als John Candlish vor und erklärte, dass er für die nächsten Wochen ihr Ansprechpartner sein würde. Kurz darauf hatten die Mädchen eingecheckt. Michi stand daneben und schaute wie ein begossener Pudel drein. Er fand es gar nicht gut, dass Kim schon wieder verreiste.

Er zog sie zum Abschied dicht an sich und beschwerte sich mit zartem Ohrenknabbern. »Wenn du mich nach der Sprachreise auch nur noch einen Tag alleine lässt, fresse ich dich ganz auf!«, drohte er und biss noch mal in ihr Ohrläpp-

chen. Kim wurde ganz warm ums Herz. Sie war jetzt schon so lange mit Michi zusammen, aber er schaffte es immer noch, sie völlig zu verwirren.
»Und wenn du noch mal mit einer süßen Italienerin ins Kino gehst und mir nicht gleich sagst, dass es sich nur um die 7-jährige Tochter des Eisdielenbesitzers handelt, handelst *du* dir eine Menge Ärger mit mir ein: Kussentzug für mindestens 100 Jahre«, scherzte Kim.
Michi lachte nur und sagte: »Keine Sorge, ich bin dir treu. Bis in alle Ewigkeit!«

Der Flug nach London wurde aufgerufen und Kim löste sich schweren Herzens aus Michis Umarmung.
Kims Mutter gab den Mädchen nur noch eines mit auf den Weg: »Denkt dran, ihr seid nicht nur zum Spaß in England! Es ist für eure Englischnoten!«

Marie stieß Franzi in die Seite, als sie ihre Plätze im Flieger eingenommen hatten. Sie hatte längst andere Dinge im Kopf als Schule und Noten.
»Und, ist das nicht 'ne irre Idee mit den Bikinis gewesen? Wozu Copyshops doch alles gut sind. Erst wollte ich die drei Ausrufezeichen ja hinten auf die Bikinihosen drucken lassen. Mitten drauf! Aber dann dachte ich, dass es sicherlich ziemlich komisch aussehen wird, wenn wir drei gemeinsam ins Wasser gehen und auf unseren Hinterteilen dann insgesamt neun bunte Ausrufezeichen auf und ab wackeln.« Marie kicherte.
»Nee, ist schon gut so. Sehen echt klasse aus, die Bikinis!

Danke noch mal!«, sagte Franzi. »Was heißt Ausrufezeichen noch mal auf Englisch?«
»Exclamation mark«, erwiderte Marie wie aus der Pistole geschossen.
»Bist du sicher, dass ausgerechnet *du* Sprachferien in England nötig hast? Du hättest eher ein Trainingscamp für Jungschauspieler besuchen sollen. Dein Augenaufschlag ist längst nicht mehr so überzeugend wie früher!«, stichelte Franzi, wofür sie sich von Marie einen wütend funkelnden Blick einhandelte, der seine Wirkung nicht verfehlte. Franzi hielt die nächsten fünf Minuten lieber den Mund.
Kim hatte gerade keine Zeit, sich um das Rumgezicke der beiden zu kümmern. Ihre Flugangst breitete sich in dieser Sekunde vom Bauch bis zum Herzen aus. Sie dachte schnell an Michi, an seinen letzten Kuss vor dem Abflug und an seine zärtliche Drohung, sie aufzufressen. Das half. Statt Flugangst nahm wieder ein Schwarm Schmetterlinge von ihrem Bauch Besitz.

Die Zeit in der Luft verging sprichwörtlich wie im Fluge. Und ehe sich Kim, Marie und Franzi versahen, war der Flieger gelandet, die Koffer vom Rollband gerettet und der Zoll passiert. Einmal quer durch den Londoner Flughafen folgten Marie, Franzi und Kim den Hinweis-Pfeilen mit der Aufschrift *Coaches*. Der Bus mit dem knallgelben Logo des Sprachferienbetreibers war schnell gefunden. Der ganze Bus, der sie von London nach Eastbourne bringen würde, war großflächig mit dem Schriftzug *Sunny Times* lackiert. Man konnte ihn gar nicht übersehen.

Da Kim, Franzi und Marie im hintersten Teil des Flugzeuges gesessen hatten, waren sie mit die letzten Sprachschüler aus Deutschland, die sich in den bereits gut gefüllten Bus zwängten. Drei zusammenhängende Plätze gab es nicht mehr. Und auf der von allen so begehrten Rückbank hatten sich zwei echte Surfertypen niedergelassen, die die Südküste Englands mit Hawaii zu verwechseln schienen. Hätten sie zu den bunten Klamotten, die sie trugen, noch Surfbretter über die Knie gelegt gehabt, hätte Franzi das auch nicht gewundert. »Wir quatschen später weiter«, sagte sie zu Kim und Marie und quetschte sich auf den nächstbesten freien Platz, genauso wie Kim. Nur Marie blieb noch unschlüssig im Gang stehen, schüttelte die Haare und ließ den Blick lässig über die anderen Fahrgäste streifen. Gelangweilt nahm sie dann neben einem Jungen Platz, der ihr erstaunlich wenig Aufmerksamkeit schenkte.

Zwei Stunden später hatten sie ihr Ziel erreicht. Auf dem Busbahnhof hinter den Eisenbahngleisen war die Fahrt zu Ende und der Startschuss ins Abenteuer Sprachferien durch das laute Fluchen des Fahrers, der den Bordstein mit der Radkappe gestreift hatte, gegeben. Für die Sprachschüler war das Öffnen der Bustüren das Signal, wie wild durcheinanderzureden und aus dem Bus zu stürmen. Einige Schülerinnen und Schüler wurden von ihren Gasteltern abgeholt. Für die anderen stand der Fahrservice von *Sunny Times* bereit. Da Kim, Franzi und Marie nicht weit voneinander entfernt bei ihren unterschiedlichen Gasteltern untergebracht waren, krabbelten sie gemeinsam auf die Rückbank des Vans,

aus dem der Fahrer ihnen zugewunken hatte. Nach drei Minuten Fahrt stieg Franzi als Erste aus. »Wir treffen uns in einer Stunde am Pier, o. k.? Findet ihr den auch bestimmt?«
»Ja, ja«, sagten Marie und Kim wie aus einem Mund. Sie hatten auf dem Flug nach London schließlich mehr als einmal den Stadtplan studiert und besprochen, wann sie sich wo treffen wollten.
»Bye-bye – have a good time!«, verabschiedete sich der Fahrer von Franzi und fuhr mit Kim und Marie weiter.

Franzi stand unschlüssig mit ihren Koffern vor dem Eisenwarenladen, vor dem der Busfahrer sie hatte aussteigen lassen. Sie kramte umständlich in ihrer Jackentasche nach dem Zettel mit der Adresse ihrer Gastfamilie. Ja, sie war richtig. Dort stand es auch:
The Magnet Store, Mr Appleton, Longstone Rd., Eastbourne
Na, dann los, dachte Franzi und drückte die Türklinke herunter. Eine Glocke ertönte, als sie in den kleinen Laden trat, in dem überall Kartons voller Schrauben, Muttern und Nägel standen. Sofort kam ein älterer Herr durch die Tür hinter dem Verkaufstresen gestürmt, neigte seinen Kopf und schaute Franzi über den Rand seiner Brille an.
»Can I help you?«, fragte er freundlich.
Franzi nickte. *Yes, please,* schoss es ihr durch den Kopf. Aber sie traute sich nicht, es auszusprechen. Ein dicker Kloß hatte sich in ihrem Hals festgesetzt. Ihre Kehle war wie zugeschnürt. Also nickte sie nur. Reiß dich zusammen, Franzi, so schwer ist das nicht. Englischunterricht erstes Jahr. Trau dich!, befahl sie sich selbst.

»*Hello, my name is Franzi. I'm from Germany.*« Puh, geschafft!
Sofort kam der Ladenbesitzer hinter seinem Tresen hervor und begrüßte Franzi. »*Welcome, I'm Mister Appleton.*« Von dem Wortschwall, der gleich darauf folgte, völlig überfahren, nickte Franzi nur immer wieder und versuchte, das Übersetzungsprogramm in ihrem Kopf anzuschalten. Es versagte. Außer »*Follow me*« verstand sie nichts. Bereitwillig ließ sie sich den schweren Koffer aus der Hand nehmen. Sie folgte Mr Appleton durch den Laden und die angrenzende Küche hindurch, die Treppen im Flur nach oben und dann in das kleine Gästezimmer, das für die kommenden drei Wochen ihr Zuhause sein würde.

Marie erging es ähnlich wie Franzi, als sie bei ihrer Gastfamilie eintraf. Auch sie wurde von einem Redeschwall übergossen. Doch ganz im Gegensatz zu Franzi hatte sie keine Hemmungen, auf Englisch zu antworten. Nicht nur dass sie notentechnisch besser dran war als Franzi, sie hatte beim Schauspielunterricht schon oft englische Texte lernen müssen und vor anderen vorgetragen, sodass ihr der Begriff »peinlich« überhaupt nicht in den Sinn kam.
Allerdings waren es bei ihrer Gastfamilie drei Münder, die nicht mehr stillstanden, seit sie durch die Tür getreten war. Die Gastmutter und – oh Schreck – Zwillinge! Sie waren im selben Alter wie Kims Brüder. Für eine Sekunde blieb Marie der Mund offen stehen, woraufhin die Gastmutter erschrocken fragte: »*Are you well, my dear?*«
»*Yes, of course …* natürlich«, stammelte sie unbeholfen.

Na, das kann ja heiter werden, dachte Marie. Hoffentlich machen die nicht so viel Unfug wie Ben und Lukas.

Nur Kim wurde nicht mit einem Redeschwall begrüßt, als sie in das Haus ihrer Gastmutter trat. Und von Haus konnte eigentlich auch nicht die Rede sein. Nachdem der Fahrer sie abgesetzt hatte, fand sie sich in einer Hotelhalle wieder. Verwundert schaute sie sich in der vornehmen Eingangshalle um. Sie fühlte sich augenblicklich ins 19. Jahrhundert zurückversetzt. Wäre Charles Dickens jetzt mit sperrigen Koffern neben ihr aufgetaucht, hätte sie das nicht gewundert. Doch außer ihr war niemand in der Halle. Selbst die Rezeption war nicht besetzt. Der Fahrer hat sich bestimmt geirrt, dachte Kim und faltete den Zettel mit der Adresse der Gastfamilie auseinander.
Queens, Marine Parade, Eastbourne, Mrs Green
Kim stutzte. Sie hatte nicht gedacht, dass der Name *Queens* sich auf ein Hotel beziehen würde. Aber dort war sie jetzt eindeutig gelandet – im *Queens Hotel.* Spitze, freute sie sich und sah sich interessiert um. Es war zwar durchaus elegant, aber längst nicht so einschüchternd wie das Hotel, in dem sie mit Marie und Franzi in der Nähe von St. Tropez übernachtet hatten, als sie Maries Vater zu Dreharbeiten begleitet hatten. Von kühler Eleganz war hier nichts zu spüren. Die geblümten Tapeten an den Wänden strahlten Wärme aus. Plüschige Sessel standen zusammen mit einem Beistelltisch in der einen Ecke, während in einer anderen Ecke Säulen mit Grünpflanzen und einem alten Grammofon ein hübsches Ambiente bildeten. Fehlt nur noch der Butler, der mir gleich

den Koffer in mein Zimmer tragen wird, dachte Kim und blickte sich hoffnungsvoll um. Als hätte er ihre Gedanken gelesen, trat ein älterer Herr hinter einem schweren Samtvorhang hervor und schritt auf Kim zu. Kim war im Herzen eine echte Detektivin. Selbst wenn sie in den Ferien war, prägte sich sofort seine Personenbeschreibung ein. Stichworte hätte sie sich gar nicht merken müssen, denn er sah aus wie eine ältere Ausgabe von Clark Gable in *Vom Winde verweht*. Groß, schlank, schmaler Schnurrbart, schelmisch blitzende dunkle Augen und überaus elegant gekleidet.
»*You must be Kim Jülich*«, sagte er und stellte sich vor. »*My name is Clark Stuart. I am the father of Jasmin Green, your hostmother.*« Als er seinen Namen nannte, musste Kim innerlich grinsen. Clark Stuart passte zu ihm. Wobei Clark Gable natürlich noch viel besser gepasst hätte. Freundlich reichte Kim ihm die Hand und stellte sich ebenfalls vor. Den Knicks konnte sie sich gerade noch verkneifen. Aber in dieser Kulisse wäre er nicht unbedingt unangebracht gewesen. Marie hätte sich sicherlich wie in einem Theaterstück gefühlt.
»Jasmin hat dich noch nicht willkommen geheißen, stimmt's?«, sagte Mr Stuart auf Deutsch. Er sprach fast akzentfrei, wunderte sich Kim.
»Sie ist in der Hauptsaison immer so beschäftigt, dass sie alles um sich herum vergisst. Sogar ihre persönlichen Gäste. Ach, meine gute Jasmin hat immer tausend Sachen im Kopf. Sie war schon als Kind so. Immer in Eile.«
Mr Stuart führte Kim an der Rezeption vorbei, schob den Samtvorhang dahinter zur Seite und lotste sie durch die

schmalen Gänge im hinteren Teils des Hotels. Dabei redete er ununterbrochen.

Sicherlich bin ich in einer kleinen Besenkammer gleich neben der Küche untergebracht, dachte sie und kam aus dem Staunen kaum heraus, als sie sich kurz darauf mit Mr Stuart in einer riesigen Bibliothek wiederfand. »Wow«, entfuhr es ihr. Die Menge der Bücher war überwältigend. Bis unter die hohe Zimmerdecke reichten die Regale, die nicht einen Zentimeter der Wand frei ließen. Kim wäre am liebsten sofort eine der Schiebeleitern hochgekrabbelt und hätte in den wertvollen alten Büchern geblättert, die ganz oben im Regal standen. Die goldenen Lettern glänzten wie frisch poliert. Nur das verblichene Rot der Leinenrücken ließ erahnen, wie alt die Bücher sein mochten: uralt.

Mr Stuarts Augen blitzten auf, als er Kims Blick folgte. »Die haben meinem Urgroßvater gehört. Diese Bücher können dir alles über England erzählen – die ganze Geschichte des Landes in 70 Bänden. Unglaublich, nicht wahr?«

Selbst auf den kleinen Tischen, die im angrenzenden Raum zwischen zwei wuchtigen Ledersesseln vor dem Kamin standen, stapelten sich Bücher. Mr Stuart setzte sich in einen der Sessel und bat Kim, in dem anderen Platz zu nehmen. Die hohe Lehne des Ohrenbackensessels verschluckte sie fast. Trotzdem konnte sie den Blick von Agatha Christie im Nacken spüren. Der alten Dame auf dem Ölgemälde über dem Kaminsims schien nichts zu entgehen. Ihr Blick war starr und Spott schien auf ihren Lippen zu liegen. Kim fühlte sich beobachtet. Von einem Gemälde! Nervös rutschte sie auf dem abgewetzten Leder hin und her.

Unbeirrt sprach Mr Stuart weiter.
»Jasmin glaubt, dass ich in den Sommermonaten, wenn sie sich nicht um mich kümmern kann, Unterhaltung brauchen könnte. Deshalb bietet sie *Sunny Times* jeden Sommer großzügig an, einen Sprachschüler aufzunehmen. Aus Deutschland, versteht sich. Denn sie weiß, dass es meinem alten Hirn guttut, mal wieder ein paar Sätze in Deutsch zu sprechen. Damit ich nicht verkalke!« Mr Stuart lachte warmherzig.
»Ihr Deutsch ist sehr gut!«, lobte Kim. War sie wirklich hier, um Mr Stuarts Unterhaltungsdame zu sein? Sie dachte, sie sollte ihr Englisch aufbessern und nicht dem Deutsch eines Engländers auf die Sprünge helfen.
»Waren Sie mal in Deutschland?«, fragte sie ihn.
»Oh ja, ich habe in den 70er-Jahren einige Zeit in Frankfurt gelebt. Als Hotelier kann es schließlich nie schaden, sich andere Häuser mal genauer anzusehen. Im *Frankfurter Hof* traf ich übrigens auf die Dame hinter uns. Wir verbrachten viele Nachmittage bei englischem Tee und Crackern auf der Terrasse und unterhielten uns angeregt.«
»Sie haben die berühmte Krimiautorin gekannt?« Kims Herz klopfte vor Aufregung. Seit sie selbst angefangen hatte, einen Krimi zu schreiben, verehrte sie Agatha Christie. Allerdings war sie mit ihrem Krimi nicht wirklich weitergekommen, seit sie den Detektivclub gegründet hatte. War ihr deshalb der Blick der alten Lady so unangenehm? Fühlte sie sich deshalb so klein unter dem Bild – weil die großartigste Krimiautorin der Welt ihr im Nacken saß und sie vielleicht aus dem Grabe heraus belächelte für ihre Schreibversuche? Kim rutschte noch tiefer in den Sessel.

»Oh, ich kenne noch mehr Autoren«, fuhr Mr Stuart fort, nahm ein Buch vom Tisch und schlug es auf. Kim las laut vor: »Turf *by Margaret Sullivan – to my dear friend Clark.*« Der Name der Autorin sagte Kim ebenso wenig wie der Titel.

Höflich fragte sie nach, was *turf* bedeutete.

»Das Buch handelt vom Pferderennsport. Margaret ist nicht nur eine gute Freundin von mir, sondern auch eine der erfahrensten Autorinnen auf diesem Gebiet. Sie schreibt auch für die hiesige Zeitung Berichte über die großen Rennen Englands.«

»Mh.« Kim fiel nicht mehr dazu ein. Pferde waren Franzis Fachgebiet, nicht ihres. Da interessierte sie das signierte Buch von Agatha Christie wirklich mehr, das Clark jetzt hervorgekramt hatte und ihr stolz zeigte. Schade, dass in diesem Moment Jasmin Green auftauchte und das nette Gespräch mit Mr Stuart beendete.

Kim verabschiedete sich und folgte Mrs Green, die sie auf ihr Zimmer brachte. Und das lag in einem Turm. Das war nicht nur wahnsinnig romantisch, sondern sie hatte auch noch einen irren Blick über ganz Eastbourne!

Verdächtiger Geruch

Die blauen Zeiger der viktorianischen Standuhr auf dem Pier zeigten 18:00 Uhr an. Wo blieb Kim nur? Franzi sah Marie an. »Wir warten jetzt schon zehn Minuten.« Marie zuckte nur die Schultern und sagte: »Die kommt sicherlich gleich. Ist das nicht herrlich hier? Der Wind um uns, das Rauschen der Wellen unter uns, na ja, wenn jetzt nicht grade Ebbe wäre, und vor uns jede Menge hübscher Jungs aus der ganzen Welt.« Sie zupfte ihren schlichten Sommerrock zurecht, strich sich durch die Haare und versuchte den Blick eines vorbeischlendernden Jungen zu fesseln. Vergebens, denn der hatte nur Augen für das hübsche dunkelhaarige Mädchen an seiner Seite. Beleidigt drehte Marie sich zu Franzi. »Tse, kann ja nicht jeder auf Blond stehen. Wo bleibt Kim denn jetzt?«

»Wäre der Junge auf dein Wimperngeklimper abgefahren, hättest du doch augenblicklich vergessen, wer Kim überhaupt ist. Ah, da kommt sie ja schon!«

»Entschuldigung!«, sagte Kim, als sie den Pier erreicht hatte und in die vorwurfsvollen Gesichter von Franzi und Marie blickte. »Mir ist was völlig Irres passiert. Ich bin in einem dieser viktorianischen Hotels untergebracht. In einem Turm! Ich kann von meinem Zimmer aus bis zum Horizont blicken! Völlig abgefahren!«

»Schön, dass du da bist.« Marie strahlte. »Wollen wir jetzt den Pier erkunden oder gleich ein Café ausgucken – bevor wir noch Entzugserscheinungen bekommen. Ich bräuchte

nämlich dringend einen *Kakao Spezial!*«, sagte sie und deutete auf das Café gegenüber vom Pier.
»Ja, lasst uns erst Stärkung holen! Der Pier ist im Abendlicht bestimmt viel spannender.« Franzi hatte das Bild vor Augen, das sie auf dem Prospekt von *Sunny Times* gesehen hatte. Um den Pier herum wand sich eine Lichterkette in bunten Farben und der Kuppelbau am Ende des Piers war sogar mit einem riesigen Netz aus Glühlämpchen bespannt.

Vor dem Café waren noch viele Plätze frei. Die meisten Gäste bestellten einen *Coffee to go* und nahmen ihn mit an den Strand.
Franzi, Kim und Marie sahen sich kurz fragend an. Gute Idee, da waren sie sich einig. Es gab zwar keinen *Kakao Spezial* mit Vanillearoma, aber eisgekühlter Kakao mit Vanilleeis kam dem schon sehr nahe. Und auch die Muffins sahen verführerisch aus, was bei Kim augenblicklich einen Heißhunger hervorrief, der sich mit lautem Bauchgrummeln bemerkbar machte.

»Hm, lecker!«, murmelte Kim und sog gleich noch mal an dem Strohhalm. »Der ist echt spitze. Ich glaube, das *Café Lomo* werde ich in diesem Sommer nicht vermissen. Meerblick beim Kakaoschlürfen hat was! Wenn jetzt das Wasser auch noch da wäre, wäre der Abend für mich schon perfekt.«
Marie starrte sehnsuchtsvoll am Strand entlang. »Mit Ebbe und Flut kann ich leben, aber schade, dass hier alles voller Kieselsteine ist, sonst könnte ich jeden Morgen am Strand joggen.«

»Kannst du nicht einmal dein Sportprogramm vergessen und so tun, als gäbe es etwas Wichtigeres im Leben als Fitness? Faulenzen zum Beispiel. Oder von mir aus auch Flirten.« Jetzt war es Franzis Blick, der einem Jungen hinterherglitt. »Hey, habt ihr den gesehen?«
»Jaja, der musste dir ja auffallen. Die Ähnlichkeit mit Benni ist unverkennbar. Ich dachte, dass du in diesem Urlaub mal nicht an deinen Freund oder Ex-Freund oder was auch immer denken wolltest. Oder geht jetzt das Drama vom Schiertaler See weiter? Da konntest du dich auch nicht entspannen und hast viel zu oft an Benni gedacht.« Maries Worte waren deutlich. Franzi schluckte. Sie wusste, dass Marie recht hatte. Aber warum dachte sie jetzt an Benni? Einfach so? Nur weil ein blonder Junge vorbeiging? Benni war in den letzten Tagen vor ihrem Abflug total süß zu ihr gewesen. Und vorhin hatte sie sogar eine SMS von ihm bekommen. Zurückgeschrieben hatte sie noch nicht. Sie wusste einfach noch nicht, was.
»Hallo! Wir sind nicht zum Streiten extra nach England geflogen«, sagte Kim.
»Stimmt. Wir sind hier, um Spaß zu haben!«, sagte Marie.
Und zum Lernen, fügte Kim in Gedanken hinzu.

Nachdem Franzi, Kim und Marie sich gestärkt hatten, gingen sie auf den Pier, um sich von den Glücksspielautomaten, die sich dicht an dicht in einer großen Halle aneinanderreihten, ein paar Pennys aus der Tasche ziehen zu lassen. Die Abenddämmerung hatte längst eingesetzt, als Kim, Marie und Franzi um ein paar englische Pfund leichter, dafür aber vergnügt und lachend den Pier verließen. Mit dem letzten Sonnenstrahl des Tages verschwanden auch die unzähligen Stare, die immerzu über dem Pier gekreist waren, um Krümel von Fischbrötchen, Muffins und Pommes zu erhaschen. Nur die Möwen segelten noch immer kreischend über dem Meer, als die drei Mädchen sich voneinander verabschiedeten.

»Unsere Schule ist im Footballclub?« Marie riss erstaunt die Augen auf, als sie am nächsten Morgen am Spielfeldrand standen und auf das Schild *Sunny Times welcomes you!* starrten.
»Laut Plan ist sie das«, bemerkte Franzi trocken und öffnete das kleine Eisentor. »Dann mal los!«
Als sie über das Spielfeld gingen, um zum Clubhaus zu kommen, kam ein Junge, den sie gestern schon auf dem Pier gesehen hatten, auf sie zu.
»Hey, euch kenne ich doch«, sagte er und strahlte Marie so unverhohlen an, dass Kim und Franzi sich nur verwundert zuzwinkern konnten.
»Ihr wart doch gestern Abend auch auf dem Pier, stimmt's?«
»Ja, zusammen mit mindestens einhundert anderen Amüsierwilligen. Du konntest mit der Frage also nur richtigliegen. Keine große Kunst – und eine noch schwächere Anmache«, fauchte Marie.
Hätte der Junge, der sich ihnen als Jo vorgestellt hatte, breitere Schultern mit mehr Muskeln gehabt, dazu noch einen hippen Hoodie statt des ausgeblichenen T-Shirts und kein solches Allerweltsgesicht, hätte Marie ihn bestimmt nicht so

desinteressiert behandelt, dachte Kim. Jo hatte Marie gestern – als sie den einarmigen Banditen fütterte – schon so interessiert angesehen, dass er Kim fast leidtat. Sie hier und jetzt anzusprechen, war ihm sicherlich nicht leichtgefallen. Immerhin standen nicht weit entfernt all die anderen Sprachschüler in kleinen Gruppen und warteten auf den Lehrer. Dass Jo sich eine Abfuhr von Marie geholt hatte, war ihnen bestimmt nicht entgangen.

Einige der Mädchen kicherten verstohlen, als Franzi, Marie, Kim und Jo sich zu ihnen stellten.

»Harter Brocken, die Blonde, was?«, hörte Kim einen der Surfertypen sagen, der Jo dabei anerkennend auf die Schulter klopfte, als hätte er einen Marathonlauf nur knapp verloren. Marie musterte den Jungen abschätzig und zischte: »Der Spruch ›Was sich liebt, das neckt sich‹ ist dir wohl völlig fremd?« Sie zwinkerte Jo verschwörerisch zu, der daraufhin nervös mit dem Gurt seiner Tasche spielte. Marie hatte also doch ein Herz, dachte Kim erleichtert.

Im nächsten Moment kam auch schon der Lehrer, schloss das Clubhaus auf und winkte alle Schüler herein.

»Sucht euch irgendwo einen Platz und dann starten wir«, sagte er und warf mit Schwung seine Tasche auf die niedrige Vitrine, in der die gesammelten Pokale des örtlichen Footballclubs glänzten. Als Ruhe eingekehrt war, stellte er sich als Pierce Henley vor und begann zu erläutern, was in den nächsten Wochen auf dem Unterrichtsplan stand.

»Zunächst einmal: Der Unterricht geht von 8:00 bis 12:00 Uhr. Und ich erwarte rege Mitarbeit! Damit ihr nicht nur die englische Sprache besser versteht, sondern auch das Land und seine Bewohner besser kennenlernt, werden wir jeden Tag mit dem Lesen der Tageszeitung beginnen.« Er hielt die *Eastbourne Daily Post* in die Höhe und tippte auf die Schlagzeile des Tages. »Das Tagesthema wird auch unser Schwerpunkt in jeder ersten Stunde sein. Jeder übersetzt den Artikel für sich ins Deutsche, ohne Hilfe vom Nachbarn.« Dabei sah Pierce Henley Marie streng an, die mit Jo tuschelte. Typisch Marie, dachte Franzi und suchte Blickkontakt zu Kim, die sich aber nicht ablenken ließ. Aufmerksam lauschte sie Pierce' Worten.

»Wenn ihr einzelne Vokabeln nicht kennt, schreibt sie bitte auf. Wir gehen sie dann später gemeinsam durch. So lernt ihr am besten und ich komme dazu, in Ruhe die Zeitung zu lesen.« Beim letzten Satz musste nicht nur Pierce lachen. Die angespannte Stimmung im Clubhaus wich.

»So schlimm kann der Unterricht ja nicht werden, bei dem Lehrer«, sagte das rothaarige Mädchen neben Kim. »Der ist schwer in Ordnung! Das wird ein lauer Sommer.«

Kim nickte und griff nach der Kopie der ersten Seite, die Pierce verteilte. Leise las sie den Bericht, in dem es um irgendeinen Wettbewerb ging, den eine Eastbourner Hausfrau gewonnen hatte. Aber worum es genau ging, konnte sie nicht verstehen. Bei jedem dritten Wort sah sie flehend zu Marie, die ihr dann ihr Heft zeigte, das ebenso leer war wie Kims Kopf.

»Keine Lust«, flüsterte Marie und wandte sich wieder Jo zu, der anscheinend einen Witz gemacht hatte, denn Marie hielt sich sofort das Heft vor die Nase. An ihren Augen konnte Kim sehen, dass sie lachte.

»Bitte, jeder versucht es zunächst alleine. Nur so weiß ich, auf welchem Stand ihr seid!«, sagte Pierce streng.

Der Vormittag verging schnell. Nach dem Übersetzen des Tagesthemas zählte Pierce noch ein paar geografische Eckdaten zu England auf, erklärte die Wichtigkeit des Themas Wetter, mit dem man sich durch jedes noch so banale Gespräch retten konnte, und verabschiedete die Schüler schließlich mit den Worten: »Nehmt euch bitte jeder einen Prospekt mit den Freizeitangeboten von *Sunny Times* mit! Bis übermorgen müssen eure Anmeldungen vorliegen, damit wir die Busse für die Tagesausflüge bestellen können.«
»Keine Frage, wir fahren nach London!«, sagte Marie und schnappte sich einen Prospekt, dessen Titelbild die Londoner *Tower Bridge* zeigte.

Als Franzi, Marie und Kim es sich mit Ginger Ale und Gurken-Sandwich am Strand gemütlich gemacht hatten, studierte Franzi den Prospekt genauer. »Hey, statt den Tagesausflug nach London mitzumachen, könnten wir auch nach Ascot fahren. Die Pferderennen in Ascot sind weltberühmt! Da wollte ich schon immer mal hin«, schwärmte Franzi und sah sich in Gedanken bereits mit einem gut aussehenden Jockey fachsimpeln. Marie verdrehte nur die Augen und Kim hatte gar nicht richtig zugehört. Sie schrieb gerade eine SMS an Michi, den sie jetzt schon vermisste.
»Ach, auch egal. Wir müssen uns ja nicht sofort entscheiden«, winkte Franzi ab. »Kommt jemand mit ins Wasser?« Sie sah Marie und Kim auffordernd an. Kim konnte sich

kaum von ihrem Handy lösen und Marie rekelte sich genüsslich auf ihrem Handtuch. »Nee, dann wird mein Bikini ja nass. Und das Pink sieht dann nach matschiger Brombeere aus.«
»Stell dich nicht so an.« Kurzerhand zog Franzi Marie hoch und lief mit ihr Hand in Hand ans Wasser.
»Na gut, wenn es für die Fitness ist«, sagte Marie lachend und stürzte sich mit Franzi in die Fluten.

Schwimmen macht hungrig. Nicht nur Franzi und Marie knurrte am frühen Abend der Magen. Obwohl die Sonne noch hoch oben am Himmel stand, packten die drei ihre Sachen zusammen, holten sich beim Pizzabäcker drei leckere Käsepizzas und machten es sich bei Franzi auf dem Bett gemütlich. Aus der Küche hörten sie den Papagei Charly plappern und aus der Ferne drang Vogelgezwitscher durch das offene Fenster. Marie biss gerade herzhaft in ihre Pizzaecke, als sie plötzlich die Nase rümpfte. »Igitt, ist das ekelig! Riecht ihr das auch?« Angewidert schnupperte sie an der Pizza. Dann hielt sie die Nase in die Luft und sog tief die Luft ein. Der Geruch kam eindeutig durch das Fenster und nicht von der Pizza.
»Hier riecht es nach Pferdemist«, sagte Franzi fachkundig und kaute unbeirrt an ihrem Pizzastück weiter.
»Dass du bei dem Gestank überhaupt noch essen kannst.« Mit einem lauten Pflatsch landete Maries Stück Pizza in der Pappe. Kim, die ihr berühmtes Bauchgefühl selbst in den Ferien nicht abstellen konnte, sagte: »Seltsam. Wieso riecht es hier nach Pferdemist, wenn weit und breit kein Pferdestall

ist? Oder habt ihr hier irgendwo eine Weide mit grasenden Pferden gesehen?«

Franzi, die sich mittlerweile weit aus dem Fenster gelehnt hatte, um den Geruch zu orten, murmelte nur: »Hör schon auf, Kim. Von einer Weide kommt der Geruch nicht. Er kommt direkt aus dem Zimmer nebenan. Vielleicht ist der Sohn von Mr Appleton irgendwo zum Reiten gewesen und hat vergessen, die Schuhe anständig abzuputzen.«

Dass der Sohn von Mr Appleton beim Reiten gewesen sein konnte, schien ziemlich unwahrscheinlich, denn im nächsten Moment hörten sie Mr Appleton fluchen. Auch ihm war der stechende Geruch, der mittlerweile durchs ganze Haus wehte, nicht entgangen und seine Verwunderung über Pferdemist in seinem Haus war seiner Stimme deutlich anzuhören. Es konnte also kein Normalzustand sein. Außerdem hatte Franzi bei der Hausbegehung am ersten Tag nichts entdeckt, was auf einen Pferdenarren hinwies. Geschweige denn auf einen Reiter. Keine Stiefel, keine Gerte und auch keine Packungen mit Pferdeleckerlis.

»Sag ich doch, ein neuer Fall für die drei !!!«, triumphierte Kim und stemmte die Hände in die Hüften. »Die große Frage lautet: Wo versteckt der Sohn von Mr Appleton ein Pferd? Und warum?«

»In der Besenkammer«, sagte Marie wie aus der Pistole geschossen und lachte sich schlapp.

»Oder im Schuhkarton unter seinem Bett.« Auch Franzi prustete los. Kim gab es auf. Also doch kein neuer Fall. Schade, für einen Moment hatte sie das Kribbeln in ihrem Bauch richtig genossen.

Plötzlich ging die Tür auf.
»Hey, nice to meet you. I'm Tony Appleton. My dad said …«, weiter kam er nicht. Franzi verschluckte sich und hustete los. Verflixte Pizza, dachte sie. Wenn das der Sohn von Mr Appleton war… Nicht nur, dass er verflixt gut aussah mit seinen verwuschelten Haaren – seine stahlblauen Augen brachten Franzis Herz sofort zum Schmelzen.
Wenn Franzi jemals auch nur ein Wort Englisch gekonnt hatte – in diesem Moment war davon nichts mehr übrig. Ihr Gehirn war so leer wie eine Dose Thunfisch, nachdem ein ausgehungerter Straßenkater sich darüber hergemacht hatte.
»Erde an Franzi, Erde an Franzi«, hörte sie Maries Funkspruch wie durch eine Wand aus Watte.

»Was war denn mit dir eben los?«, fragte Kim verwundert, nachdem Tony sich ein Stück Pizza geangelt hatte und ebenso schnell wieder verschwunden war, wie er zuvor aufgetaucht war.
»Was?«, fragte Franzi irritiert zurück. Sie fühlte sich, als hätten Tonys Augen sie auf einen anderen Planeten gebeamt – auf den Planeten der Herzwolken und der rosaroten Schmetterlinge. So heftig hatte sie es noch nie erwischt. Das hier war etwas ganz anderes, als was sie mit Benni erlebt hatte. Fühlte sich so wahre Liebe an? In diesem Moment war ihr sonnenklar, dass Benni für alle Zeiten nur ein Freund sein würde. Mehr nicht. Tony hatte ihr Herz im Sturm erobert, mit nur einem Blick. Ja, so muss sich Liebe anfühlen – schwebend, himmlisch und zuckersüß.
»Hmmmm«, seufzte Franzi aus tiefster Seele.

Herzensangelegenheiten

»Und, wie schläft es sich so Wand an Wand mit einem Jungen, der dein Herz aus dem Takt bringt?«, bohrte Marie am nächsten Morgen nach, als sie vor dem Clubhaus auf Pierce und den Beginn der ersten Unterrichtsstunde warteten.
»*Mann* passt wohl eher«, sagte Kim trocken. Auch Franzi war nicht entgangen, dass Tony mindestens vier, wenn nicht sogar fünf Jahre älter sein musste als sie selbst. Eigentlich hätte es Maries Herz sein müssen, das aus dem Takt geraten war. Schließlich hatte Marie eine Vorliebe für ältere Jungs und nicht sie selbst. Franzi wurde rot.
»Wenn Benni dich jetzt so sehen könnte, würde ihm das bestimmt nicht passen.« Kims Blick haftete auf Franzis Wangen.
Ach je, Benni! Franzi traf der Gedanke wie ein Blitz. Sie fühlte sich schuldig. Klar, wegen Tony und der Wirkung seiner stahlblauen Augen. Aber auch, weil Bennis SMS noch immer unbeantwortet auf ihrem Handy schlummerte. Um von sich abzulenken, sagte sie schnell: »Was ist eigentlich mit Michi? Vermisst er dich jetzt schon oder amüsiert er sich wieder mit flotten Italienerinnen?«
Kim streckte Franzi die Zunge raus. Ihr war klar, dass Franzi auf ihre Eifersucht beim letzten Fall anspielte. Sie hatte doch tatsächlich geglaubt, dass Michi sich mit der Tochter des Eisdielenbesitzers traf, kaum dass sie mit dem neuen Fall beschäftigt war. Hatte er ja auch, nur dass die heißblütige Italienerin sich dann als kleines Mädchen herausstellte, das Mi-

chi ins Kino eingeladen hatte. Ein blödes Missverständnis, das sie ganz schön auf die Palme gebracht hatte. Da war Kims Fantasie echt mit ihr durchgegangen. Dass Franzi das ausgerechnet jetzt ins Spiel brachte, passte ihr gar nicht. Wollte sie etwa von den Schmetterlingen ablenken, die längst nicht nur in Franzis Bauch umherflatterten, sondern bereits deutlich sichtbar für jeden auf ihrer Nasenspitze saßen? Dieses Ablenkungsmanöver hätte sie sich sparen können, denn plötzlich tauchte Pierce auf und ließ die wartenden Schüler ins Clubhaus.

»Hey, dich habe ich schon vermisst«, sagte Marie zu Jo, der als Letzter auftauchte. Pierce hatte gerade die aktuelle Zeitung verteilt, als Jo sich ins Clubhaus schleichen wollte. Bei dem Versuch, möglichst unauffällig neben Marie Platz zu nehmen, stieß er einen Stuhl um und rempelte einen der Surfer-Typen an, der Marie auf die Pelle gerückt war. Ungeschickt rückte er seinen Stuhl zurecht. Also von unauffällig konnte bei diesem Auftritt wirklich nicht die Rede sein. Pierce lächelte ihn an, drückte ihm eine Zeitung in die Hand und fragte: »Verschlafen? Jaja, die Seeluft macht müde. Aber als Hamburger sollte das für dich eigentlich kein Problem sein.«
»Seeluft bin ich gewöhnt. Aber diese englischen Kraftflocken, die meine Gastmutter mir mit Milch zum Frühstück serviert hat, haben es echt in sich. Ich weiß einfach nicht, wohin mit meiner Energie«, erklärte Jo seinen polterigen Auftritt und hatte damit die Lacher auf seiner Seite.
»Da wir ja jetzt alle wissen, was du zum Frühstück hattest,

können wir getrost mit dem Unterricht beginnen.« Pierce hielt die Zeitung hoch und sah Marie fragend an. »Und, möchtest du vorlesen?«
Marie schüttelte den Kopf. »Nee, besser nicht. Ich hatte nämlich kein Kraftfutter zum Frühstück. Mein Hirn schläft noch.«
»Hättest du mir diesen Satz auf Englisch gesagt, hätte ich das als Beteiligung am Unterricht wohlwollend vermerkt«, sagte Pierce steif und forderte das rothaarige Mädchen neben Kim auf, die Schlagzeile ins Deutsche zu übersetzen.
Stockend las Janina vor:
»Goldene Zeiten für heimische Buchmacher.«
»Besser hätte ich es auch nicht gekonnt«, flüsterte Kim ihr aufmunternd zu.
»Danke, Janina. So, und jetzt mal ran an die Übersetzung des Artikels!« Pierce klatschte in die Hände.
Kim konnte sich nicht auf den Text konzentrieren. Auch Janina kaute unschlüssig auf ihrem Bleistift herum. Marie und Jo feixten in einer Tour und Franzi schielte vergeblich auf das Heft ihrer Nachbarin. Sie warf Kim eine Papierkugel in den Nacken. Konzentriertes Arbeiten sah anders aus. Wer interessierte sich auch schon für so etwas Trockenes wie Buchmacher. Franzi ritt zwar für ihr Leben gerne, aber Wetten und Quoten waren ihr so fremd wie einem Macho der Staubsauger.
Kreischende Möwen flogen über den Sportplatz vor dem Clubhaus und vom Meer her wehte salzige Luft ins Klassenzimmer. Viel lieber wäre Kim jetzt am Strand gewesen. Zum ersten Mal seit zwei Tagen war sie nicht mehr sicher, ob sie

ihre Mutter vielleicht doch hassen sollte, weil sie ihr in den Ferien Unterricht aufgebrummt hatte.

Ein heftiger Kicheranfall von Marie unterbrach ihre Gedanken. Jo flüsterte ihr andauernd etwas zu, was die Lautstärke von Maries Gelächter immer weiter in die Höhe schraubte. Er sah Marie dabei so verliebt an, dass Kim erneut um sein Herz bangte. Vielleicht sollte ich ihm sagen, dass Marie nur auf durchtrainierte, gut gestylte Typen steht, schoss es Kim durch den Kopf. Franzi schien das Gleiche gedacht zu haben, denn auch sie zuckte nur ratlos die Schultern, als Kim sich umdrehte und ihren Blick suchte.

»Marie! Jo! Kraftnahrung hin oder her, ihr zwei seit nicht bei der Sache. Etwas mehr Ernsthaftigkeit wäre wünschenswert gewesen. Kichert euch bitte vor dem Clubhaus aus. Ich befreie euch für heute vom Unterricht. Andere Schüler und Schülerinnen fühlen sich von euch bereits gestört. Vor allem ich fühle mich gestört!« Pierce' Ton war streng. Er ließ keine Widerrede zu. Beleidigt trottete Marie aus dem Klassenzimmer. Jo eilte ihr hinterher. Wieder raunte er ihr etwas zu und wieder musste Marie lachen.

»Möchte mal wissen, was an dem Blödmann so witzig ist«, grölte einer der Surfer-Typen.

»Vielleicht liegt es am Vogelfutter, das er heute gegessen hat – Kraftfutter für witzige Singvögel«, antwortete sein Kumpel.

»Für schräge Vögel würde wohl eher passen.«

Der verbale Schlagabtausch der beiden Surfer-Typen brachte Pierce endgültig auf die Palme. »Selbst wenn es keine Noten gibt und auch keine blauen Briefe an eure Eltern ge-

schrieben werden – ich möchte trotzdem, dass ihr den Unterricht ernst nehmt.« Sein Gesicht sah plötzlich so aus, als hätte er es mit dem Teufel persönlich zu tun und nicht mit einem Haufen Teenager in Ferienstimmung.
»Hat sich was mit lauer Sommer«, zischte Janina Kim zu und verzog den Mund.
»Was ist nur los mit dem?«, fragte Kim. Nicht laut, aber laut genug, dass auch Franzi es gehört hatte.
»Dem war wohl die Milch sauer«, raunte sie Kim zu.
»Ruhe!«, brüllte Pierce. »Oder möchtet ihr auch den Unterricht verlassen? Bitte schön. Nur zu. Kim! Franzi! Da ist die Tür!«
Kim und Franzi sahen sich völlig verdattert an. Was war denn nun los? Franzi verstand gar nichts mehr, packte aber ihre Sachen zusammen und zog Leine. Kim folgte ihr ebenso ratlos.
»Was war denn das jetzt?«
»Keine Ahnung«, antwortete Kim ihrer Freundin. »Jo und Marie sind bestimmt am Strand. Los, suchen wir sie!«
Kim war erleichtert, dass es keine Briefe an die Eltern gab. Von den Noten mal ganz abgesehen. Sie wurde nämlich leicht sauer auf Marie. Das hätte ihr gerade noch gefehlt. Marie macht Unfug, fliegt aus der Klasse, und weil sie mit ihr befreundet ist, ist sie auch noch mit schuld. Nur weil sie einmal etwas gesagt hatte. Das hätte echt Ärger gegeben.

Jo und Marie waren gar nicht bis zum Strand gekommen. Sie saßen putzmunter im Café und aßen Eis, als Franzi und Kim zu ihnen stießen. Sie redeten noch kurz über Pierce' offensichtlich miserable Laune. Aber dann vergaßen sie den Vorfall im Unterricht auch schon wieder.

Kim fischte die mit Karamell überzogenen Macadamianüsse aus ihrem Vanilleeisbecher und kaute genüsslich darauf herum, während Franzi angestrengt versuchte, die Smarties in ihrem Eis-Milchshake durch den Strohhalm zu ziehen.

»Habt ihr gesehen, was heute im Angebot war? *›Deep-fried Mars Bar‹!*«, sagte Jo. »Die spinnen, die Briten, sag ich nur.«

»Was soll das sein? Frittierter Schokoriegel?« Marie staunte. Sie sprang auf und kehrte mit einem fettigen heißen Etwas in der Hand zurück. »Gibt's ja gar nicht. Seht euch das an«, sagte sie und pulte die Teigtasche mit zwei Zahnstochern auf. »Dadrinnen ist wirklich ein Schokoriegel.«

»Hm, voll lecker!« Jo wischte sich den Mund ab. »Probier das mal, Marie.«

»Lecker. Kim, das ist was für dich!« Marie hielt Kim das letzte Stück hin.

»Nein danke. Um diese Kalorienbombe wieder von den Hüften zu bekommen, müsste ich bis nach Frankreich schwimmen.« Kim schaute über das Meer und meinte, in der Ferne die Küste von Frankreich zu sehen. Mit einer schnellen Kopfbewegung schüttelte sie den Gedanken weg. Unmöglich, Frankreich von der Küste Eastbournes aus zu sehen. Und den Gedanken an einen Versuch, mal eben rüberzuschwimmen, tat sie sofort als völligen Unfug ab. Zumal sie auch keine so gute Schwimmerin war wie Franzi. Und selbst die würde sicherlich nicht ohne Rettungsboot in Calais ankommen.

»Das Hüftgold dieses Eisbechers ließe sich nur noch durch

die Anstrengung einer intensiven Shoppingtour zum Schmelzen bringen.«
Kritisch beäugte Kim ihren Hosenbund, der auch schon mal lockerer gesessen hatte. »Wie schaut es aus, Lust auf eine Einkaufsorgie im *Arndale Centre*? Janina meinte, dass es da total abgefahrene Sachen gibt.«
»Noch abgefahrenere als frittierte Schokoriegel? Na, dann los!«, sagte Marie, die sowieso längst auf Shoppingentzug war.

Dass Jo die drei Mädchen begleitete, war schon fast selbstverständlich. Vom Strand war es nicht weit bis zur Fußgängerzone. Sie folgten der *Marine Parade*, die in die *Grand Parade* überging. Den Pier ließen sie hinter sich und bogen rechts in die *Terminus Road* ein, die direkt zum Shoppingcenter führte. Hier reihten sich Süßigkeitenläden an Eisdielen, Secondhand-Shops an Bäckereien. Wäre Kims Bauch nicht prall gefüllt von dem Eis gewesen, wären sie nicht so zügig an den Bäckereien vorbeigekommen. So aber warf sie nur einen flüchtigen Blick auf die Auslagen und staunte kurz über die verführerisch aussehenden Köstlichkeiten in Zellophan. Vor einem Shop mit Schallplatten aus den 80ern blieb Jo dann stehen. »Komme gleich wieder«, rief er und war auch schon im Laden verschwunden.
Kim nutzte die Gelegenheit. »Sag mal, Marie, was läuft da eigentlich zwischen dir und Jo?« Auch Franzi spitzte die Ohren.
»Was soll denn da laufen? Er ist nett, mehr nicht. Da ist nichts.«

»Ich glaube, das sieht Jo ganz anders«, sagte Kim und bohrte nach. »Bist du vielleicht verliebt? Ein klitzekleines bisschen wenigstens?«
»Nein, da ist nichts. Wirklich. Wenn ich es doch sage.«
»Wenn er für dich nur eine Ablenkung von Adrian oder Holger ist, dann brich ihm bitte nicht das Herz. Er ist so ein netter Typ.« Kim klang besorgt. Kein Wunder. Marie war die Herzensbrecherin Nummer eins. Und jetzt, wo ihre Beziehung mit Holger beendet war, waren die Männerherzen in großer Gefahr. Dabei wusste Marie doch aus eigener Erfahrung, wie schmerzhaft es sein konnte, wenn man sich unglücklich verliebt. Wenn Kim nur an das Drama mit Adrian dachte, das Marie etliche Stunden an Grübelei gekostet hatte, dann bestand vielleicht ein Funken Hoffnung, dass Marie nicht leichtfertig mit den Gefühlen anderer spielte.
»Was geht dich das eigentlich an?«, fragte Marie spitz. »Hast du etwa ein Auge auf Jo geworfen?«
»So ein Quatsch. Ich habe ja Michi. Den würde ich im Leben nicht betrügen.« Kim war empört, dass ihre Freundin auch nur daran denken konnte. Unmöglich.
»Jo klebt an dir wie ein Kaugummi. Dass er sich bis über beide Ohren in dich verliebt hat, ist offensichtlich«, mischte sich Franzi ein.
»Ach, hört schon auf«, winkte Marie ab. »Jo ist einfach nett und lustig.«

»Wer ist lustig? Hab ich was verpasst?« Jo kam mit fünf Schallplatten unterm Arm aus dem Geschäft. »Das sind echte Raritäten«, sagte er stolz. »Ein Freund von mir legt in einem Hamburger Club Platten auf. Der wird staunen, wenn ich ihm die Scheiben unter die Nase halte. Die sind so rar, die dürfte es eigentlich gar nicht geben.«

Die vier schlenderten weiter in Richtung *Arndale Centre*. Der niedrige Bau hatte nichts mit deutschen Einkaufszentren gemein. Zumindest nicht vom Baustil her. Statt hoher Glasdecken und viel Chrom und Stahl brillierte das Center mit muffigem Charme. Tageslicht kam hier nicht herein. Die Gänge waren eng und die Läden klein und vollgestopft mit Waren. Überall standen Kisten und kleine Tische mit Waren vor den Eingängen. Und das Schild mit der Aufschrift *SALE* war allgegenwärtig. Ganz Eastbourne schien ein einziges Sonderangebot zu sein. Einzelne Paar Schuhe oder sonstiges schien es nicht zu geben. Irgendeinen Klimbim gab es immer dazu, egal, was man auch kaufen wollte.
Franzi, Kim, Marie und Jo schoben sich an den einheimischen Passanten vorbei, die offensichtlich alle nicht in Eile waren. Nur die bunt gekleideten Teenager aus aller Welt wuselten schnell und laut lachend durch die Gänge. Wie still es hier wohl ist, wenn die Sprachschüler den Ort nicht bevölkern, überlegte Franzi kurz, bevor sie einen Laden mit schrillen Klamotten ansteuerte.
»Kuckt mal, das muss ich unbedingt haben!«, rief sie begeistert und nahm ein Top vom Drehständer, das nicht nur giftig grün, sondern noch dazu über und über mit Pferdeköpfen bedruckt war. Pferdeköpfe in Rosa, Azurblau, Rot, Gelb, Braun, Pferdeköpfe, die Grimassen schnitten, die Zunge herausstreckten oder die die Augen verdrehten. »Das ist echt

schrill!« Mit strahlenden Augen kramte Franzi in ihrer Hosentasche nach Geld und betrat den Laden. Heraus kam sie allerdings nicht nur mit dem Top, welches sie einfach über ihr Shirt gezogen hatte.
»Das ist doch völlig irre«, sagte sie und schwenkte vor den Nasen der anderen einen wirklich ungewöhnlichen Handyanhäger hin und her. Die bunten Plastikpferdeköpfe waren ebenso absurd wie die auf dem Top. »Das gab es gratis dazu«, sagte sie und bastelte es an ihrem Handy fest.
»Nice top«, hörte sie plötzlich eine bekannte Stimme hinter sich. Franzi drehte sich um und sah direkt in Tonys stahlblaue Augen. Ein breites Grinsen überzog sein Gesicht. In Franzis Kopf wirbelten tausend Wörter durcheinander. Doch alles, was sie herausbekam, war ein stotterndes *»Yes«.*
»Have a nice day. See you later«, sagte Tony und war auch schon wieder verschwunden.
»Der hat es aber immer verdammt eilig«, bemerkte Marie und zwinkerte Franzi zu. »Man könnte meinen, er sei auf der Flucht.«
»Ja, auf der Flucht vor den irren Pferden auf meinem Top«, sagte Franzi und war nicht mehr sicher, ob sie das Ding wirklich noch haben wollte. »Hat er mich verspottet oder meinte er es ernst, als er sagte, dass es ihm gefällt?«
»Mach dir keinen Kopf, das Teil steht dir wirklich super. Es passt zu deinen roten Haaren«, sagte Kim.

Franzi auf Abwegen

Am nächsten Morgen erwachte Kim in ihrem Turmzimmer vom Klingeln ihres Handys. Michi war dran. Kim setzte sich im Bett auf und plapperte drauflos. Sie freute sich total, dass er angerufen hatte, ließ ihn aber dennoch kaum zu Wort kommen. Sie berichtete von dem edlen Hotel, in dem sie wohnte, und vergaß auch nicht, Clark Stuart zu erwähnen. Sie erzählte von der Bibliothek und schwärmte von dem signierten Agatha-Christie-Buch, das Clark ihr gezeigt hatte. Michi schaffte es, ein kurzes »Toll« dazwischenzurufen, dann redete Kim schon weiter. »Stell dir vor, gestern war ein schwarzer Tag für die drei !!!. Fast hätten wir uns so zerstritten, dass ich den Detektivclub aufgelöst hätte. Dabei war der Tag zuerst so schön. Wir waren am Strand, sind shoppen gewesen und danach noch auf den Pier gegangen. Und als wir dann am Abend noch mal die Anmeldeformulare für den Tagesausflug rauskramten, um sie endlich auszufüllen, ist es passiert. Es ging bloß um die Entscheidung Ascot oder London.« Michi verstand kein Wort. Kim vergaß völlig, dass dieser Anruf ihn bestimmt ein Vermögen kosten würde. Sie erzählte in epischer Breite von dem geplanten Tagesausflug, für den Marie, Franzi und sie sich entscheiden mussten. »Franzi wollte unbedingt nach Ascot.« Kims Stimme klang immer noch genervt. »Dabei ist London doch viel spannender als jeder Pferderennplatz der Welt. Und außerdem findet an dem Tag noch nicht mal ein Rennen statt. Franzi hatte wirklich geglaubt, dass wir uns lieber die Beine bei einem

Trainingslauf in den Bauch stehen, statt in London auf Shoppingtour zu gehen. Verstehst du das?«

Michi verneinte und Kim plapperte weiter.

»Dir geht es hoffentlich nicht gut, so ohne mich«, sagte sie und lachte. »Wie auch immer. Clark wartet mit dem Frühstück auf mich. Es gibt bestimmt wieder leckere Scones. Ich muss los. Lieb, dass du angerufen hast. Bis bald. Küsschen.«

Michi hatte sich schon eine ganze Woche nicht mehr bei Kim gemeldet. Dass er bei dem letzten Gespräch kaum zu Wort gekommen war, beschäftigte Kim immer noch. Obwohl sie eine wirklich schöne Woche gehabt hatte, kam ihr das Telefonat auch heute wieder in den Sinn, als sie mit Marie und den anderen im Bus nach London saß. Ohnehin hatte sie auf der Fahrt viel zu viel Zeit zum Nachdenken, denn Marie war mit Jo beschäftigt und Franzi saß im Bus nach Ascot.

In Ascot angekommen, staunte Franzi über die Anlage. Sie hatte zwar in einem Pferdemagazin über die Modernisierung der Rennsportanlage gelesen, aber dass so viel Glas und Stahl verbaut worden war, hätte sie nicht gedacht. Wo war der Plüsch und das Verstaubte, das sie von England erwartet hatte? Nach einem Treffpunkt für alte Ladys mit Strohhüten und Blümchenkleidern und Herren mit Stock und Zylinder sah Ascot wirklich nicht aus. Ganz im Gegenteil! Die Zuschauertribüne erinnerte an einen riesigen Luxusdampfer. Wäre das frisch gemähte Gras blau gewesen, hätte sie denken können, sie befände sich am Hafen irgendeiner Metropole.

Der Führring, in dem die Pferde vor dem Lauf zur Begutachtung dem Publikum präsentiert wurden, glich der Miniaturausgabe eines Fußballstadions und war so gut in Schuss, dass Franzi sich nicht vorstellen konnte, dass erst gestern die fünf wichtigsten Rennen des Jahres hier stattgefunden hatten. Die Rennen, die sogar die Königin vor Ort mit Spannung verfolgte – das traditionsreiche *Royal-Ascot*-Rennen, das seit 1711 unter der Schirmherrschaft des englischen Königshauses jährlich hier ausgetragen wurde. Wie gerne wäre Franzi gestern hier gewesen, und sei es nur, um die Kutsche der Königin vorfahren gesehen zu haben. Nicht, dass sie sich viel aus dem englischen Königshaus machte, aber spannend wäre es bestimmt gewesen. Aber bei Eintrittspreisen von mehreren hundert Pfund brauchte sie gar nicht ausrechnen, wie lange sie darauf hätte sparen müssen. Außerdem waren die Tickets nur schwer zu bekommen und schon über Monate im Voraus ausverkauft. Oder waren die 300.000 Besucher des wichtigsten Rennens der Saison wirklich alles geladene Gäste? Irgendwo hatte Franzi das mal gelesen, konnte sich aber nicht vorstellen, dass jemand tatsächlich 300.000 Einladungskarten verschickte. Womöglich noch per Hand unterschrieben – was für ein Aufwand!

Ebenso wie auf der Rennbahn war im Führring das Gras frisch und ebenmäßig. Haben die Pferde keine Spuren hinterlassen oder wurde das ganze Gras über Nacht ausgetauscht?, fragte sich Franzi. Auch die Besucherwege, die zu Restaurants, Bars, Bistros und Cafés führten, waren so sauber, dass von den tausenden Besuchern, die sich gestern hier vergnügt hatten, nicht die leiseste Spur geblieben war. Nichts trug der leichte Sommerwind vor sich her. Keine Papierserviette, kein Rosenblatt, ja noch nicht mal einen Strohhalm. Die ganze Anlage wirkte, als wäre sie unter einem Vakuum in tiefen Schlaf versetzt worden. Nur der Lärm der Teenager, die zum heutigen Trainingstag auf das Gelände gelassen wurden, belebte die Rennbahn. Aber wo waren die Pferde? Warum hörte Franzi kein Hufgeklapper? Warum stiefelten keine Jockeys nervös auf und ab?

»Nachdem ihr jetzt alle die Rennbahn aus der Ferne gesehen habt, möchte ich euch herumführen«, begann der Reiseleiter den Rundgang über das Gelände. »Ihr werdet Einblicke bekommen, die selbst die teuer bezahlenden Besucher niemals bekommen würden. Ihr dürft einen Blick in die Jockeystube werfen und auch das königliche Areal wird für euch geöffnet sein. Hier haben sonst nur Mitglieder der königlichen Familie Zutritt. Oder eben gut betuchte Engländer, die sich seit Kurzem mit einer prall gefüllten Geldbörse einen der streng bewachten Plätze in der Nähe der Königin erkaufen können. Der Champagner perlt, Austern werden geschlürft und unzählige Hummer werden hier stilvoll an den Scheren gepackt, während die Damen ihre ausgefallenen Hüte zur Schau stellen und die Herren Geschäftsbeziehungen vertiefen. Allerdings gehen die Gespräche selten über Small Talk hinaus. Na ja, die feine Gesellschaft feiert hauptsächlich sich selbst – die Pferde sind dabei ebenso schmückendes Beiwerk wie die Blumengestecke auf den Tischen. Schade für die Jockeys, denn für sie hat das Rennen eine weitaus wichtigere

Funktion – hier werden Karrieren gemacht und ebenso zerstört. Sei es drum. So viel für den Moment zu den Gepflogenheiten in Ascot.«

Franzi hatte dem Reiseleiter aufmerksam zugehört. Trotzdem war sie abgelenkt, als sie zu der Jockeystube gingen. Hatte sie da nicht eben Tony vorbeigehen sehen? Sie drehte sich um. Tatsächlich. Sie erkannte ihn an dem blauen T-Shirt, das er schon bei ihrem ersten Aufeinandertreffen getragen hatte. Der Schriftzug, der auf Tonys Rücken prangte, hatte sie schon damals verwundert. *The Magnet Store*, las sie erneut und fragte sich, wieso er für das Eastbourner Eisenwarengeschäft Werbung lief. Sollte das ein Witz sein? Der englische Humor war ja nicht immer leicht zu durchschauen. Egal. Sie winkte ihm zu, aber Tony reagierte nicht. Er war mit dem kleinen Mann an seiner Seite so ins Gespräch vertieft, dass er Franzi nicht bemerkte.

Sie überlegte kurz. Dann entfernte sie sich von der Gruppe, ließ die Jockeystube hinter sich und eilte in die Richtung, in die sie Tony hatte gehen sehen. Der Mann an seiner Seite sah aus wie ein Jockey, aber was hatte Tony mit einem Jockey zu tun? Offensichtlich war er nicht zum ersten Mal hier auf der Rennbahn. Denn der Geruch, der Franzi bald darauf in die Nase stieg, erinnerte sie stark an den Pizzaabend im Haus von Mr Appleton. Klar, Pferdemist riecht in jedem Stall gleich, trotzdem brachte der Geruch, der jetzt immer stärker wurde, sofort wieder den Tag in ihr Gedächtnis, an dem sie Tony das erste Mal gesehen hatte. Sie musste mittlerweile nahe bei den Stallungen sein, denn zu dem Geruch gesellte sich noch lautes Wiehern. Und als sie dem großen

Flachbau näher kam, hörte sie auch das Klappern von Hufen. Ein breitschultriger Mann kam mit strammen Schritten auf sie zu. *Security,* prangte auf seiner Tweed-Jacke. Franzis Herz klopfte. Und nun? Was hatte sie sich nur dabei gedacht? Offensichtlich waren auf diesem Teil des Geländes keine Zuschauer erwünscht. Sollte sie so tun, als hätte sie sich verlaufen?

In dem Moment sah sie Tony im Eingang der Stallungen stehen. So laut sie konnte, rief sie ihm zu: *»Tony, how are you?«* Etwas Besseres fiel ihr auf die Schnelle nicht ein. Tony sah sie irritiert an, winkte dann aber und rief zurück: *»Hey, Franzi!«*

Der Sicherheitsbeamte sah Franzi streng an, blickte dann zum Jockey neben Tony und zurück zu Franzi.

Für den Sicherheitsbeamten war damit die Frage, was sie hier verloren hatte, offensichtlich beantwortet, denn er ließ sie ungehindert durch die Absperrung. Franzi straffte die Schultern und ging trotz heftigstem Herzpochen mit sicherem Schritt auf Tony zu. Ob ihr Herz wegen Tony so stark gegen ihren Brustkorb klopfte oder weil der Mann vom Sicherheitsdienst ihr einen gehörigen Schrecken versetzt hatte, war ihr jetzt egal. Doch nicht nur der Blick der Security war streng. Auch Tony funkelte sie jetzt wütend an.

»What are you doing here?«, zischte er und klang nicht gerade erfreut, Franzi hier zu sehen. *»Sorry, I'm in a hurry«*, fügte er hinzu und machte auf dem Absatz kehrt. Er wendete sich wieder dem Jockey zu, der nervös mit den Fingern gegen seinen Oberschenkel trommelte. Sie drehten sich auf der Stelle um und verschwanden, ohne sich weiter um Franzi zu

kümmern. Dann eben nicht, dachte Franzi, ich sehe ihn ja sowieso heute Abend wieder. Wie praktisch, wenn man mit seinem Schwarm unter einem Dach lebte – selbst wenn es nur für ein paar Wochen war.

Wo sie schon mal hier war, wollte sie es sich nicht nehmen lassen, einen Blick auf die Rennpferde zu werfen. Also trottete Franzi in die Stallungen. Schließlich waren Pferde eine ihrer Leidenschaften. Aber was Tony hier zu suchen hatte, konnte sie sich noch immer nicht erklären. Für einen Jockey war er eindeutig zu groß und zu muskulös. Außerdem hatte er laut Mr Appleton mit Pferden eigentlich nichts am Hut. Sie hatte ihn extra noch mal möglichst unauffällig über seinen Sohn ausgefragt, in der Hoffnung, sie und Tony hätten etwas gemeinsam, worüber sie reden könnten. Franzi suchte seit dem ersten Blick in seine umwerfenden Augen fieberhaft nach einem Grund, Tony in seinem Zimmer zu besuchen. Aber ihr fiel einfach keiner ein. Selbst die Musik, die sie durch die dünne Zimmerwand hörte, gab ihr keinen vernünftigen Anlass. Die war einfach nur laut und schrecklich. Und *»your music steps on my nerves«* war nun wirklich kein guter Auftakt für einen Flirt. Mal ganz abgesehen davon, dass der Satz bestimmt auch völlig falsches Englisch gewesen wäre.

Und jetzt war sie hier auf der Rennbahn. Und Tony auch. Sie wäre ja schön blöd gewesen, wenn sie zurück zur Reisegruppe gegangen wäre. Selbst ein Blick in die königliche Loge konnte sie nicht so sehr reizen, wie gemeinsam mit Tony über Rennpferde zu fachsimpeln. Wenn er nur mal etwas mehr Zeit für sie hätte!

Franzi ging durch den hellen Gang des Pferdestalls. Durch die Glaskonstruktion der Decke fiel Sonnenlicht herein. Staubflocken tänzelten im Lichtschein. Die Pferde standen ruhig in ihren Boxen und schnaubten nur hin und wieder zufrieden. Franzi sog den herrlichen Duft nach Stroh und Pferd ein, während sie die Boxen abschritt. »Star Of Orion, Flying Wave, Diomed IX., Black Diamond«, las Franzi leise die Namen der edlen Vollblüter vor, an deren Boxen sie vorbeikam. Das Fell der Tiere glänzte und auch die Boxen sahen sauber, ja fast schon steril aus. Für Tinka wäre das nichts, schoss es Franzi durch den Kopf. Ihr eigenes Pony brauchte unordentliches Stroh und eine stets tropfende Trinkanlage. Franzi musste lächeln, als sie an zu Hause und an Tinka dachte. Da kann ich sie noch so striegeln, so glänzend wie das Fell dieser Pferde würde Tinkas niemals. Dafür wird Tinka geliebt. Ob jemand diese Pferde liebte? Oder nur dann, wenn sie ein wichtiges Rennen gewannen und den Besitzer steinreich machten?
Franzi war vor der Box von Chestnut angekommen. In der Box standen Tony, der Jockey und ein elegant gekleideter Herr mit gezwirbeltem Schnauzbart, der fachmännisch die Sehnen und Bänder von Chestnut abtastete. Hätte er die Handschuhe vorher ausgezogen, würde er vielleicht auch eine Schwellung bemerken, dachte Franzi. Durch die feinen Lederhandschuhe merkt er ja noch nicht einmal eine Entzündung. Aber was ging sie das an.
»*What a wonderful horse*«, sagte sie und nickte zur Begrüßung. Sie zückte ihr Handy und schoss ein Foto von dem kastanienbraunen Hengst und den Männern in der Box.

Dass der elegante Mann sie wütend anfunkelte, lag bestimmt nicht an dem Handy, denn das war so leise beim Fotografieren, dass es nicht einmal ein leises »*Klick*« von sich gegeben hatte. Chestnut hatte sich zum Glück nicht erschreckt. Aber vielleicht hätte sie fragen sollen, bevor sie die Männer und Chestnut für die Ewigkeit auf ihrem Handy festhielt. »*Sorry*«, murmelte Franzi verlegen und steckte das Handy zurück in ihre Hosentasche.
Tony kam aus der Box gestürmt, packte sie unsanft am Arm und redete auf sie ein. Sie verstand nur die Hälfte von dem, was er sagte. So schnell war das Übersetzungsprogramm in ihrem Kopf nun mal nicht. Aber dass sie verschwinden sollte, war mehr als deutlich. Franzi war wie vor den Kopf gestoßen. Ihr liebendes Herz hatte soeben einen Bruch erlitten. Doch da war noch etwas!
Auch wenn sie in puncto kriminelles Gespür nicht Kims zuverlässiges Bauchgefühl hatte, so merkte sie dennoch, dass hier etwas nicht stimmte. Etwas, das weit über Herzbruch hinausging. Schnell weg, bevor es gefährlich werden würde. Franzi verließ allerdings nicht die Stallung. Aus sicherer Entfernung belauschte sie, was die Männer besprachen.

Zurück in Eastbourne lief Franzi sofort zum Pier. Sie hatte mit Marie und Kim ausgemacht, dass sie sich um 21:00 Uhr treffen wollten. Immer wieder schaute Franzi auf ihre Armbanduhr. Sie war viel zu früh am Pier angekommen und brannte darauf, Marie und Kim von ihrem Tag in Ascot zu erzählen. Für die Jockeystube, die Rennbahn und für die Summen, die dort jährlich für Champagner ausgegeben wurden, interessierten sich die beiden sicherlich nicht so sehr. Aber für das, was sie mit Tony erlebt hatte, bestimmt! Hoffentlich hat der Bus aus London keine Verspätung, dachte Franzi und wurde unruhig. Da tauchten die beiden endlich auf. Sofort stürmte Franzi auf Kim und Marie zu und schon sprudelte es aus Franzi heraus.

Ein neuer Fall?

Detektivtagebuch von Kim Jülich
Mittwoch, 14:00 Uhr
Ich treffe mich gleich mit Franzi und Marie in der Bibliothek hier im Hotel. Zur Lagebesprechung! Gut, dass ich das Detektivtagebuch auch gegen Franzis und Maries Willen mitgenommen habe. Jetzt brauchen wir es nämlich doch!
Clark Stuart kommt auch in die Bibliothek. Ich habe ihn um ein Treffen gebeten. Vielleicht kann er uns weiterhelfen. Selbst Franzi als echte Pferdenärrin versteht nicht genug vom Pferderennsport, um uns erklären zu können, was gestern in Ascot vor sich ging. Aber dank meines guten Gedächtnisses habe ich mir gemerkt, dass Mr Stuart (den ich mittlerweile Clark nennen darf) sich für Pferderennen interessiert.
Das, was Franzi gestern Abend berichtet hat, war schon höchst seltsam! Es sieht so aus, als würde es sich lohnen, mal wieder die drei !!! zu aktivieren. Ob wir aber wirklich einen neuen Fall haben, weiß ich nicht. Mein Bauchgefühl sagt Ja. Tony hat sich Franzi gegenüber nämlich sehr seltsam benommen. Warum wollte er sie so schnell loswerden? Und wer war der elegant gekleidete Herr, der so nervös wurde, nachdem Franzi an der Box von Chestnut aufgetaucht ist? Er hat Tony irgendetwas von »topgeheim« und »keine Öffentlichkeit« zugezischt. Laut Franzi war er mächtig sauer, dass sie ihn fotografiert hat. Und Tony sollte irgendetwas abklären – wenn Franzi das richtig verstanden hat. Klar, dass Franzi sofort vermutet hat, dass da etwas nicht stimmen kann. Bei all den Fällen, die wir schon aufge-

spürt haben, hat auch sie mittlerweile ein Gefühl für kriminelle Energie. Und die floss in der Box, da ist sich Franzi sicher! Aber was genau da vor sich ging, wissen wir nicht. Noch nicht!

Geheimes Tagebuch von Kim Jülich
Mittwoch, 14:25 Uhr
Achtung: Lesen für Unbefugte (alle außer Kim Jülich) streng verboten! Topsecret! Auch für Hotelpersonal und wer auch immer noch einen Schlüssel für das Turmzimmer hat. Selbst für Turmmäuse, die vielleicht unter meinem Bett wohnen, ist dieses Tagebuch geheim! Pfoten weg! Sonst gibt es verschimmelten Käse zum Frühstück.
Nach dem letzten Telefonat mit Michi war er sehr seltsam zu mir. Ich habe ihm auf der Fahrt nach London zwei SMS geschrieben. Die SMS, die er zurückschreibt, haben einen sarkastischen Unterton, der mir nicht gefällt. Wo ist nur der liebe Michi geblieben? Der, der sich nicht zu männlich ist, auch mal einen Kuss via Satellit zu schicken. Auch wenn ich hier in England wirklich eine tolle Zeit mit Marie und Franzi habe (und Jo, der noch immer als Maries Schatten hinter ihr herläuft. Ich bin mir sicher, dass er heftig in sie verknallt ist), fehlt mir Michi ganz schrecklich. Blöd nur, dass seine letzte SMS so komisch war. Ich weiß gar nicht, was ich darauf antworten soll. Er schrieb: Hey, Kim! Höre deine Stimme seltener als die von meiner eigenen Großmutter. Melde dich doch mal, wenn du dich von diesem Clark für eine Minute losreißen kannst.
Was hat Michi denn nur? Ich werde ihm nachher eine SMS schreiben. Aber jetzt muss ich mich beeilen. Es ist zwei Minuten vor drei. Und bis ich die unendlich vielen Stufen vom Turm

hinabgestiegen und in der Bibliothek angekommen bin, ist es bestimmt schon fünf nach.

Clark wartete bereits in seinem Ohrensessel, als Kim die Bibliothek betrat.

»Entschuldigung, dass ich zu spät bin, Clark. Ich musste noch schnell ein paar Dinge aufschreiben. Sind meine beiden Freundinnen noch nicht hier?« Kim sah sich um.

»Es wird höchste Zeit, dass ich Franzi und Marie kennenlerne – so viel, wie du mir schon von ihnen erzählt hast. Sie kommen sicherlich gleich. Das Hausmädchen nimmt sie in der Eingangshalle in Empfang. Wir wollen ja nicht, dass sie sich hier im Hotel verlaufen, oder?« Clarks Augen blitzten, wie schon so oft, schelmisch auf. »Was schreibst du?«, fragte er. »Ein Buch?«

»Och, nee, nur ein paar Notizen«, antwortete Kim. Sie überlegte kurz, ob sie ihm erzählen sollte, dass sie tatsächlich Kurz-Krimis schrieb. Schließlich wollte sie ja mal eine berühmte Krimiautorin werden. Während sie darüber nachdachte, ob sie sich wirklich outen sollte, sah sie sich in der Abteilung der Bibliothek um, die mit Krimis bestückt war.

»Sag es dem alten Herrn ruhig«, schien Sherlock Holmes ihr aus einem Buch zuzuflüstern.

»Ja, trau dich, was ist denn schon dabei?«, wisperte aus einem anderen Buch Miss Marple.

Na toll, jetzt höre ich schon Bücher sprechen, dachte Kim und warf einen unsicheren Blick zu Agatha Christie, die jedoch noch immer, ohne auch nur eine Miene zu verziehen, stumm an der Wand hing.

»Ja, ja, grinsen Sie nur … auch Sie werden mal klein angefangen haben«, flüsterte Kim. Sie gab sich einen Ruck und ging stolz auf Clark zu. »Ich schreibe Krimikurzgeschichten.«
»Das ist ja toll! Ich wünschte, ich hätte das auch mal getan, als ich noch jung war. Ich wollte immer ein Buch schreiben. Aber irgendwie huschten die Jahre schneller vorbei, als ich es für möglich gehalten hätte. Und nun sitze ich hier, bin fast 70 Jahre alt und habe außer einigen Briefen nie etwas zu Papier gebracht. Du machst es goldrichtig, Kim. Früh übt sich, wer ein Meister werden will! Nicht wahr, Agatha«, sagte er und lächelte der Dame in Öl zu.
»Ich habe sogar einen Detektivclub gegründet.«
»Das hast du mir ja gar nicht erzählt.« Staunend zog Clark die buschigen Augenbrauen hoch.
»Das ist auch der Grund, warum wir uns heute mit dir treffen wollten. Franzi, Marie und ich sind *Die drei !!!*«, sagte Kim nicht ohne Stolz und zog die Visitenkarte der drei !!! aus der Hosentasche.

Die drei !!!
Detektivinnen
Kim Jülich
Franziska Winkler
Marie Grevenbroich
Wir lösen jeden Fall!
Kontakt: siehe Rückseite

»Hey, wir sind in den Ferien«, sagte Marie, die soeben die Bibliothek betreten hatte, und streckte Clark die Hand entgegen. »Ich bin Marie und das ist Franzi.«
Sie plauderten noch eine Weile mit Clark, der höchst interessiert die Ohren spitzte, als die drei Mädchen abwechselnd von ihren bereits gelösten Fällen berichteten.
Dann begann Franzi von ihren gestrigen Beobachtungen zu erzählen. Clark fühlte sich sichtbar geschmeichelt, dass er nun den drei !!! weiterhelfen sollte. Er setzte sich in seinem Sessel aufrecht hin und sah mit zusammengekniffenen Augen auf das Display von Franzis Handy, das sie ihm gegeben hatte.
»Und das sind eure Tatverdächtigen?«, fragte Clark schmunzelnd. »Das glaube ich kaum. Könnte das Pferd vielleicht einen Mord begangen haben? Oder, ganz aus Versehen versteht sich, einer Maus den Schwanz durchtrennt haben? Ja, vielleicht. Aber der elegante Herr hier auf dem Bild ist der ehrenwerte Mr McClow, ein berühmter Rennstallbesitzer hier aus der Gegend. Und der Jockey neben ihm ist Justin Stevens – ebenfalls eine lokale Berühmtheit. Er hat schon viele Pferde aus dem Stall von Mr McClow zum Sieg geführt. Wenn mich nicht alles täuscht, handelt es sich bei dem Pferd hier um Chestnut. Chestnuts Besitzer war früher oft hier im *Queens Hotel* zu Gast. Seit er Chestnut in die strengen Hände von Mr McClow gegeben hat, entwickelt er sich ganz prächtig! Das harte Training bei Mr McClow scheint ihm gut zu bekommen. Er wird in diesem Jahr sogar als haushoher Favorit für das Rennen am 25. Juli in Ascot gehandelt. Das Preisgeld beim *King George Day* ist immens.

Wenn er siegt, wird Mr McClow hoffentlich nicht mehr so bitter dreinblicken wie hier auf dem Foto. Dann wird er strahlen wie ein Honigkuchenpferd – so sagt man doch in Deutschland, oder?«
Clark vermutete, dass es sich bei dem Treffen der Herren um eine harmlose Angelegenheit handelte. Schließlich müsse sich ein Rennstallbesitzer ja auch um das Wohl der ihm anvertrauten Tiere kümmern.
»Er hat Chestnuts Sehnen und Bänder abgetastet, sagtest du, Fränzi?«
Franzi nickt. Im Stillen amüsierte sie sich, weil Clark, obwohl er wirklich ausgesprochen gut Deutsch sprach, ihrem Namen einen englischen Klang gegeben hatte.
»Da haben wir es ja.« Clark schmunzelte zufrieden. »Alles ganz harmlos. Und der junge Mann, wie hieß er noch gleich, ach ja, Tony, ist bestimmt nur ein neugieriger Freund von Justin. Vielleicht interessiert er sich erst seit Kurzem für den Pferderennsport. Oder vielleicht auch nur fürs Wetten. Belassen wir es dabei. So, und jetzt ab an den Strand mit euch! Das Wetter ist viel zu schön, um in einer alten staubigen Bibliothek den Nachmittag zu verbringen!«

Das ließen sich die drei !!! nicht zweimal sagen. Ihre Bikinis hatten sie sowieso unter die T-Shirts und Röcke gezogen. Kim holte rasch ein paar Handtücher aus ihrem Zimmer, stopfte drei Flaschen Wasser und eine Tüte Weingummi in ihren Rucksack und stapfte die Treppe vom Turmzimmer herab.

Auf dem Weg zum Strand fing Kim noch mal mit dem Thema Ascot an. Sie war nicht überzeugt von Clarks Argumenten. Marie wollte jedoch nichts mehr davon hören. »Kim, es sind Ferien! Entspann dich, sonst werfe ich dich am Ende doch noch vom Pier. Dann musst du schwimmen, ob du willst oder nicht!«

Irgendetwas in Kims Bauch schrie ganz laut Alarm! Aber ein unfreiwilliges Bad im Meer wollte sie lieber nicht riskieren.

Franzi hingegen wollte Clarks Worten nur zu gerne Glauben schenken. In ihren Augen war Tonys Interesse an Pferden jetzt wieder völlig harmlos. Vielleicht hatte er mitbekommen, dass sie sich für Pferde interessierte, und wollte ein Gesprächsthema finden. Konnte doch sein, oder? Das wäre sogar total lieb gewesen. Wobei er sich ja eigentlich noch nicht einmal so richtig um sie gekümmert hatte. Im Gegenteil. Trotzdem schüttelte Franzi alle Gegenargumente mit einer heftigen Kopfbewegung aus ihrem Hirn. Ihre roten Zöpfe wippten dabei fröhlich hin und her.

Detektivtagebuch von Kim Jülich
Mittwoch, 21:00 Uhr
Laut Franzi und Marie gibt es keinen neuen Fall für die drei !!!. Schade, ich hatte mich schon so auf etwas Aufregung gefreut. Clark konnte keinen Hinweis auf ein Verbrechen erkennen. Und Franzi hat die rosarote Brille auf. Bauchgefühl hin, Bauchgefühl her … keine Hinweise – kein Fall! Franzi und Marie stehen im Moment sowieso mehr auf Freizeitspaß. Vorhin auf dem Pier hat Marie Jo getroffen und den ganzen Abend mit ihm rumgekaspert. Mein Bauchgefühl ist in diesem Fall

ganz klar: Sie ist dabei, sich zu verlieben. Jo muss nur noch etwas hartnäckiger werden. Vielleicht sollte ich ihm einen Tipp geben, wie er Marie um den Finger wickeln kann. 1000 Komplimente am Tag, und sie wird handzahm.
Und Franzi? Der kaufe ich morgen Glasreiniger, damit sie ihre rosarote Brille mal gründlich sauber machen kann. Bevor Tony ihr noch das Herz bricht.

Franzi in der Klemme

Pierce verteilte wie an jedem Vormittag die Tageszeitung an die Sprachschüler.
»*Chestnut No. 1 in Ascot? Who can beat him?*«
»Oje, schon wieder Pferdesport«, stöhnte Janina, nachdem sie die Schlagzeile gelesen hatte.
»Das ist es, was die Eastbourner zurzeit am meisten interessiert. Immerhin kommt der Vollbluthengst Chestnut aus einem Stall, der hier in Südengland sehr berühmt ist. Wenn ihr den Artikel übersetzt, werdet ihr mehr wissen.«
»Klasse, hier steht, dass man viel Geld gewinnen kann, wenn man gegen Chestnut setzt. Aber nur, wenn er dann auch wirklich verliert«, rief einer der Surfer-Typen und hielt triumphierend die Zeitung in die Höhe. »Super, ich gehe gleich nachher ins Wettbüro. Ein bisschen das Taschengeld aufbessern!«
»Daraus wird leider nichts«, nahm Pierce ihm die Illusion vom schnellen Geld. »Um in England Pferdewetten abzuschließen, muss man volljährig sein.«
Jetzt verfolgt mich dieses Pferd auch noch bis in den Unterricht, dachte Franzi und musste wieder an Tony denken.
Nachdem sie am Abend vom Pier zurückgekommen war, hatte sie gehofft, ihn vielleicht noch im Haus zu treffen. Und als sie später im Bett lag und sich ausmalte, wie es sich wohl anfühlen würde, von ihm geküsst zu werden, horchte sie noch immer, ob sie ihn kommen hörte. Darüber war sie irgendwann eingeschlafen.

Das Nächste, was Franzi von Tony mitbekommen hatte, war der Duft seines Aftershaves, der noch im Badezimmer hing, als sie sich duschte. Sie hatte ihn verpasst. Dabei fieberte sie doch so einem *zufälligen* Treffen mit ihm entgegen.
Unkonzentriert starrte Franzi auf die paar Zeilen, die sie bereits übersetzt hatte. In ihrer Hosentasche vibrierte plötzlich das Handy. Puh, gut, dass ich es vor dem Unterricht noch auf Vibrationsalarm gestellt habe. Franzi atmete innerlich erleichtert auf. Pierce wäre bestimmt sauer geworden. Vorsichtig wühlte sie in ihrer Tasche, schob das Handy unter die Zeitung, hob sie an und riskierte vorsichtig einen Blick auf das Display.

Sorry for being a fool in Ascot - Fancy a spin on the motorbike? Picnic at the lighthouse? Pick you up at 3 pm at the store. Tony

Franzi übersetzte die Zeilen, während sie las. Ihr Herz machte einen Freudensprung! Schnell tippte sie mit zittrigen Fingern und pochendem Herzen *OK* und drückte auf *Senden.*

Erst später, als der Unterricht beendet war und Franzi mit Kim und Marie den Footballclub verließ, wunderte sie sich, woher Tony überhaupt ihre Handynummer hatte. Ob Marie sie ihm gegeben hatte? Oder Kim? Besser, ich frage nicht, überlegte Franzi, sonst stellen die zwei noch irgendwelche seltsame Fragen. Vielleicht hatte sein Vater ihm die Nummer gegeben.
Auch wenn Franzi vor Glück fast platzte, behielt sie das Treffen mit Tony besser für sich. Sie befürchtete, Kim könn-

te wieder mit ihrem Bauchgefühl anfangen und irgendetwas von krimineller Energie oder so faseln.

Um Punkt 15:00 Uhr hörte Franzi das Knattern eines Motorrades unter ihrem Fenster. Sie war die letzte Stunde so nervös gewesen, dass sie sich dreimal umgezogen hatte. Jetzt stand sie in Jeans und einem Shirt in Tarnfarben vor dem Spiegel und zupfte ihre Haare zurecht. Sie hörte Tony die Treppe heraufstiefeln und rief durch die geschlossene Tür: »*Two minutes, please!*«
So schnell sie konnte tippte, sie eine Nachricht an Marie und Kim, nur damit sie sich keine Sorgen machten und wussten, wo sie war. Die Tür flog auf und Tony stand strahlend vor ihr. Franzis Knie wurden wackelpuddingweich. Tony sah umwerfend aus in seiner Lederjacke, den schweren Stiefeln und mit dem lässig unter den Arm geklemmten Helm. Er warf ihr den Helm zu, grinste frech und sah ihr dabei tief in die Augen. Franzi schmolz dahin. Sie verschwendete keinen Gedanken mehr an sein unmögliches Benehmen in Ascot. Wie auch, ihr Kopf war leer gefegt wie nach einem Wirbelsturm. Dass sie dennoch geistesgegenwärtig im Rausgehen nach ihrer Jeansjacke griff, wurde wohl von ihrem Unterbewusstsein gesteuert.

Wie selbstverständlich hatte Franzi ihre Arme um Tonys Taille geschlungen, kaum dass sie hinter ihm auf dem Motorrad Platz genommen hatte. Trotzdem vermied sie es, zu dicht an ihn heranzurücken. Wie überschäumendes Brausepulver gluckerte und blubberte es in ihrem Bauch, wenn sich

die schwere Maschine in die Kurven legte und sie mit Tony zu einer Einheit verschmolz.
Den Stadtkern hatten sie bald hinter sich gelassen und vor ihnen erstreckten sich die hügeligen Kreidefelsen von *Beachy Head*. Die Fahrt führte sie weiter, mitten durch die *South Downs*, über die Franzi bereits in dem Prospekt von *Sunny Times* gelesen hatte.
Tony wich geschickt einer Gruppe Rennradfahrern aus, die sich neu formierte. Puh, dachte Franzi, den steilen Weg hierherauf würde selbst ich nicht in diesem Tempo schaffen. Die müssen wirklich gut trainiert sein. Ein Blick auf die kräftigen nackten Waden bestätigte ihre Vermutung. Obwohl die Kreidefelsen ein beliebtes Ausflugsziel waren, begegneten sie, abgesehen von den Radfahrern, keiner Menschenseele.
Dafür sah Franzi unzählige Schafe auf den grünen Wiesen links und rechts der Straße grasen. Und in den windschiefen Bäumen, die hoch oben auf den Klippen Halt gefunden hatten, hingen flauschige kleine Wolken. Franzi kam es vor, als hätte Tony den romantischsten Ort der Welt für ihr Picknick ausgewählt.
Ganz oben angekommen bremste er die Maschine direkt vor einem alten Leuchtturm ab und half Franzi beim Absteigen, indem er ihr die Hand reichte. Er ließ sie erst los, als sie vor dem alten Gemäuer standen. Während er eine verblichene Decke auf einem Flecken ohne Schafköttel ausbreitete und seine Satteltasche weiter auspackte, ging Franzi an den Klippenrand. Das Klatschen der Wellen, die unter ihr tobten, drang zu ihr. 85 Meter über dem Meeresspiegel! Jetzt bloß keinen Schritt weiter, dachte sie und wich zurück.

Neugierig ging sie um den Leuchtturm herum. Die dicken Steinquader waren von der salzigen Meerluft angegriffen und Moos hatte sich in den Rissen breitgemacht. Auch die alte Holztür war verzogen. Kein Wunder, dass der Turm hier nicht mehr in Betrieb ist, der sieht aus, als würde er jeden Moment einstürzen, dachte Franzi.

Sie fragte Tony, wann der Leuchtturm geschlossen worden war. So spannend war das Thema zwar nicht, aber irgendwie musste sie ja ein Gespräch anfangen.
Tony wusste es nicht so genau. Aber er vermutete, spätestens als der neue Leuchtturm unterhalb von *Beachy Head* in Betrieb genommen worden war. Und das war irgendwann um 1900 gewesen. Franzi gab sich mit der Antwort zufrieden und setzte sich zu Tony auf die Decke. Um sich nicht noch irgendeine langweilige Frage aus den Fingern saugen zu müssen, nahm sie ein Stück Quiche und kaute ewig lange darauf herum. Ansonsten fiel das Picknick doch recht mager aus. Außer der billigen Quiche aus dem Supermarkt gab es nur noch Würstchen in Blätterteig und Cola.
Franzi war ein bisschen enttäuscht. Sie hatte gelesen, dass ein Picknick in England ausgiebig zelebriert wurde und sich über Stunden erstreckte. Dieses Picknick war in ihren Augen viel zu schnell beendet. Und besonders redselig war Tony auch nicht. Von Romantik fehlte jede Spur. Ganz im Gegenteil: Tony wirkte nervös. Immer wieder fuhr er sich mit der Hand durch die ohnehin vom Wind zerzausten Haare. Sein Lächeln wirkte längst nicht mehr so strahlend und seine Augen hetzten ständig zwischen Franzis Mund und der

Quiche hin und her. Kaum hatten sie den letzten Bissen verdrückt, sprang Tony auf und ging zum Leuchtturm. Er wollte Franzi unbedingt den Turm von innen zeigen. Auf Franzis Einwand, dass die Tür verschlossen sei, entgegnete er, dass man nur wissen müsse, wo der Schlüssel versteckt sei. Tony wusste es. Er öffnete den verrosteten Briefkasten, der vor dem Turm stand, und fischte mit sicherer Hand den Schlüssel heraus. Ob er wohl viele Mädchen mit dieser Romantiktour zu beeindrucken versucht hat?, schoss es Franzi durch den Kopf. Vielleicht sollte ich ihm sagen, dass Mädchen auch auf romantische Flirts stehen und dass es nicht sonderlich förderlich für die Liebe ist, ihm beim Verdrücken von Blätterteigröllchen zuzusehen. Mal ganz abgesehen von dem Rülpser, nachdem er die Cola runtergestürzt hatte. In Franzi kroch so etwas wie Wut hoch. Was machte sie hier eigentlich? Wo blieb der Kuss? Und wo der Sonnenuntergang?
Missmutig folgte sie Tony in den Turm. Modriger Geruch schlug ihr entgegen. Der hob nicht gerade ihre Stimmung, die sich sowieso nahe dem Tiefpunkt befand. Sie hatte irgendwie mehr erwartet.
Als Tony sie dann aufforderte, ein Foto aus dem Turmfenster zu schießen, fragte sie sich, wieso. Um den Tiefpunkt ihres ersten Dates zu dokumentieren? Franzi winkte ab und sagte, dass sie ihr Handy nicht dabeihätte. Erst jetzt fiel ihr auf, dass sie es in der Eile tatsächlich auf dem Bett hatte liegen lassen. »So ein Mist«, murmelte sie und sagte ihm, dass sie es zu Hause vergessen hatte. Tony sah sie irritiert an. Er fragte noch mal nach ihrem Handy und ob sie damit nicht doch den Ausblick fotografieren wollte. War ihr Englisch

wirklich so schlecht? Quatsch! Sie wiederholte ihre Worte noch einmal. Langsamer. Zum Mitschreiben langsam. Dann endlich kapierte er, dass sie es gar nicht dabeihatte. Er wurde sauer. Jetzt begriff Franzi so langsam, worum es überhaupt ging. Doch noch ehe sie den Turm verlassen konnte, stieß Tony sie unsanft zur Seite und drängelte sich an ihr vorbei. Franzi fiel hin. Tony stürmte aus dem Turm, knallte die Tür zu und schloss ab. Franzi rief ihm immer wieder zu, dass er sofort die Tür aufmachen solle. Dann fluchte und schimpfte sie. Auf Englisch, auf Deutsch, was ihr gerade einfiel.

Aus der Ferne drang das Knattern des Motorrades zu ihr. Sie brauchte gar nicht lange zu überlegen, warum er sie in den Turm eingesperrt hatte. Ihm war gar nicht an einer Entschuldigung für sein seltsames Benehmen in Ascot gelegen. Und auch nicht an einem romantischen Ausflug! Pah, dieser Schuft! Franzi kochte innerlich. Wie konnte sie nur auf so eine lahme Nummer hereinfallen? Sie hätte sich am liebsten vor Wut in den Hintern gebissen. Dazu war später noch Zeit. Jetzt musste sie erst einmal zusehen, dass sie möglichst schnell wieder ins Freie gelangte. Aber wie? Das Fenster!

Selbst wenn sie die Scheibe zerschlug, war der Rahmen zu klein. Ihr Kopf würde vielleicht hindurchpassen, aber bei den Schultern wäre schon Schluss. Nicht nur, dass die Jeansjacke sie beim Sturz mit dem Motorrad vor schlimmen Schürfwunden bewahrt hätte, jetzt war Franzi noch aus einem anderen Grund dankbar, dass sie sie trotz sommerlicher 27 Grad angezogen hatte. Sie hielt die Jacke mit einer Hand vor die Fensterscheibe, ballte die Finger der anderen Hand zur Faust und ... kawumm! Das Glas zerbrach unter dem

Stoff. Glassplitter fielen klirrend zu Boden. Fledermäuse, die anscheinend im Turm geschlummert hatten, sausten über Franzi hinweg und flogen hinaus. Franzi zog den Kopf ein. »Habt ihr mich erschreckt!«, hauchte sie mit zittrigen Knien. »Reiß dich zusammen, Franziska Winkler! Es waren nur ein paar harmlose Fledermäuse. Jetzt mach schon, ruf endlich um Hilfe!«
Sie legte die Jacke um ihren Hals, dann streckte sie vorsichtig den Kopf durch den Rahmen, um sich an den im Rahmen verbliebenen scharfkantigen Glasstücken nicht zu verletzen.

Wie lange sie nach Hilfe gerufen hatte, konnte sie nicht sagen. Ihr war jegliches Zeitgefühl verloren gegangen. Ihr Hals war völlig rau. Sie brauchte dringend etwas zu trinken. Noch viel mehr drängelte allerdings ihr Wunsch nach Freiheit. Niemand hatte sie rufen hören. Verirrte sich denn niemals irgendwer in diese verflucht verlassene Gegend? Sonst trampelten Touristen doch auch immer auf jedem noch so abgelegenen Pfad. Franzi war verzweifelt.

Gut kombiniert, Kim

Am Mittag war der Strand abseits des Piers fast menschenleer. Die Flut hatte gerade erst eingesetzt. Zum Schwimmen war das Wasser noch zu flach. Marie aalte sich in der Sonne. Die Luft roch nach Sonnencreme und Meer. Kim saß neben ihr auf der Strandmatte und zerbröselte ihren Muffin. Die Möwen, die eben noch im Schlick nach Muscheln und Krebsen gestochert hatten, kamen sofort angeflattert und pickten gierig nach den Bröseln.

»Hast du keinen Hunger?«, fragte Marie.

Neidisch blickt Kim auf Maries flachen Bauch, der weder über noch unter der Bikinihose einen Ring bildete.

»Wenn ich diesen Muffin esse und den nächsten und den übernächsten und dazu noch einen Vanilleeis-Kakao trinke, kann ich jede Hoffnung auf einen straffen Bauch endgültig begraben. Sollen doch die Möwen dick und rund werden!«

»Tapfer«, sagte Marie. »Obwohl ich echt nicht verstehe, wo du glaubst, dick zu sein.« Sie kniff Kim in die Bauchfalte, die, gut verdeckt vom Badeanzug, kaum zu sehen war. »Ist doch alles nur entspannte Haut. Zehn Sit-ups täglich und du hättest weniger Kummer.«

»Kann man die kaufen? Ich nehme dann bitte 20 täglich«, flachste Kim.

»Und ich 50 – äh, von was? Sit-ups? Habe ich richtig gehört, die gibt es neuerdings zu kaufen?« Jo, der anscheinend immer genau wusste, wo Marie zu finden war, kam von der Strandpromenade angelaufen und setzte sich neben Marie

auf die warmen Kiesel. Er schob sein T-Shirt hoch, trommelte auf seinen Bauch und zog eine Grimmasse. »Das hätte ich früher wissen sollen.«
Ein bisschen Training würde ihm sicher nicht schaden, dachte Kim. Marie schob die Sonnenbrille hoch und warf einen kritischen Blick auf Jos braun gebrannten Bauch. Kommentarlos lehnte sie sich wieder zurück.
»*Du* weißt doch längst, wo man Sit-ups kaufen kann. Kannst es uns ja verraten«, bettelte Jo und musterte Maries Körper verstohlen aus dem Augenwinkel. Verlegen drehte er den Kopf weg, als Marie ihn dabei ertappte.
»Was bedeuten denn die drei Ausrufezeichen da?«, fragte er schnell und zeigte auf den Bund der Bikinihose.
»Erkläre du es ihm, Kim. Ich bin zu beschäftigt.« Marie gähnte demonstrativ gelangweilt.

Jo war beeindruckt, nachdem Kim ihm von ihrem erfolgreichen Detektivclub erzählt hatte. Nun himmelt er Marie bestimmt noch viel mehr an, dachte Kim.
»Und wo steckt das dritte Ausrufezeichen?«, fragte Jo.
»Keine Ahnung. Sie wollte sich aufs Ohr hauen. Nach dem Unterricht faselte sie irgendetwas von Meerluft und Müdigkeit. Und weg war sie«, antwortete Marie.
»Das war vor fast zwei Stunden. Besser, ich schreib ihr schnell 'ne SMS und sag ihr, wo sie uns findet.« Kim holte ihr Handy aus der Tasche. Verwundert blickte sie auf das Display. Eine neue Nachricht war eingegangen. Seltsam, sie hatte es gar nicht klingeln hören. Wahrscheinlich war der Handyton im Gekreisch der Möwen untergegangen.

»Franzi hat geschrieben. Sie hat uns angeschwindelt. Hört euch das mal an!« Kim las die SMS vor: *»Fahre mit Tony picknicken – zum Leuchtturm – wie romantisch – wartet nicht auf mich – Franzi.* Und den Grinsesmiley konnte sie sich auch nicht verkneifen«, schnaubte Kim fuchsig.
»Starkes Stück«, sagte Marie und grinste. »Lass ihr doch ihren Spaß.«
Kim verstand nicht, wie Marie so ruhig bleiben konnte. Sie traute Tony noch immer nicht. In der nächsten Stunde schrieb sie Franzi mindestens drei SMS. Doch es kam keine Antwort. So langsam wurde Kim nervös. Auf das Buch, das sie sich aus Clarks Bibliothek ausgeliehen hatte, konnte sie sich auch nicht konzentrieren. Lag es am Englisch oder an Franzis Schweigen?
»Ich gehe jetzt zu Mr Appletons Haus und stelle Franzi zur Rede. Kein Picknick mit so einem Holzklotz wie Tony dauert so lange! Sie ist bestimmt längst wieder in ihrem Zimmer und weint sich die Augen aus, weil Tony irgendeinen Mist verzapft hat. Ich traue ihm nicht einen Zentimeter – nicht von hier bis zum nächsten Kieselstein!«
»Jo und ich wollten gerade schwimmen gehen.« Marie stöhnte auf. »Tut mir leid, Jo, vielleicht morgen? Heute muss ich meine Freundin vor schlimmen Herzschmerzen bewahren.«
»Das ist nicht lustig!«, schob Kim nach.

Jo war nicht beleidigt. Er nickte nur gespielt ergeben und sagte: »Dann bis morgen!«
Sein Schauspieltalent steht Maries ihn nichts nach, dachte Kim. Na, da haben sich ja die Richtigen gefunden. »Können

wir?«, drängelte sie und reichte Marie ihren Sonnenhut, den der aufkommende Wind fast mit sich gerissen hätte.

Kurz darauf klingelten Kim und Marie an der privaten Haustür von Mr Appleton. Sie wollten nicht einfach so in den Laden spazieren und nach Franzi fragen. Vielleicht hatte er gerade Kundschaft und da wollten sie nicht stören.
Tony öffnete die Tür und sah die beiden an, als seien sie Gespenster.
»Wir wollen zu Franzi«, sagte Kim und wollte sich an Tony vorbeidrängeln. Sein irritierter Gesichtsausdruck brachte bei ihr sämtliche Alarmglocken zum Klingen. Hektisch nestelte er an der Seitentasche seiner Cargojeans herum und lenkte damit erst recht Kims Blick auf seine Hände. War das nicht Franzis Handy, das er da eben schnell hatte verschwinden lassen? Kim funkelte ihn wütend an. »Wo ist Franzi?«, fragte sie und vergaß erneut, Englisch zu reden.
In gebrochenem Deutsch stotterte Tony herum: »Ich habe dich verstanden.« Nervös fuhr Tony sich durch die Haare und legte die Stirn in Falten. »Ich lerne Deutsch für paar Jahre in die Schule. Ich weiß nicht, wo Franzi. After dem Picknick sie blieben beim Leuchtturm. Schöne Aussicht!«
Rums! Tony hatte ihnen die Tür vor der Nase zugeknallt.
Marie tobte. Kim zog sie zur Seite und legte den Zeigefinger auf den Mund. »Pscht«, zischte sie. Flüsternd fuhr sie fort: »Hier stimmt gar nichts! Der Kerl ist ein Lügner. Er hat Franzis Handy. Ich habe es an dem Handyanhänger erkannt, der noch aus seiner Hosentasche hing, als er das Handy schnell verschwinden lassen wollte.«

»Vielleicht hat er auch so einen Handyanhänger. Kann doch sein, oder?«, fragte Marie unschlüssig nach.
»Wetten, dass nicht?« Kim tippte Franzis Nummer in ihr Handy. Aus dem geöffneten Fenster über ihnen erklang die Melodie des neuesten Hits ihrer Lieblingsband *Boyzzzz*.
»Ha! Das hat Franzi erst letzte Woche auf ihr Handy geladen. Er hat ihr Handy!« Kim stemmte die Hände in die Hüften. »Ich hab es doch gleich gespürt, der Typ ist nicht ganz waschecht!«
»Und jetzt?«, fragte Marie.
»Jetzt knöpfen wir ihn uns vor. Er muss uns sagen, wo Franzi ist.« Wütend drückte Kim erneut die Klingel. Kaum dass Tony die Tür auch nur einen Spalt geöffnet hatte, redete Marie in sauberstem Englisch auf ihn ein. Gleichzeitig stellte sie einen Fuß in die Tür und zischte ihm zu, dass sie genau wüssten, dass er Franzis Handy hatte, und dass er ihnen gefälligst sagen sollte, wo sie wirklich war.
Tonys Mundwinkel zuckten nervös, als er sagte, dass er keine Ahnung hätte, wo Franzi jetzt war. Dann warf er Kim und Marie Franzis Handy vor die Füße und schlug die Tür zu. Marie konnte in letzter Sekunde ihren Fuß aus dem Türrahmen ziehen. Das Handy war auf dem harten Pflasterstein aufgebrochen.
»Das Ding ist hin«, stellte Kim nüchtern fest, steckte es aber trotzdem ein.
»Und jetzt. Was machen wir jetzt?« Marie sah Kim an.
»Erst einmal von hier verschwinden. Der Typ kann bestimmt äußerst unangenehm werden.«
Dass Kim und Marie sofort zum Leuchtturm fahren wollten,

war schnell beschlossen. Aber wie? In der Nähe des *Arndale Centre* hatte Kim eine Touristeninformation gesehen. Die steuerten sie jetzt an. Zielstrebig gingen sie an den vielen Läden vorbei, die sie unter normalen Umständen angezogen hätten wie ein Magnet. Ihre Sorge um Franzi ließ sie wie mit Scheuklappen an verführerischen Schokoladen-Boutiquen und hippen Modegeschäften vorbeirauschen. Nur an einem Kiosk machten sie kurz halt, um sich zwei Flaschen Wasser zu kaufen. Der Nachmittag am Strand hatte sie durstig gemacht.

Die nette Dame von der Touristeninformation konnte Kim und Marie nicht nur Auskunft über den Anleger geben, von dem aus das Motorboot startete, mit dem sie zum Leuchtturm kommen würden, sie wusste auch die genaue Abfahrtszeit. In sieben Minuten!

Kim und Marie hetzten zum Pier und liefen dann am Strand entlang bis zum Anleger Nummer 3. Der Motor ratterte bereits, als Kim und Marie mit wild rudernden Armen angelaufen kamen.

»Puh, das war knapp«, ächzte Kim atemlos, die den Sprint nicht so mühelos hingelegt hatte wie Marie. »Nach den Sommerferien jogge ich wieder öfter, versprochen!«

»Ich erinnere dich dran«, drohte Marie scherzhaft und legte die Rettungsweste an, die der Bootsführer ihr gereicht hatte. Kim gab dem Bootsführer den Fahrpreis direkt in die Hand, denn zum Ticketkaufen hatte die Zeit wirklich nicht mehr ausgereicht. Sie nuschelte ein *»sorry«,* dann legte auch sie die Rettungsweste an.

Sie waren schon ein gutes Stück über das offene Meer gefahren, als Kim plötzlich aufschrie: »Wir sind so blöd!« Mit weit aufgerissenen Augen starrte sie auf den rot-weiß gestreiften Leuchtturm, der vor ihnen aus dem Wasser ragte. »Der Leuchtturm steht mitten im Meer. Wo bitte sollen Franzi und Tony hier gepicknickt haben? Marie, hier es muss noch einen zweiten Leuchtturm in der Nähe geben!«
Kim ärgerte sich über sich selbst. Warum hatte sie nicht gestutzt, als die Dame von der Touristeninformation ihnen gesagt hatte, dass sie mit dem Boot fahren müssten? Spätestens am Strand hätte ihr ein Licht aufgehen müssen. Selbst wenn die Flut erst vor einer Stunde ihren Höchststand erreicht hatte, war Kim sicher, dass der Turm bereits vor drei Stunden von Wassermassen umspült gewesen sein musste. Und so romantisch veranlagt war Tony garantiert nicht, dass er ein Segelboot gechartert hatte, um vor dem Leuchtturm für ein Picknick anzulegen. Kim entschuldigte ihren Denkausfall damit, dass erstens keine Zeit zum Nachdenken gewesen war, und zweitens, dass ihr Gehirn dringend Schokolade gebraucht hätte.
»Ich hätte doch den Muffin essen sollen«, schimpfte sie mit sich selbst.
»Was hat denn der Muffin damit zu tun?«, fragte Marie.
»Ach, nichts. Wie lange dauert denn diese blöde Bootstour?«
Marie zuckte hilflos mit den Schultern.

Eine Stunde hatte sie die Tour über das Meer gekostet. Kim fühlte sich, als würden 1000 Ameisen durch ihren Körper wuseln, so nervös war sie, als sie endlich angelegt hatten und ausgestiegen waren. »Wenn Franzi nun ernsthaft etwas passiert ist? Und wir vergnügen uns bei einer Spritztour übers Wasser.«

»So eine Zeitverschwendung«, ärgerte sich auch Marie. Aber sie hatten noch so flehen und betteln können, es half nichts. Noch nicht einmal Maries verführerischer Augenaufschlag konnte den Bootsführer dazu bewegen, auf der Stelle umzudrehen.

Kim hatte die Zeit genutzt, um ein paar Puzzlestücke zusammenzusetzen. Wenn ihr Kopf auch vorhin nicht funktioniert hatte, jetzt tat er es umso besser. Auch ohne Muffin.

Auf dem Weg zurück zur Touristeninformation erzählte Kim Marie von ihrer Vermutung.

»Und du glaubst wirklich, dass Tony es von Anfang an auf Franzis Handy abgesehen hatte? Nur weil sie ein Foto von ihm und dem Jockey gemacht hatte?« Marie staunte.

»Natürlich! Und Mr McClow nicht zu vergessen. Ich garantiere dir, das Treffen der drei Männer in der Box war wirklich streng geheim. Franzis Foto war ganz sicher ein Beweisstück!«

»Aber für was?«

»Zunächst einmal für ein Treffen der drei Männer. Was genau sie ausgeheckt haben, weiß ich auch nicht. Aber es ist die einzig logische Erklärung für Tonys plötzliches Interesse an Franzi. Er hat sich in Ascot doch auch nicht für sie interessiert. Warum also jetzt das Picknick? Klickert es da bei dir nicht?«

Auch Marie war jetzt in Alarmstimmung und beschleunigte das Tempo.

Geglückte Rettung

Die Dame in der Touristeninformation staunte, als Kim und Marie erneut nach dem Weg zum Leuchtturm fragten. Marie erklärte ihr, dass sie nicht den Leuchtturm bei *Beachy Head* meinten, sondern dass es in der Umgebung von Eastbourne sicherlich noch irgendwo einen anderen Leuchtturm geben müsste.
Den gab es tatsächlich. Nicht weit von den *Seven Sisters*, so wurden die sieben aufeinanderfolgenden Klippen an der Küstenlinie zwischen Eastbourne und Seaford genannt, stand der alte Leuchtturm *Bell Tout*, erklärte ihnen die Dame. Sie vergaß auch nicht zu erwähnen, dass der Bus dorthin nur jede Stunde fuhr, weil sich kaum jemand für den ausgedienten Turm interessierte.

Der nächste Bus fuhr in zehn Minuten. Marie und Kim hatten also noch ausreichend Zeit, zu überlegen, ob es wirklich sinnvoll war, den nächsten Bus nach *Birling Gap* zu nehmen, um von dort aus auf die Klippen zu tigern.
»Und wenn Franzi gar nicht mehr beim Leuchtturm ist? Dann haben wir weitere wertvolle Stunden vertrödelt«, sagte Marie. »Vielleicht ist sie längst wieder in Eastbourne und sucht uns.«
Kim überlegte kurz. Dann ging sie zur nächsten Telefonzelle, schlug das Branchenbuch auf und wählte gleich darauf die Nummer vom Eisenwarengeschäft. Mr Appleton nahm das Gespräch an. Er verneinte, als Kim nach Franzi fragte.

»Er hat sie seit heute Mittag nicht mehr gesehen«, informierte sie Marie.
»Ich rufe jetzt im *Queens Hotel* an und erkundige mich, ob Franzi nach mir gefragt hat. Ruf du bei dir an, o. k.?«
Wen sie auch fragten, niemand hatte Franzi in den letzten Stunden gesehen.
»Also doch zum Leuchtturm!«, sagte Marie und atmete erleichtert auf, als sie den Bus nach *Birling Gap* in dieser Minute um die Ecke biegen sah.

Schon von der Straße aus, die in das kleine Küstendorf führte, sahen sie den Leuchtturm *Bell Tout* oben auf den Klippen.
»Romantisch ist es hier tatsächlich«, sagte Kim, »aber müssen wir wirklich zu Fuß da oben rauf?«
»Ich fürchte ja. Die Straße, die hier links abgeht, ist viel zu schmal für den Bus. Wären wir mit Fahrrädern hier, hätten wir jetzt abbiegen und direkt auf den Leuchtturm zuradeln können. Aber so müssen wir uns wohl oder übel am anderen Ende der Klippen ordnungsgemäß an der Bushaltestelle vom Busfahrer absetzen lassen und den halben Weg zurücklaufen – allerdings über die Klippen!«

Der Gedanke, dass Franzi hier vielleicht irgendwo im Gestrüpp lag und ihre Hilfe brauchte, ließ in Kim ungeahnte Kräfte frei werden. Trotz langem Sonnenbaden, Sprint am Strand und dem Ärger mit Tony setzte sie kraftvoll einen Fuß vor den anderen. So viel Elan hatte Marie ihr gar nicht mehr zugetraut. Selbst sie schnaufte und japste nach Luft, als sie endlich vor dem Leuchtturm standen. Mit Adleraugen sahen sie sich um. Von Franzi fehlte jede Spur. Da entdeckte Marie eine leere Plastikverpackung, die der Wind in einen der Büsche nahe dem Leuchtturm getrieben hatte. Nicht weit davon entfernt lag am Rand der Klippe in einer Mulde eine halb volle Coladose.

Wenn hier nicht vor Kurzem ein Picknick stattgefunden hat, fress ich einen Besen, dachte sie und rief lautstark nach Kim.

Statt von Kim kam die Antwort von Franzi. Aus dem Leuchtturm!

»Franzi?«, riefen Marie und Kim gleichzeitig und stürmten in die Richtung, aus der die Stimme kam. Auf der Rückseite des Leuchtturms sahen sie Franzis Arme, die wie wild hin und her schwenkten. »Hier bin ich, hier hinten!«, rief sie und streckte den Kopf aus dem zerbrochenen Fenster.

»Um Himmels willen, Franzi! Geht es dir gut?«

»Wenn hungrig, durstig und müde als gut durchgeht, dann geht es mir ganz ausgezeichnet! Mal abgesehen davon, dass ich gekidnappt wurde.«

»Tony, dieser Versager, dem drehe ich den Hals um, wenn ich ihn zwischen die Finger bekomme«, schimpfte Marie. »Aber zuerst müssen wir dich irgendwie aus dem Turm bekommen. Der Fensterrahmen ist zu schmal, stimmt's?«

»Und die Tür ist fest verschlossen.« Franzis Stimme klang mutlos. Trotzdem lief Marie um den Leuchtturm herum und rüttelte an der Tür, während Kim bei Franzi blieb und ihr gut zuredete.

Die Tür gab zwar etwas nach, aber das Holz war stabil. Zu

stabil, um es mit einem kräftigen Fußtritt zu zerbrechen. Marie untersuchte das Türschloss. Kurzerhand zog sie die lange Hutnadel aus ihrem Strohhut, die eigentlich nur zur Zierde gedacht war. Aber das am Ende zu einer Schnecke gedrehte Metallteil kam ihr jetzt gerade recht. Wie vorausschauend ich doch manchmal shoppen gehe, lobte sich Marie mit einem Augenzwinkern selbst und machte sich am Schloss zu schaffen. Keine drei Minuten später sprang die Tür auf. Mein Vater wäre stolz auf mich, dachte sie und schickte einen stillen Dank an den Produzenten der Vorabendserie *Vorstadtwache,* dafür, dass ihr Vater für die Rolle als Hauptkommissar in einige kriminelle Geheimnisse eingeweiht worden war. Und noch einen ebenso stillen Dank an ihren Vater, dass er ihr diese Geheimnisse nicht vorenthalten hatte. Marie grinste zufrieden.

Von Franzi konnte man nicht gerade behaupten, dass sie grinste, als sie aus dem Turm herauskam. Sie wirkte völlig müde und erschöpft. Ihr Lächeln war eher zaghaft.

»Kuck mich nicht so mitleidig an, Marie. Nach stundenlanger Einzelhaft ohne Wasser und Brot würdest auch du nicht mehr aussehen wie eine Beachkönigin, glaub mir!«

Marie ignorierte den patzigen Ton in Franzis Stimme und umarmte ihre Freundin erleichtert.

Auf der Rückfahrt nach Eastbourne ließ Franzi ihr unfreiwilliger Aufenthalt im Leuchtturm noch immer die Knie zittern. Die Wut, die sie auf Tony hatte, brodelte in ihrem Innersten. Sie ärgerte sich, dass sie für ihn so schnell Gefühle entwickelt hatte, die sie auch noch an ihrer Liebe zu Benni hatten zweifeln lassen. Selbst wenn Benni ihr Herz nicht im Sturm erobert hatte, so war das, was er für sie empfunden hatte, zumindest ehrlich gewesen – und beständig. Ihnen blieb eine ganz tolle Freundschaft. Von Tony war sie nur enttäuscht.

»Warum zum Donner hat er mich überhaupt im Leuchtturm eingesperrt? Damit macht er sich doch erst recht verdächtig«, fragte sie.

Kims Antwort kam wie aus der Pistole geschossen. »Ist doch sonnenklar! Er wollte verhindern, dass du irgendwem irgendetwas über die Fotos auf deinem Handy erzählen kannst, bevor er sie vernichtet hat. Leider hat er gleich das ganze Handy geschrottet.« Kim zog es aus der Tasche, erzählte mit wenigen Worten, was passiert war, und gab es Franzi zurück.

»Nee, das ist nicht kaputt. Nur aufgebrochen.« Mit ein, zwei Handgriffen drückte Franzi die Verschalung wieder zurecht, schaltete das Handy ein und wartete, bis sich das Netz aufgebaut hatte. Sie machte einen Kontrollanruf bei Marie, die grinsend das Gespräch annahm. »Klappt doch. Schau mal nach, ob die Fotos noch drauf sind.«

Die Fotos waren tatsächlich gelöscht. Alle! Sogar die von Benni und ihren Eltern, die sie kurz vor Beginn der Sommerferien noch geschossen hatte.

»Ohne handfesten Beweis glaubt mir niemand, dass da irgendetwas im Busch ist. Ich sage euch, dass Treffen in Chestnuts Box war alles andere als der Routinebesuch eines Rennstallbesitzers bei seinem Jockey.«

Kim stimmte Franzi zu: »Die drei brüten etwas aus, das spüre ich genau!«

Da es noch immer keinen Anhaltspunkt gab, worum es wirklich ging, schlug Marie vor, dass sie Tonys Zimmer mal genauer unter die Lupe nehmen sollten. Und zwar am besten gleich, wenn sie zurück in Eastbourne waren.

Franzi war nicht wohl dabei, zurück ins Haus von Mr Appleton zu gehen. Und mit Tony noch weitere zwei Wochen unter einem Dach zu schlafen, gefiel ihr noch viel weniger. Dank Kims Einsatz musste sie das auch gar nicht. Sie rief Clark an. Und während Franzi, Kim und Marie Mr Appleton erzählten, dass Franzi viel lieber mit ihrer Freundin zusammenwohnen wollte, wies Clark das Zimmermädchen des *Queens Hotels* bereits an, ein weiteres Zimmer für einen besonderen Gast herzurichten.

Mr Appleton hatte Franzi zu verstehen gegeben, dass er am späten Abend nicht im Haus sein würde. Gleich nach dem Abendbrot würde er seine Schwester besuchen gehen. Sie solle einfach die Tür hinter sich zuziehen, abschließen und den Haustürschlüssel unter die Fußmatte legen. Er wünsche ihr noch einen angenehmen Aufenthalt in England.
Aus Tonys Zimmer plärrte so laut Musik, dass er garantiert nicht mitbekommen hatte, dass Franzi wieder im Haus war. Wahrscheinlich rechnete er noch nicht einmal damit, dass Franzi sich bei seinem Vater über ihn beschweren könnte, schließlich war sie Gast in seinem Haus – und seinem Land. Entweder war Tony völlig von sich überzeugt und ruhte gelassen in der Gewissheit, ein ganz toller Typ zu sein, oder er war schlichtweg verblödet. Franzi tippte auf Letzteres.

Die Sonne ging bereits unter, als Tony endlich die Musik ausschaltete und die Treppe runterstapfte.
»Schnell, mach das Licht aus!«, flüsterte Kim. Im Halbdunkel warteten die drei, bis das Knattern seines Motorrades immer leiser wurde.
»Puh, das wurde aber auch Zeit. Ich hatte schon befürchtet, der würde das Haus heute gar nicht mehr verlassen«, stöhnte Marie, sprang von Franzis Bett auf und streckte sich. »Diese weichen englischen Matratzen sind grauenhaft! Entweder man verdreht sich den Nacken oder liegt so krumm und schief, dass man sogar am Bauch Falten bekommt.«
»Können wir?«, fragte Franzi ungeduldig, ohne auf Maries Dehnübungen zu achten.

Sie vergewisserten sich, dass wirklich niemand im Haus war. Alles war still. Sogar der Papagei hatte den Tag bereits beendet und hielt ausnahmsweise mal seinen Schnabel. Zur Sicherheit, falls Tony überraschend zurückkäme, blieb Marie vor der Tür stehen, während Franzi die Vorhänge zuzog. Kim tastete im Dämmerlicht nach dem Lichtschalter. Hoffentlich dringt wirklich kein Licht nach draußen, dachte sie, als die Neonröhre aufflackerte und das Zimmer in ein grelles, grünliches Licht tauchte.
Tonys Notebook stand aufgeklappt auf seinem Schreibtisch. Es war nicht ausgeschaltet, sondern befand sich im Standby-Modus, wie Kim feststellte, als sie die Maus ein Stück bewegte. Tony hatte sich noch nicht mal die Mühe gemacht, sich aus dem Internet auszuloggen, bevor er das Haus verlassen hatte.

Auf dem Monitor blinkten Werbebanner und Buttons, die Millionengewinne versprachen.
»Hier geht es um Online-Wetten«, hauchte Franzi erstaunt.
»Um Pferdewetten, um genau zu sein!« Auch Kim staunte nicht schlecht, als sie sah, auf welcher Seite Tony sich herumgetrieben hatte.
»Ob er auch wettet? Möglicherweise hat Justin ihm ja tatsächlich einen Tipp gegeben. Vielleicht war Tony deshalb in Ascot.«
»Aber Wetten sind nicht kriminell. Kein Grund also, deshalb so einen Aufstand zu machen. Ganz egal, ob er von Justin nun einen Tipp bekommen hat oder nicht.« Kim sah sich im Zimmer um. Da musste noch etwas anderes dahinterstecken. Aber was?
Sie hatte gerade den Drucker unter dem Schreibtisch entdeckt, als Marie plötzlich zischte: »Schnell raus, da kommt jemand!«
Geistesgegenwärtig griff Kim nach den Ausdrucken, die noch in der Ablage des Druckers lagen. Franzi knipste das Licht aus und zog in Windeseile die Vorhänge auf. Blitzschnell verschwanden die drei !!! in Franzis Zimmer.
Mit pochenden Herzen saßen sie wie versteinert auf Franzis Bett. »Und nun?«, flüsterte Marie.
»Pscht«, flüsterten Franzi und Kim gleichzeitig. Für Minuten war nur der schnelle Atem der drei zu hören. Plötzlich krächzte Charly lautstark. Schritte hallten durch den Flur. Kurz darauf hörten sie Mr Appleton mit dem Papagei sprechen. Franzi, Kim und Marie atmeten erleichtert auf. Er hatte sie nicht bemerkt.

»Und jetzt nichts wie weg hier!«

Franzi griff ihren Koffer und trampelte, so schnell und so laut sie konnte, die Treppe herunter. Bevor Mr Appleton aus der Küche kommen konnte, stand sie schon neben ihm und verwickelte ihn in ein kurzes Abschiedsgespräch. Das Ablenkungsmanöver gelang. Marie und Kim konnten ungesehen das Haus verlassen.

Jetzt kommt Licht ins Dunkel

»Was war das?« Erschrocken fuhr Kim hoch. Der Mond schien durch das Turmfenster und tauchte Kims Zimmer in bläuliches Licht. Die beiden Palmen, die auf Säulen vor dem Fenster standen, warfen bizarre Schatten an die Wand. Erneut hörte Kim ein Scheppern. Lauter noch als das, das sie eben aus dem Schlaf gerissen hatte. Es kam aus dem Hof hinter dem Hotel. Diebe, schoss es ihr in den Kopf. Sie sprang aus dem Bett und ging zum Fenster. Vorsichtig schob sie die Vorhänge zur Seite und warf einen Blick in den schwach beleuchteten Hof. Sie sah ein paar Möwen, die sich an den Mülltonnen zu schaffen machten. Ja, sie hatte die Mülldiebe soeben auf frischer Tat ertappt. Toll, noch ein neuer Fall! Ein schnell gelöster Fall. Hätten die Engländer ihre alten Blechtonnen durch Plastiktonnen ersetzt, so wie in jedem modernen Land, hätte ich heute Nacht friedlich schlummern können. Ich hätte es mir verdient gehabt, dachte Kim und schlüpfte wieder unter die Bettdecke.

Immer wieder wurde sie beim Einschlafen von erneutem Scheppern der Deckel gestört. Sie wälzte sich von links nach rechts. An Schlaf war nicht mehr zu denken. Dabei hätte sie noch zwei Stunden bis zum Aufstehen gehabt. 6:00 Uhr, puh, viel zu früh zum Aufstehen, dachte Kim und knipste die Nachttischlampe an. Schlafen oder schreiben? Wieder lärmte es aus dem Hof zu ihr hinauf. Schreiben! Sie nahm das Detektivtagebuch aus der Nachttischschublade und schlug es auf.

Detektivtagebuch von Kim Jülich
Freitag, 6:03 Uhr
Wie wir heute den Unterricht überstehen sollen, weiß ich nicht. Pierce und seine Schlagzeilen können uns nachher bestimmt nicht vom Hocker reißen. Wir haben Wichtigeres zu tun! Die drei !!! sind definitiv wieder im Einsatz! Wir haben einen neuen Fall!!! Ich hatte recht. Das Treffen von Tony, Mr McClow und Justin Stevens war kein Zufall. Die drei stecken unter einer Decke. Da bin ich ziemlich sicher!
In Tonys Drucker lagen Ausdrucke von Wettscheinen. Er ist ein Spieler! Und dass da alles mit rechten Dingen zugeht, kann ich nicht glauben. Dafür hat er sich viel zu auffällig benommen. Marie und Franzi konnten es kaum glauben, als ich ihnen die Wettscheine gestern gezeigt habe, nachdem wir das Haus von Mr Appleton verlassen hatten. Alle Wetten waren auf ein Pferd abgeschlossen: Nightflyer.

Der Nachtportier hier im Hotel war so nett, uns so spät am Abend noch an den hoteleigenen Computer zu lassen. Wie hätten wir sonst ins Internet kommen können? Wir konnten über Nightflyer etwas in Erfahrung bringen. Nach Chestnut werden ihm gute Chancen auf einen Sieg in Aussicht gestellt. Aber alle Zeitungen sind sich einig, dass den topfitten Chestnut niemand schlagen kann. Chestnut soll in direkter Linie von dem einstigen Wunderpferd Eclipse abstammen, das zu seiner Zeit jeden Gegner weit hinter sich gelassen hat. Dass Tony also gegen einen Abkömmling von Eclipse die stolze Summe von 150.000 Pfund wettet, ist purer Leichtsinn, wie uns der Nachtportier erzählte. 150.000 Pfund! Woher hat Tony so viel Geld? Aus einem Dieb-

stahl? Hat er eine Bank überfallen? Hat ihm seine Großmutter so viel Geld vererbt? Wohl kaum, denn er sieht nicht wie jemand aus, der plötzlich zu viel Geld gekommen ist. Und sein Vater hält sich mit diesem kleinen Eisenwarenladen auch nur mühsam über Wasser. Vielleicht waren die 150.000 Pfund Lösegeld, das er aus einem Kidnapping erpresst hat? Unwahrscheinlich. Ich tippe eher auf regelmäßigen Wettbetrug! 150.000 Pfund! Wahnsinn! Um mehr über das System von Pferdewetten herauszubekommen, werden wir uns nach dem Unterricht mit Clark treffen. Vielleicht kann er uns ja auch noch ein paar Insiderinformationen über Mr McClow und Justin Stevens geben. Die Ermittlungen werden heute um Punkt 14 Uhr fortgesetzt – ich bin jetzt schon ganz kribbelig. Vielleicht habe ich deshalb so schlecht geschlafen. Die Möwen haben schließlich nicht das erste Mal Radau gemacht!

»Setz dich, meine Gute!«, winkte Clark Kim herein, die in der Tür zur Bibliothek stehen geblieben war, als sie sah, dass Clark Besuch hatte. Eine elegant gekleidete Dame mit sorgfältig frisiertem weißem Haar, dick aufgetragenem Make-up, das farblich zu ihrem lilafarbenen Kostüm passte, saß im Sessel neben ihm. Mit spitzen Fingern hielt sie ihre Porzellantasse und musterte Kim mit einem Lächeln auf dem viel zu stark geschminkten Mund. Ihre veilchenblauen Augen waren hellwach. Sie setzte die Tasse auf dem Teetisch ab und streckte Kim die Hand entgegen. »Setz dich zu uns. Kim, richtig? Clark hat mir schon viel von dir erzählt.«
Auch sie sprach gut Deutsch, allerdings war ihr Akzent weit ausgeprägter als bei Clark.

»Du bist eine echte Kriminelle?«, fragte sie und zog interessiert die Augenbrauen hoch.
Kim musste lachen. Wie unhöflich von mir, dachte sie, und entschuldigte sich. »Kriminell bin ich nicht. Sie suchten sicherlich das Wort Ermittlerin, oder?«
»Ja, richtig. Verzeih, meine Liebe. Was ermittelst du?«
Bevor Kim antworten konnte, stürmten Marie und Franzi in die Bibliothek. »'tschuldigung«, murmelte Franzi. »Marie konnte sich nicht schneller von Jo trennen.«
»Blödsinn!« Marie knuffte Franzi in die Seite.
»Ich wollte gerade Mrs …«
»Sullivan«, half ihr die alte Dame weiter, ohne den Blick von Marie zu nehmen. Sie starrte sie an, als würde ein Geist vor ihr stehen.
»Alles in Ordnung?«, fragte Clark, dem nicht entgangen war, dass Mrs Sullivan Marie mit ihren Blicken fixierte.
»Die Kleine sieht aus wie … wie Abbey.« Der verwunderte Tonfall von Mrs Sullivan ließ nicht nur Clark aufhorchen.
»Wer ist Abbey? Eine berühmte englische Schauspielerin?«, fragte Marie und fühlte sich sichtbar geschmeichelt.
»Nein, sie ist die Tochter eines Bekannten. Dass ich nicht gleich gesehen habe, dass du nicht Abbey bist, lässt mich an meinem Verstand zweifeln. Oder ich brauche vielleicht doch eine Brille.«
»Margaret ist sehr eitel«, flüsterte Clark Kim erläuternd zu. »Und auch ich könnte wohl eine Brille gebrauchen. Mir ist die Ähnlichkeit der beiden nicht sofort aufgefallen. Aber jetzt, wo Margaret es gesagt hat, muss ich ihr zustimmen. Verblüffend!«

Mrs Sullivan tupfte sich die Mundwinkel mit ihrer Serviette ab, erhob sich und verabschiedete sich. »Ich habe noch so viel zu tun. Und ihr habt mit Clark wichtige Dinge zu besprechen, wie ich gehört habe. Da will ich nicht länger stören.«

»Sie ist eine längjährige und sehr liebe Freundin von mir. Doch leider sehr geschwätzig. Eine Einladung zum Frühstückstee kann sich mit ihr bis in die späten Nachmittagsstunden ausdehnen. Ihr habt mich sozusagen ein wenig gerettet. Ich hätte mir sonst noch den neusten Klatsch aus dem Königshaus anhören müssen. Margaret ist immer bestens informiert«, sagte Clark.
Nicht nur über die königliche Prominenz wusste Margaret Sullivan genaustens Bescheid. Franzi, Kim und Marie erfuhren so ganz nebenbei auch noch, dass sie erst vor ein paar Wochen ihr neues Buch beendet hatte: eine Biografie über Charles McClow. Wenn das kein Zufall ist, dachte Kim. Sie hätte der alten Dame zu gerne ein paar Informationen über den Rennstallbesitzer entlockt.
»Ist das Buch schon erschienen?«, fragte sie Clark.
Der verneinte, holte aber ein Fotoalbum hervor und zeigte stolz ein paar Fotos herum, die ihn und Margaret vor einem sehr luxuriösen englischen Herrenhaus zeigten. Um sie herum standen sehr geschmackvoll gekleidete Leute. Franzi betrachtete ein Foto mit besonderer Aufmerksamkeit. Sie glaubte, den Jockey Justin Stevens zu erkennen. Und eine junge Frau, die tatsächlich aussah wie Marie. Die Aufnahmen mussten im Frühjahr gemacht worden sein, die Kasta-

nienbäume links und rechts neben dem Haus standen in voller Blüte.

»Margaret ging es an dem Tag nicht gut, sie fühlte sich etwas schwach. So wie in letzter Zeit leider immer öfter. Also fragte sie mich, ob ich sie zu dem Treffen mit Mr McClow begleite. Während ich mir die Beine im angrenzenden Park vertrat, interviewte sie Mr McClow und seine Familie. Das hier ist er übrigens«, sagte Clark und tippte auf den Herrn neben ihm auf dem Foto. Franzi war er gleich bekannt vorgekommen. Marie musste schmunzeln, als sie Abbey auf dem Foto entdeckte. »Die sieht ja wirklich aus wie ich. Na ja, vielleicht ein paar Jahre älter, aber trotzdem eine verblüffende Ähnlichkeit. Vielleicht habe ich ja Vorfahren in England, von denen ich nichts weiß.«

»So, aber ihr seid sicher nicht hier, um euch die Fotos eines alten Mannes anzusehen. Womit kann ich euch helfen?«

Clark setzte sich aufrecht in seinen Sessel und sah Kim an. Kim holte tief Luft. »Genau genommen geht es tatsächlich um Mr McClow«, sagte sie und berichtete von Franzis Picknick, das alles andere als das Treffen zweier Verliebter gewesen war, von den Wettscheinen und von den 150.000 Pfund Wetteinsatz, die Tony auf Nightflyer gesetzt hatte.

Nachdem Clark sich alles angehört hatte, musste auch er zugeben, dass sich das alles recht eigenartig anhörte. Unter diesen Umständen schätzte auch er das Treffen der drei Männer in Chestnuts Box nicht mehr als harmlos ein. Clark war viel zu anständig, als dass er Tony, Justin und Mr McClow eine Straftat unterstellen würde, ohne stichhaltige Beweise in der

Hand zu haben. Aber er gab den drei !!! recht, dass es in der Tat etwas gab, das ihn aufhorchen ließ und dem sie auf den Grund gehen sollten. »Nightflyer! Den sollten wir uns mal genauer ansehen!« Clark sprang auf und ging in der Bibliothek umher.

»Ihr seid drei ganz bemerkenswerte junge Damen. Und äußerst clevere Detektivinnen!«, lobte er. »Auch mich macht es stutzig, dass Tony so viel Geld hat und dieses auch noch gegen den Favoriten setzt. Aber was weiß er, was andere nicht wissen? Warum setzt er nicht auf Chestnut? Der Gewinn ist natürlich höher, wenn man gegen den Favoriten setzt und dieser dann tatsächlich das Rennen verliert. Die Quoten auf Sieg bei einem haushohen Favoriten sind denkbar schlecht. Es gibt zu viele Wetter, die auf den Favoriten setzen. Das treibt die Quoten in den Keller. Vielleicht ist Nightflyer besser in Form, als allgemein angenommen. Doch Justin Stevens wird beim *King-George*-Rennen den armen Chestnut so anpeitschen, dass er am Ende des Rennens als Sieger hervorgehen wird. Er wird alles aus dem Pferd herausholen. Ein Sieg beim morgigen Rennen in Ascot würde seiner Karriere als Jockey einen gehörigen Auftrieb verschaffen. Und gegen Nightflyer zu verlieren, wäre schon fast eine Blamage.« Clark zog die Stirn nachdenklich in Falten.

»Was überlegst du?«, fragte Kim, die Clarks Gedanken hinter seiner hohen Stirn buchstäblich hin und her springen sah.

»Ach, ich spiele nur mit dem Gedanken, ob Justin vielleicht an einem Betrug beteiligt ist. Aber er würde sein Pferd nicht zurückhalten. Nein, diese Idee ist zu absurd. Das könnte ihn

seine Karriere kosten. Fahren wir morgen doch einfach nach Ascot und schauen uns die Pferde mal genauer an! Vielleicht finden wir ja einen Anhaltspunkt. Wenn so gewiefte Detektivinnen, wie ihr es seid, einen Verdacht haben, dann wollen wir doch nicht vorzeitig die Flinte ins Korn werfen, oder?«
Clarks Augen blitzten unternehmungslustig. »Ich war schon ewig nicht mehr auf der Rennbahn. Meine liebe Tochter sieht es nicht gerne, wenn ich mein Hab und Gut verwette.«
Clarks Begeisterung für den Ausflug war ansteckend. Franzi musste lachen. Beim berühmten *King-George*-Rennen live dabei zu sein, hätte sie sich nicht träumen lassen.
Aber wie kommen wir so kurzfristig an Karten?, überlegte sie. Noch ehe sie die Frage ausgesprochen hatte, kam Clark ihr zuvor.
»Um die Karten kümmere ich mich. Wozu habe ich schließlich eine Freundin bei der Presse?«
Damit war auch das geklärt. Franzi strahlte Clark an. Kim und Marie hatten sich bereits von ihm verabschiedet. Franzi zögerte noch. Sie hatte sich zwar gestern bereits dafür bedankt, dass Clark ihr so schnell ein Zimmer hatte herrichten lassen, aber ein weiteres Dankeschön konnte nicht schaden.
»Das *Queens Hotel* ist toll! Und das Frühstücksbuffet ist himmlisch – auch wenn es etwas seltsam ist, am Morgen dicke Bohnen in Tomatensoße zu essen«, lobte sie und zwinkerte Clark zu.
»So, nun aber auch mit dir ab in die Sonne! Husch, husch!«, scheuchte Clark Franzi liebenswürdig aus der Bibliothek.

Die drei !!! starten durch

Aus dem geplanten Nachmittag am Strand wurde also nichts. Jo war enttäuscht, als Marie ihm sagte, dass sie etwas Wichtigeres vorhatte. Zum ersten Mal sah Kim in seinen Augen so etwas wie stilles Leiden.

»Jo kann doch mitkommen«, schlug sie vor.

Kims Vorschlag stieß bei Franzi auf Widerstand.

»Ich dachte, alles, was die drei !!! im Rahmen ihrer Ermittlungen zu erledigen haben, bleibt unter uns. Kein Zaungast, kein Anhängsel und auch kein Ferienflirt. Punktum!«

»Wir ermitteln nicht. Wie bereiten uns nur vor«, sagte Kim, obwohl auch sie sonst für eine strikte Trennung von Privatem und Ermittlungsarbeiten der drei !!! war. Aber Jo sah so traurig aus, dass sie jetzt ihren Grundsatz über Bord warf.

»Von Ferienflirt kann ja wohl nicht die Rede sein«, raunte Marie Franzi leise genug zu, dass Jo sie nicht hören konnte.

»Was habt ihr denn so Wichtiges vor?«, fragte Jo unsicherer, als Marie es ihm zugetraut hätte. Wo war der selbstbewusste Jo geblieben, der einen flotten Spruch nach dem anderen abfeuerte? Hatte sie ihn mit irgendetwas gekränkt? Marie überlegte. Und je länger sie nachdachte, desto mehr Situationen fielen ihr ein, in denen sie ihn hin und her geschubst hatte. War ihr gerade langweilig, war er ihr eine willkommene Ablenkung. Brauchte sie jemanden zum Reden, wenn Franzi oder Kim außer Reichweite waren, war sie dankbar, ihm die Ohren vollquatschen zu können. Hatte sie ihm jemals wirklich gezeigt, dass sie ihn mochte? Dass sie ihn ei-

gentlich sogar richtig toll fand? Marie zweifelte. Vor allem an ihrer Ehrlichkeit gegenüber sich selbst. Waren ihre Gefühle für Jo wirklich rein freundschaftlich? Sie hatte so heftig abgestritten, dass Jo ein Ferienflirt sein könnte, dass sie ins Grübeln kam. Sie sah ihn verstohlen aus den Augenwinkeln an. Seine braunen Augen, die sonst immer schelmisch blitzten, waren traurig. Die Schultern nach unten gezogen und seine Finger nestelten nervös am Reißverschluss seiner Sweatshirtjacke herum. Spontan hakte sie sich bei ihm unter und sagte lächelnd: »Wir werden jetzt alle zusammen nach Klamotten für meinen morgigen großen Auftritt Ausschau halten! Keine Einsprüche? Gut, dann kommt Jo mit zum Shoppen!«
Marie hatte das so vehement gesagt, dass es sowohl Kim als auch Franzi schier die Sprache verschlug. Auch Jos runtergeklappter Kiefer sprach Bände.
Marie grinste innerlich zufrieden. Wäre ja noch schöner gewesen, wenn sie noch mehr wertvolle Zeit mit der dummen Frage, ob Jo mitkommen durfte, vergeudet hätten.
Aber das Wort *Ferienflirt* ging ihr trotzdem nicht mehr aus dem Kopf. Egal wie sie zu Jo stand, mehr als ein netter Sommerflirt würde er nie für sie sein können. Wenn die Sommerferien vorbei waren, würde er zurück nach Hamburg fliegen. Hamburg! Das war so weit weg von ihrem Zuhause. Die letzte Fernbeziehung hatte ihr gereicht. Wäre sie noch mit Holger zusammen, wenn er in ihrer Stadt gewohnt hätte? Wahrscheinlich ja. Noch mal würde sie sich auf keine Fernbeziehung einlassen. Jo war nett, Marie mochte ihn, aber ihr Herz würde sie vorerst verschlossen halten. Voraus-

sehbarem Kummer musste man aus dem Weg gehen. Mit diesem Gedanken wischte sie das über ihr und Jo schwebende Wort *Ferienflirt* beiseite.

Doch bevor sie die Kleiderläden durchforsten konnten, gab es noch etwas anderes zu erledigen. Franzi wollte noch einmal zurück ins Haus von Mr Appleton. Die Ausdrucke der Wettscheine gehörten zurück in die Druckerablage! Mit einer fadenscheinigen Ausrede konnte sie Mr Appleton überzeugen, dass sie noch einmal in ihr Zimmer musste. Er glaubte ihr, als sie sagte, dass sie ihr Handy vergessen hatte. Schnell huschte sie die Treppe hinauf und legte die Ausdrucke unter die Ablage. Falls Tony gestern bereits danach gesucht hatte, konnt er das Nicht-Auffinden seiner eigenen Dusseligkeit zuschreiben. Fünf Minuten später war sie wieder bei Kim, Marie und Jo in der Fußgängerzone. Jetzt konnten sie endlich das tun, was Marie am meisten Spaß machte: shoppen gehen.

Clark staunte nicht schlecht, als er am nächsten Morgen die Hotellobby betrat und neben Kim und Franzi eine sehr elegant aussehende Marie entdeckte, die mindestens drei Jahre älter aussah. Sie trug schwindelerregend hohe Pumps, die nur von zarten Riemchen über ihren Knöcheln gehalten wurden. Ihr leichtes Sommerkleid war geradezu auffällig einfach gehalten, elegant und nicht aufdringlich. »Sehr passend«, lobte Clark und begrüßte die Mädchen. »Aber über das Gebilde da auf deinem Kopf müssen wir noch mal reden.« Kopfschüttelnd deutete er auf Maries Kunstwerk aus Hutkrempe und Haarbergen. »Das kann so nicht bleiben.«

»Aber natürlich kann es das«, sagte Marie keck und völlig überzeugt von ihrem Kopfputz. »Es hat mich Stunden gekostet, die Haare in Bögen und Wellen über dem Drahtgeflecht darunter zu befestigen. Ein Hut ohne Deckel! Tolle Idee, oder? Ich habe von meinem Strohhut einfach nur die Krempe benutzt, und aus drei Drahtbügeln den Unterbau für den Haarturm gebogen. Und die Schleife hat Kim besorgt.« Marie drehte sich einmal um sich selbst, damit Clark sich auch wirklich ein Bild von der mühevollen Arbeit auf ihrem Kopf machen konnte. »Das bleibt alles, wie es ist!«

»Liebes, so wirst du aber nicht in mein Auto passen. Na, warten wir es ab«, sagte Clark gelassen.

In der Tat war es nicht leicht, Marie samt Haarturm in den Bentley zu verfrachten, den Clark hatte vorfahren lassen. Sie musste den Kopf stark zur Seite neigen, um überhaupt irgendwie neben Franzi und Kim auf der Rückbank Platz nehmen zu können.

»Du stinkst nach Haarspray«, sagte Franzi angewidert und hielt sich die Nase zu. »Musstest du gleich ’ne ganze Tonne von dem Zeug in deine Haare sprühen?«

»Ja, musste ich. Wie hätte das sonst halten sollen?«

»Nun hört schon auf. Die zwei Stunden Fahrt werden wir schon irgendwie überstehen.« Kim versuchte wie immer zu vermitteln.

»Soll ich das Fenster runterkurbeln?«, fragte Clark und hatte auch schon die Hand an der Kurbel.

»Oh nein, bloß das nicht!«, kreischten die drei Mädchen im Chor von der Rückbank. Sie fürchteten, dass Maries stun-

denlange Arbeit vom Fahrtwind innerhalb von Sekunden dahingerafft werden würde.
»Wozu eigentlich die ganze Verkleidung?«, fragte Clark.
»Kim, erkläre du es ihm, ich kann mit dem Knick im Hals so schlecht reden.«
Nur zu gerne weihte Kim Clark in das Geheimnis hinter Maries Verkleidung ein, während der Bentley leise durch die hügelige Landschaft Südenglands in Richtung Ascot schnurrte.

In der Grafschaft Berkshire angekommen, war es nicht mehr weit bis zur Pferderennbahn. Hinweisschilder lotsten ortsfremde Besucher durch die schmalen Straßen bis hin zum Besucherparkplatz der Anlage. Geschickt lenkte Clark den Bentley in den ihm vom Parkplatzwärter zugewiesenen Parkplatz. Zum Glück war der Platz neben der Limousine frei, sodass Marie wenig Probleme beim Aussteigen hatte. Sie erntete zwar einige belustigte Blicke, als sie mit dem Po zuerst wenig elegant aus dem vornehmen Wagen stieg, aber das störte sie nicht. Selbstbewusst setzte sie ihr strahlendstes Lächeln auf. Franzi und Kim wirkten wie unbedeutende Statistinnen neben ihr. Aber das waren sie gewiss nicht. Die drei !!! waren ein Team!
»Entschuldige uns bitte einen Moment«, sagte Kim zu Clark. Sie zog Franzi und Marie zur Seite. »Zeit, uns eine Extraportion Energie zukommen zu lassen, was meint ihr?«
»Hast du einen Schokoladenshop gesichtet?«, fragte Marie irritiert.
»Marie, bitte! Ernsthaft! Wir haben so gut wie keine Hinwei-

se, denen wir nachgehen können. Wir ermitteln quasi ins Blaue hinein. Da kann uns etwas anderes zur Energieübertragung viel nützlicher sein als Schokolade.«
Franzi stand nicht so auf dem Schlauch wie Marie, die offenbar ihr Hirn mit in die Haarpracht eingewebt hatte. Als Franzi die Arme nach vorne streckte, klingelte es auch bei Marie.
»Na klar, unseren Powerspruch!«
Wie konnte Marie das Ritual nur vergessen, das sie immer dann zelebrierten, wenn sie einen neuen Fall hatten oder eben besonders viel Energie brauchten – wie jetzt!
Sie stellten sich gemeinsam im Kreis auf, atmeten tief durch, legten die Hände übereinander. Dann riefen sie im Chor:
»Die drei !!!.«
Kim sagte: »Eins!«, Franzi »Zwei!« und Marie sagte verschwörerisch: »Drei!« Dann rissen sie die Arme in die Luft und riefen laut: »Power!«

Sie verließen gemeinsam mit Clark den Parkplatz und schlossen sich dem Besucherstrom an, der sich in Richtung Haupteingang bewegte. Marie fiel nicht weiter auf in ihrem eleganten Kleid und dem seltsamen Hut. Kim erspähte noch einige sehr eigenwillige Kreationen auf den Köpfen älterer und junger Frauen.
»Ich dachte, die verrückten Hüte gibt es immer nur in der *Royal-Ascot*-Rennwoche. Und die ist doch längst vorbei«, wunderte sich Franzi.
Clark hingegen amüsierte sich prächtig beim Anblick der bunten Hüte. »Ist doch wunderbar, dass die Damen auch

heute mit ihren abenteuerlichen Schöpfungen ans Licht treten. Ich finde es herrlich! Mal sehen, ob Margaret auch einen ihrer absonderlichen Hüte aus dem Schrank gezaubert hat. Ich treffe mich gleich mit ihr zu Tee und Scones im Rosenpavillon. Margaret ist leider heute nicht so gut zu Fuß. Ich werde mit ihr gemeinsam das Rennen vom Pavillon aus ansehen, sonst hätte ich euch gerne bei den Ermittlungen über die Schulter geschaut. Aber ihr werdet mir sicherlich berichten, wenn ihr etwas in Erfahrung gebracht habt. Ich verlasse mich auf euch! Ich bin sehr neugierig!«

»Puh!« Franzi atmete tief durch, nachdem sie die Kartenkontrolle und den Eingangsbereich hinter sich gelassen hatte und sich umsah. Sie hätte nie gedacht, dass sich so viele Menschen für Pferderennen interessierten. In dichten Trauben standen die Besucher vor den Snackshops und Cafés. Es gab kaum noch einen freien Stuhl unter den Sonnenschirmen und Markisen. Auf den Rasenflächen hatten es sich Familien mit Kindern auf Decken und Klappstühlen gemütlich gemacht. Der Lärmpegel war immens hoch. Ganz England schien zum Picknicken nach Ascot gekommen zu sein. Das Wetter zeigte sich von seiner besten Seite. Nicht eine Wolke trübte den strahlend blauen Himmel. Ein perfekter Tag für einen Familienausflug. An Lug und Betrug bei Pferdewetten wollte heute bestimmt niemand denken. Franzi kam sich selbst schon verbrecherisch vor. Aber können Verdächtigungen wirklich kriminell sein?, fragte sie sich und bekam ein ungutes Gefühl im Bauch.
Das Aufgebot an Sicherheitskräften hatte sie völlig unter-

schätzt. Es wimmelte nur so von Wachmännern. An jeder Ecke standen sie und beobachteten das Geschehen um sie herum. Die Sicherheitsvorschriften waren bestimmt zahlreich. Kein Wunder, schließlich gehört das *King-George*-Rennen zu den renommiertesten!

Marie wird es nicht leicht haben, dachte Franzi und begann zu schwitzen. Ob unser Plan aufgehen kann? Franzi zweifelte. Sie waren so gut vorbereitet, aber was, wenn Marie es noch nicht einmal bis zu den Boxen schaffen würde?

»Was ist los mit dir?«, fragte Marie. »Du siehst aus, als hätte dich ein Pferd geknutscht. Nur dass ich hier weit und breit kein einziges Pferd sehen kann.«

»Die Pferde sind im Führring. Gehen wir da als Erstes hin«, wich Franzi aus und übernahm die Führung. Sie erinnerte sich noch genau an den Weg. Außerdem standen überall Wegweiser. Sie lotsten die Besucher zu Souvenirshops, zu exklusiven Lederwaren, zu Reitsportgeschäften und eben auch zu den Logen, Zuschauerrängen und zum Führring. Auf dem Weg dorthin erklärte sie Kim und Marie, warum die Pferde vor den Rennen von den Zuschauern begutachtet werden können.

»Und das nur, damit man sich das Pferd vorher ansehen kann, bevor man Haus und Hof auf den falschen Hengst setzt?«, fragte Marie erstaunt. »Was für ein Aufwand. Macht das die Pferde nicht nervös?«, hakte sie nach.

»Ach, Marie, das sind alles Vollbluthengste, die sind von Natur aus hypernervös.« Franzie lachte. Aber sie hatte ja recht. Wären die Pferde hier so lammfromm wie Kaltblüter, würden sie im Leben nicht ein Rennen laufen. Einen langsamen

Marsch übers Weideland, das ja. Aber im gestreckten Galopp eine Distanz von 2400 Metern wie hier in Ascot entlangpreschen würden sie im Traum nicht. Noch nicht mal, wenn man sie mit der Reitgerte mehr als nur kitzelte. Und was interessierte ein Pferd schon die Gewinnsumme? Selbst wenn sie über eine halbe Million britische Pfund betrug, so wie in der Gruppe I, der absoluten Champions League im Galopprennsport, in der Chestnut startete? Franzi wurde schwindelig, als sie an das hohe Preisgeld dachte.

Einige der Pferde hatten den Rundgang im Führring bereits hinter sich gebracht und wurden von ihren Jockeys wieder weggeführt, als die Mädchen eintrafen. Justin Stevens stand auf dem Rasen in der Mitte und unterhielt sich mit einem jungen Mann und dessen hübscher Begleiterin. Chestnut scharrte ungeduldig hinter ihm mit den Hufen.

»Das sind unsere Zielobjekte«, sagte Franzi und deutete unauffällig auf Pferd und Jockey. Kim scannte Justin mit geübtem Blick ab. Er unterschied sich nicht besonders von den anderen anwesenden Jockeys. Sie alle trugen enge helle Hosen, Reitstiefel und knappe Jacken. Und sie waren alle klein, schmächtig und drahtig.

»Merk dir den Namen des Sponsors, der steht vorne auf seiner Jacke«, sagte sie zu Marie. »Nicht dass du vor dem falschen Jockey davonläufst! Oder dich unnötig aus der Ruhe bringen lässt.«

»*Royal Napkin*? Königliche Servietten?«, wunderte sich Marie und prägte sich den Namen und das Logo ein. Die silberfarbene Krone des Logos war auch auf die Rückseite der Jockeyjacke eingestickt. »Ein königlicher Betrüger also! Das wird ihn auch nicht vor seiner gerechten Strafe schützen«, murmelte sie.

»Wenn er überhaupt etwas Verbotenes getan hat«, erinnerte sie Franzi mit scharfer Stimme. »Wir ermitteln, aber verurteilen noch niemanden!«

Marie wurde mit jeder Minute nervöser. Sie tat zwar äußerst gelassen, aber Franzi wusste, dass auch in ihr die Anspannung stieg. Maries hibbeliges Hin- und Hergewackel in den Riemchensandalen hatte sie verraten.

»Mir geht es bestens!«, sagte Marie wenig überzeugend, als sie Franzis Blick auf ihre Knöchel bemerkte. »Die Sandalen sind so was von unbequem«, stöhnte sie, um von ihrer Nervosität abzulenken.

»Und?«, meinte Franzi gedehnt.

»Was und?«, fragte Marie zurück.

»Kann es losgehen? Kamera einsatzbereit? Und so weiter!«

»Jetzt schon?« Marie riss überrascht die Augen auf.

»Klar jetzt. Jetzt ist Chesnuts Box leer. Jetzt kannst du dich in Ruhe im Stall umsehen, ob du vielleicht übertrieben große Mengen Wasser in seiner Tränke vorfindest. Oder irgendwelche Rückstände von Hafer und Pressfutter. Du erinnerst dich?«

Natürlich erinnerte sich Marie an Clarks Vortrag über die eine Möglichkeit, ein Rennen zu manipulieren. Clark hatte sehr anschaulich beschrieben, wie gierig ein Pferd in kürzester Zeit literweise Wasser trank, wenn es einige Zeit zuvor mit Hafer und Pressfutter gefüttert wurde und nicht genug Wasser zur Verfügung hatte. Eine Nacht vor dem Rennen

gab man dem armen Tier eben dieses Futter, stellte aber kein Wasser hin. Dann, kurz vor dem Rennen ließ man es so viel trinken, wie es wollte. Tja, und mit einem Wasserbauch konnte auch das allerbeste Rennpferd der Welt keinen anständigen Jagdgalopp hinlegen.
»Ich geh dann mal los, die Box auf Spuren untersuchen«, sagte Marie und ließ sich noch einmal von Franzi den Weg zu den Stallungen beschreiben, die den heimischen Pferden bereits ein paar Tage vor den Rennen während der Trainingszeit zur Verfügung standen.
Kim hörte angespannt zu. Ob sich ihr Verdacht wohl bestätigen würde?
»Und schau dir das Medikamentenbuch genau an! Es muss irgendwo in einem Kasten in der Box liegen. Wenn dir etwas eigenartig vorkommt, fotografiere jede Seite! Clark hilft uns dann schon weiter, wenn es um die Auswertung geht. Die Medikamentenbücher werden sehr kleinlich geführt! Achte auf alles!« Kim hätte Marie am liebsten noch 1000 weitere Anweisungen gegeben. Aber sie hatten das alles im Auto schon x-mal besprochen. Jetzt hieß es Daumen drücken!

Marie straffte die Schultern und stolzierte selbstsicher in Richtung Stallungen. Doch je weiter sie sich von der eigentlichen Rennanlage entfernte, desto mulmiger wurde ihr. Als der erste Sicherheitsbeamte ihr entgegenkam, rutschte ihr das Herz in die Hose. Der VIP-Ausweis, wo ist der VIP-Ausweis? Marie kramte viel zu hektisch in ihrer kleinen Tasche herum. Cool, ganz cool, Marie!, ermahnte sie sich. Margaret hat gesagt, dass ich damit überall durchkomme. Und dass das Foto ausgetauscht ist, sieht niemand, der nicht ganz genau hinsieht. Flirten, Marie, flirten! Ihre Gedanken drehten sich schneller, als ihr lieb war. Fast hätte sie vergessen, englisch zu reden, als der Mann vom Sicherheitsdienst sie nach ihrem Ausweis fragte. Auch der Wimpernaufschlag misslang beim ersten Versuch. Doch dann hatte sie sich schnell wieder unter Kontrolle. Jahrelanges Schauspieltraining zahlt sich eben doch aus. Mit einer eleganten Handbewegung und einem umwerfenden Lächeln auf den dick geschminkten Lippen reichte sie ihm den Ausweis. Ihre Nervosität war wie weggeblasen.

»Nice to see you again, Miss McClow ... How is your dad?«

Schön sie wiederzusehen?, wunderte sich Marie erfreut. Die Frage nach dem Wohlbefinden des Vaters von Abbey McClow überging sie mit einem galanten Augenzwinkern. Na, das klappt ja alles ganz wunderbar. Die erste Hürde war genommen. Der Mann vom Sicherheitsdienst hatte sich täuschen lassen. Marie atmete erleichtert auf. Beschwingt stolzierte sie auf die Stallungen zu. Das Tor war nur angelehnt. Marie konnte ungehindert hineingelangen. Das Klacken ihrer Absätze hallte durch die Stallgasse. Nur wenige Pferde schnaubten nervös in ihren Boxen und spitzten die Ohren, als Marie eintrat.

Die siebte Box auf der rechten Seite war leicht zu finden. Franzi hat wirklich ein gutes Gedächtnis, lobte Marie in Gedanken.

Abgesehen von den Pferden war sie alleine im Stall. Die Luft war rein. Kein Pferdepfleger trieb sich hier herum, kein Jockey und auch sonst niemand, der sie stören würde. Trotzdem ging sie sehr behutsam vor bei ihrer Suche nach Beweisen. Auf Zehenspitzen schlich sie durch die Box und untersuchte die Futterkrippe. Von Pressfutter keine Spur. Auch die Eimer, die an der Boxenwand hingen, zeigten keinerlei Rückstände von etwas Verräterischem. Nur die Raufe war randvoll mit Heu. Und die Wassertränke war ebenso voll – oder ebenso halb voll – wie die der anderen Pferde. Das Hängeschloss am Medikamentenschrank war nachlässig eingehängt, aber nicht zugeschnappt. Wie unvorsichtig, dachte Marie und zückte ihr Handy. Sie fotografierte den Inhalt des Schrankes, ebenso die einzelnen Seiten des ordentlich geführten Medikamentenbuches. Außer Vitamin B konnte sie nichts entdecken, was ihr etwas sagte. Nicht nur, dass sie die medizinischen Begriffe nicht kannte, auch die englische Sprache erschwerte es ihr, den Durchblick zu bekommen. Clark wird uns da weiterhelfen können, hoffte sie. Plötzlich polterte es in der Stallgasse. Marie erschrak. Schnell duckte sie sich und spähte vorsichtig durch einen Spalt in der Boxenwand. Verdammt, ein Pfleger! Marie zog verärgert die Luft ein. Ihr Herz pochte kräftig gegen den Brustkorb. Und jetzt? Marie hatte keine Ahnung, wie sie ungesehen aus der Box schlüpfen und die Stallungen verlassen sollte. Der Futterwagen, den der Pfleger vor sich herschob, stand jetzt nur noch einen halben Meter von Chestnuts Box entfernt. *Concentrate,* las Marie auf den Säcken, die sich auf dem Wagen stapelten. Marie kombinierte: Kraftfutter, Pferdepfleger, leere Futtereimer. Gleich flieg ich auf! Der Pfleger wird gleich in die Box kommen! Schweißperlen bildeten sich auf Maries Stirn. Sie überlegte, ob sie sich schlafend stellen sollte – eine junge englische Lady, die sich am Geruch des frischen Strohs erfreut hatte und sanft ins Land der Träume geglitten war, würde sie bestimmt glaubhafter darstellen können als eine Vollblutstute, die sich in der Box geirrt hatte.

Der Zufall kam ihr zu Hilfe. Jemand rief nach dem Pfleger, der daraufhin auf dem Absatz kehrtmachte. Schnell huschte Marie aus der Box und hinter den Futterwagen. Vorsichtig checkte sie die Situation ab. So nett das Schicksal es im ersten Moment auch mit ihr zu meinen schien, schon im zweiten Moment zeigte es seine wahren Absichten. Niemand Geringeres als Justin Stevens hatte den Pfleger aus den Stallungen gerufen. Er war in Begleitung von Mr McClow. Marie blieb vor Schreck das Herz stehen, als sie die beiden mit Chestnut auf sich zukommen sah. Der Futterwagen war ihr einziger Schutz. Geistesgegenwärtig schaltete sie die Handykamera ein, als sie hörte, dass sich der Tonfall von Mr McClow verschärfte, kaum dass der Pfleger die Stallungen verlassen hatte. Sie konnte die beiden von ihrem Versteck aus nicht filmen, aber immerhin den Ton aufnehmen. Und Mr McClow brüllte mit so fester Stimme auf Justin ein, dass Marie sicher war, dass der Ton laut genug für die Aufnahme sein würde.

Als die beiden Chestnut bereits in die Box geführt hatten, drosselte Mr McClow seine Stimme auf ein erträgliches Maß. Von dem, was er sagte, verstand Marie kein Wort. Aber bei dem Jockey kam der Inhalt an, das sah Marie deutlich an seiner Körperhaltung. Er wirkte noch kleiner, wie Marie jetzt durch den Spalt in der Boxenwand sehen konnte. Doch sie bemerkte auch noch etwas! Etwas, dass nicht im

Blickfeld des Jockeys vor sich ging, denn er stand dicht neben Chestnut und kraulte ihm die Mähne.
Mr McClow hantierte, wäre nicht die Boxenwand gewesen, direkt vor Maries Nasenspitze mit einer Spritze und einer Ampulle herum. Er muss ziemlich aufgeregt sein, dachte Marie. Denn seine Hände waren so feucht, dass sich das Etikett auf der Ampulle löste und ins Stroh fiel. Marie war dankbar für den Logenplatz, den der Zufall ihr für dieses Schauspiel zugewiesen hatte. Allerdings nur für eine Sekunde. Schon in der nächsten Sekunde fühlte sie sich nicht mehr sicher hinter dem Futterwagen. Der Pfleger kam zurück, füllte den Eimer in Chestnuts Box, nickte Mr McClow und dem Jockey beim Verlassen der Box stumm zu, und wollte den Wagen weiterschieben. Der Jockey hielt ihn auf. Irgendetwas gab es scheinbar noch zu besprechen. Es ging um die Futtermenge für Chestnut. Justin führte Chestnut aus der Box und verließ gemeinsam mit Mr McClow und dem Pfleger den Stall. Marie atmete erleichtert auf, als die Stimmen der drei Männer immer leiser wurden. Ihr fielen 1000 Felsbrocken vom Herzen. Puh, sie war unentdeckt geblieben. Jetzt aber nichts wie raus hier! Eine Sache durfte sie nicht vergessen: das Beweisstück!
Sie huschte in die Box, bückte sich nach dem heruntergefallenen Etikett und wollte sich endgültig verdrücken.
In dem Moment wieherte das Pferd in der Box neben Chestnut auf und trat heftig mit dem Vorderhuf gegen die Boxenwand. Marie kreischte erschrocken los. Damit hatte sie sich verraten. Der Jockey kam zurück zur Box. Marie bekam Panik!

Du siehst aus wie die Tochter des Rennstallbesitzers, benimm dich auch so, schoss es ihr blitzartig durch den Kopf.

Es half alles nichts. Kein affektiertes Getue, kein Wimpernklimpern, kein sonstiger Versuch, den Jockey um den Finger zu wickeln. Er fiel nicht für eine Sekunde auf Maries schauspielerische Höchstleistung herein. Unbeeindruckt zerrte er sie aus der Box. Marie hatte nicht geahnt, welche Kraft so ein kleiner, schmächtiger Mann haben konnte. Mit festem Griff und wenigen Worten schleifte er sie in den Futterraum, als sei sie ein Strohsack. Dann knallte er die eiserne Tür zu und dampfte ab. Völlig verblüfft starrte Marie auf die geschlossene Tür. Sie hatte noch nicht so ganz begriffen, was in den letzten 13 Sekunden passiert war. Nur so viel: Sie war ihm im Weg, sie schien zu viel zu wissen! Neugierige Nasen, die in seinen Angelegenheiten herumschnüffelten, schätzte Justin wohl nicht gerade.
Den Rennstart werde ich wohl verpassen, wenn ich hier nicht innerhalb der nächsten Minuten wieder rauskomme, dachte Marie und suchte nach einer Möglichkeit, die Tür aufzubrechen. Eine Hut- oder Haarnadel würde bei diesem Sicherheitsschloss nicht weiterhelfen. Verzweiflung machte sich in Marie breit.

Marie in Rage

Kim und Franzi hatten sich mit Sandwiches und Ginger Ale versorgt und warteten gespannt auf den Rennstart. Dass Marie noch nicht wieder zurück war, wunderte sie nicht, denn auf den hohen Schuhen war sie nicht die Schnellste.
So kurz vor dem Rennstart wuchs die Anspannung der Zuschauer. Nervosität machte sich breit und stillstehen konnte kaum noch jemand. Die Besucher, die sich in den Glaslogen einen Platz erkauft hatten, klebten mit ihren Nasen fast an den Fensterscheiben oder hatten ihre Ferngläser auf die Stelle gerichtet, an der die Schiebetüren geöffnet waren.
Als der Startschuss fiel, musste Franzi ihren Hals recken, um überhaupt etwas sehen zu können. Unzählige Hüte versperrten ihr die Sicht. Sie griff nach Kims Hand und zog sie näher an die Rennbahn heran, direkt an die Absperrung. Die lauter werdenden Stimmen überhörte sie einfach. Dass Drängeln nicht die feine englische Art war, war ihr klar. Aber wann hatte sie schon mal die Gelegenheit, ein so wichtiges Pferderennen aus der Nähe zu sehen?
Ein Meer aus Pferdeleibern preschte an ihnen vorbei. Das Knarzen der Ledersättel vereinte sich mit dem rhythmischen Schnauben der Vollblüter. Hufe donnerten über die Bahn, die sieben Jockeys feuerten ihre Pferde an und die Zuschauer ihre Jockeys. Grasstücke flogen hoch und der Boden bebte.
Im ersten Bogen der dreiseitigen Bahn liefen die Pferde noch dicht gedrängt. Doch schon kurz darauf lösten sich drei der Pferde aus der Menge und übernahmen die Führung. Dicht

an dicht galoppierten sie nebeneinander, die Jockeys schienen zu fliegen. Nach dem zweiten Bogen löste sich ein Brauner und zog den anderen Pferden davon.
»Es ist Chestnut!«, jubelte Franzi aufgedreht. »Er hat die Führung übernommen!«
Der dritte Bogen lag bereits knapp hinter den Pferden, als der schwarze Hengst Nightflyer an Chestnut vorbeizog. Der Berichterstatter, dessen Stimme per Lautsprecher das Rennen begleitete, überschlug sich förmlich. Immer wieder feuerte er Chestnut an, der immer weiter zurückfiel. Nightflyer ging mit einer halben Länge in Führung. Chestnut geriet auf den letzten Metern der Zielgeraden ins Straucheln, dann brach er aus der Bahn aus und Justin sah kurz darauf nur noch den wehenden Schweif von Nightflyer vor sich. Das Rennen war für den Favoriten gelaufen. Einige Männer tobten wutentbrannt und ballten die Fäuste. Nightflyer galoppierte mit einer viertel Länge Vorsprung als Sieger durchs Ziel.
Viele Zuschauer warfen jubelnd ihre Hüte in die Luft. Einige grinsten still in sich hinein. Sie hatten auf das richtige Pferd gesetzt. Wie Tony!
Der Applaus für Nightflyer, der Chestnut so überraschend geschlagen hatte, brandete so laut wie die Wellen an der englischen Südküste, wenn der Wind sie gegen die Klippen peitschte. Aber er ebbte schneller wieder ab, als das stürmische Meer sich je beruhigen würde. Die Enttäuschung über die Niederlage von Chestnut stand in viele Gesichter geschrieben.
Auch Franzi kam schnell wieder zur Besinnung. Im Rausch

des Geschehens hatte sie für knapp drei Minuten vergessen, weshalb sie in Ascot waren. Bis Kim neben ihr knurrte:
»Ganz klar, das war ein abgekartetes Spiel. Hoffentlich liefert Marie uns gleich die Beweise!«
Bei der Siegerehrung von Nightflyer erhärtete sich Kims Verdacht. Der Besitzer des Hengstes strahlte über das ganze Gesicht. Und Mr McClow hatte sichtbar Mühe, eine betrübte Miene zu machen. Kim meinte, ein belustigtes Funkeln in seinen Augen zu sehen. Und als er dann auch noch Justin ein aufmunterndes Lächeln schenkte, stand für sie fest, dass das Rennen ganz nach seinem finsteren Plan verlaufen war.
Nur der Besitzer von Chestnut, der mit zusammengekniffenen Lippen den Preis für den zweiten Platz entgegennahm, kochte fast über vor Wut. Sein Kopf war knallrot und die Blicke, die er Justin entgegenfeuerte, wünschte Kim ihrem ärgsten Feind nicht.
»Wo bleibt nur Marie?« Ohne eine Antwort von Franzi abzuwarten, wählte Kim Maries Handynummer. Dass kein Freizeichen ertönte, sondern der Spruch »Der Teilnehmer ist vorübergehend nicht erreichbar«, machte sie stutzig.
»Sie hat doch ihr Handy nicht ausgeschaltet, oder? Warum sollte sie das tun?«
»Damit wir sie in einer brenzligen Situation nicht stören?«, kam die Gegenfrage von Franzi.
»Das Rennen ist gelaufen. Chestnut wird jede Minute wieder in seiner Box sein. Der läuft die nächsten sechs Wochen kein Rennen mehr. Wir sollten nachsehen, wo Marie steckt!«

Schon bei den Sicherheitskräften, die den Jockeybereich abschirmten, war Schluss mit Kims und Franzis Suche nach Marie. Bis zu den Stallungen schafften sie es gar nicht erst. Frustriert suchten sie nach Clark, den sie im Rosenpavillon beim Teetrinken mit Margaret fanden.

»Ein tolles Rennen! Wir haben es auf dem Monitor verfolgt«, sagte Margaret zur Begrüßung.

Kim kam ohne Umschweife zum Thema: »Marie ist verschwunden.«

Anders als erhofft wussten weder Margaret noch Clark, was sie nun tun konnten.

»Die Männer vom Sicherheitsdienst nehmen ihren Job sehr ernst, meine Lieben. Es ist schon ein Wunder, dass Marie es überhaupt geschafft hat, sich überzeugend als Tochter von Mr McClow auszugeben. Dummerweise hat sie jetzt meinen Ausweis, sonst könnten wir ohne Probleme zu den Stallungen gelangen«, sagte Margaret und machte ein bedrücktes Gesicht. »Ich fühle mich für das Mädchen verantwortlich. Ich immer mit meinen dummen Ideen«, rügte sie sich. Kim und Franzi war klar, dass sie auf den gefälschten VIP-Ausweis anspielte.

»Warten wir, bis die letzten Rennen des Tages gelaufen sind«, schlug Clark vor. »Wenn Marie bis dahin nicht wieder aufgetaucht ist, sehen wir weiter.«

Marie tauchte nicht auf. Die Rennbahn leerte sich schnell, als Wolken aufzogen und den Himmel verdunkelten. Nach den ersten dicken Regentropfen, die laut prasselnd gegen die futuristische Glasfassade klatschten, waren keine Besucher

mehr auf dem Gelände. Nur Kim, Franzi, Clark und Margaret harrten noch im Rosenpavillon aus.
»Mir reicht's!«, rief Kim schließlich und sprang auf. »Es sind eh keine Wachleute mehr da, vielleicht noch der Stallmeister. Aber den können wir bestimmt überzeugen, dass wir harmlose Besucher sind, die nur nach ihrer verschollenen Freundin suchen!«

Kim sollte recht behalten. Als sie zu viert und völlig durchnässt vor dem Stallmeister und einem müden Sicherheitsbeamten standen und ihm die Situation erklärten, guckte der zwar etwas schief, willigte aber ein, die vier auf ihrer Suche nach Marie zu begleiten. Die fadenscheinige Erklärung, Marie liebe Pferde über alles und habe sich bestimmt nur verlaufen, nahm er ihnen nicht so ganz ab. Aber er gab sich die größte Mühe, nicht zu misstrauisch zu sein. Margarets Anwesenheit war eine große Hilfe. Die alte englische Lady, die seit Jahren für die *Racing Post*, die angesehenste Tageszeitung des englischen Pferderennsports, schrieb, führte sicher nichts Böses im Schilde. Ein Pferd wollte sie bestimmt nicht entführen, das war auch dem Mann vom Sicherheitsdienst klar.
Nur der Stallmeister grummelte. Eigentlich wollte er die Pferde jetzt füttern – in Ruhe! Damit auch ihr Tag endlich zu Ende war und sie sich von den Rennen erholen konnten. Jede weitere Aktion konnte die ohnehin nervösen Tiere noch mehr aufregen und um die wohlverdiente Nachtruhe bringen. Er bat Franzi, Kim, Margaret und Clark eindringlich, so leise wie möglich zu sein.

Es war gar nicht so leicht, nach der vermissten Freundin zu rufen, wenn man dabei nicht laut sein durfte. Im Flüsterton riefen sie abwechselnd nach Marie. Je näher sie den letzten Boxen kamen, desto mehr schwand in Franzi die Hoffnung, Marie hier zu finden. Aber wo sonst könnte sie sein? Sie hatten zuvor bereits das ganze Gelände abgesucht. Hatten jeden Wachmann, Kellner und wer sonst noch zu greifen war, angesprochen und nach ihr gefragt. Teilnahmsloses Kopfschütteln war stets die Antwort gewesen.
Auch die Pferde in den Boxen sahen nur irritiert von ihrem Futter auf, als die vier in ihre Boxen schauten.
Plötzlich hallte ein lautes Klopfgeräusch durch die Stallgasse und unterbrach die behagliche Ruhe. Der Stallmeister packte Kim wütend am Arm.
»Ich habe nicht geklopft«, verteidigte sie sich, ehe er etwas sagen konnte.
Da hörten sie es wieder! Tock – tock – tock.
Es kam aus der Futterkammer, die der Stallmeister sofort öffnete, nachdem auch er das Geräusch geortet hatte.
Wutentbrannt stürmte Marie aus der Futterkammer und schimpfte lautstark. Ihre zuvor so kunstvoll drapierte Haar-Kreation hing nur noch schlaff über die Hutkrempe. Die hohen Schuhe hatte sie ausgezogen und an den Knien klebte verkrustetes Blut.
»Alles halb so wild!«, sagte sie müde, als sie Franzis besorgten Blick sah. Schon zeterte sie weiter. »Aber wenn ich den Kerl erwische, dann …«
Sofort warfen ihr alle ein leises »Psst« entgegen.

Ein mieser Betrüger

»Hätte ich geahnt, dass das doofe Ding beim Filmen den ganzen Akku verbraucht, hätte ich mir ein anderes Handy gekauft«, schimpfte Marie noch immer, als sie im Auto saßen und den Parkplatz in Ascot verließen.
»Ich würde euch zu gerne vorspielen, was Mr McClow zu Justin gesagt hat. Ich habe nämlich kein Wort verstanden. Aber ohne Akkus …«

»Das ist Cockney-Englisch«, sagte Margaret, nachdem Franzi Marie die Akkus aus ihrem Handy gegeben hatte, die glücklicherweise von Maries neumodischem Gerät akzeptiert wurden, und die ersten Sätze zu hören waren.
»Cockney … was?« Franzi verstand nichts.
Auch Clark schaute Margaret verständnislos an. Allerdings nicht, weil er nicht wusste, was Cockney war, sondern weil er nicht geahnt hatte, dass Mr McClow es sprach.
»Cockney wurde früher in den wirklich armen Vierteln von London gesprochen. Ich dachte aber, Mr McClow sei von Haus aus ein feiner Pinkel – wie ihr in Deutschland sagen würdet«, klärte er die Mädchen über seine Verwunderung auf.
Margaret druckste kurz herum, dann erzählte sie, dass eigentlich niemand wissen sollte, dass Mr McClow aus einem armen Elternhaus stammte. Zumindest waren seine Eltern arm, bis er zur Schule kam. Sein Vater war irgendwie zu viel Geld gekommen. Man munkelte von einem heißen Tipp, der ihm an der Börse viel Geld eingebracht hatte. Über

Nacht war die Familie McClow plötzlich reich. Um es kurz zu machen: Er kaufte seinem Sohn erst ein Pferd, dann einen ganzen Rennstall – das heutige *Success Estate*, was so viel bedeutet wie ›erfolgreiches Gutshaus‹. Und erfolgreich wurde der Rennstall ja auch, wie wir heute wissen. Um ihre Herkunft zu verleugnen, gewöhnten sich die McClows ihren Dialekt ab. Nur wenn Mr McClow wütend wird, fällt er noch ab und an in das verräterische Cockney-Englisch zurück.«

»Und dass er übel gelaunt war, ist unschwer zu erkennen, so wie er den armen Justin angebrüllt hat«, sagte Clark. Mit verschwörerischer Stimme fuhr er fort:

»Margaret hat mir vorhin ein paar Dinge erzählt, die werden euch sicherlich interessieren. Justin ist nämlich für Mr McClow nicht bloß ein gewöhnlicher Jockey, sondern …«

Ausgerechnet jetzt, wo es versprach, spannend zu werden, klingelte Kims Handy. »*Michi*«, leuchtete auf dem Display auf. Kim nahm ab. Noch ehe er auch nur ein Wort sagen konnte, sprach sie gehetzt ins Telefon. »Ich kann jetzt nicht mit dir reden! Clark erzählt gerade etwas super Spannendes! Michi, wir haben einen neuen Fall. Und dank Clarks Hilfe ist er auch schon so gut wie gelöst! Ich melde mich später.«

Zu gerne hätte Kim Michi alles ausführlich erzählt, aber sie platzte fast vor Neugier auf das, was Clark von Margaret erfahren hatte.

Detektivtagebuch von Kim Jülich
Samstag, 21:48 Uhr
Nachdem Margaret uns die Aufnahme des Gespräches zwischen Justin und Mr McClow übersetzt und die Hintergründe erzählt

hatte, wurde Marie, Franzi und mir so einiges klar. Auch wenn Marie keine Hinweise auf eine mögliche Manipulation des Rennens gefunden hatte, wissen wir jetzt, was geschehen ist. Der Verdacht, dass Mr McClow Chestnut gedopt hat, konnte nicht bestehen, denn die Ampulle, deren Etikett Marie im Stroh gefunden hatte, wies lediglich auf Insulin hin. Und das brauchte Mr McClow für sich. Margaret weiß viel über ihn, da sie ja unzählige Stunden mit ihm verbracht hatte während der Buchrecherche. Und sie wusste, dass er Diabetiker ist, deshalb auch das Insulin, das er sich gespritzt hat. Marie konnte das nur nicht sehen, weil sie in dem Moment abgelenkt war. Margaret weiß aber noch viel mehr über Mr McClow. Und über Justin und die Tochter von Mr McClow! Wir werden morgen zusammen mit Clark noch einmal nach Ascot fahren und unser Beweismaterial auf den Tisch legen. Besser gesagt: Wir werden dem Jockeyclub die Handyaufnahme vorspielen. Clark meinte, dass der Jockeyclub für Verstöße gegen die Regeln im Pferderennsport zuständig ist. Um ganz sicherzugehen, dass dies das einzig Richtige ist, habe ich Kommissar Peters eine Nachricht auf seinem Anrufbeantworter hinterlassen (wieso ist er auch nie zu erreichen, wenn wir ihn ganz dringend brauchen? Stöhn!). Hoffentlich ruft er mich gleich morgen früh zurück. Ich möchte jetzt nichts Falsches tun. Vielleicht hätten wir auch die englische Polizei einschalten sollen, aber Franzi und Marie wollen auf Clark hören. Ich vertraue auf Kommissar Peters' Meinung. Bisher hat er uns noch nie im Stich gelassen. Wie gut, dass Maries Vater ihn so gut kennt. Er kann nicht nur ihm weiterhelfen, wenn es um die Rolle des Hauptkommissars Brockmeier geht, sondern auch Franzi, Marie und mir, wenn es wirklich brenzlig wird! Und

jemanden der Rennmanipulation anzuklagen, noch dazu vor der höchsten Aufsichtsbehörde des englischen Pferderennsports, ist kein Pappenstiel. Ich fühle mich sicherer, wenn ich von einem Polizisten das Okay habe. Am Ende vernichtet der Jockeyclub unser einziges Beweismaterial und tut so, als ob nichts geschehen ist. Wer weiß das schon.
Die Rückfahrt von Ascot nach Eastbourne war für die drei !!! in jedem Fall sehr aufschlussreich! Dass Justin das Rennen manipuliert hat, ist klar wie dicke Tinte! Und Mr McClow hat ihn angestiftet! Und Tony, den Justin noch aus der Schule kannte und der anscheinend noch nie sonderlich hell im Kopf war, haben die beiden nur benutzt. Trotzdem tut er mir nicht leid, er hätte ja auch Nein sagen können. Hat er aber nicht. Scheißkerl! Er hat sich noch nicht mal gewundert, das Mr McClow ihm so viel Geld anvertraut hat. Er war einfach nur der dumme Handlanger.

Geheimes Tagebuch von Kim Jülich
Samstag, 22:10 Uhr
Lesen für Unbefugte (alle außer Kim Jülich) streng verboten! Finger weg, Franzi und Marie! Auch wenn ich vor Kummer verhungere, dieses Tagebuch darf NIEMAND lesen. Weder jetzt noch in aller Ewigkeit. Selbst wenn ich eine berühmte Detektivin oder Schriftstellerin werde, darf auch mein zukünftiger Biograf diese Zeilen NIEMALS in die Finger bekommen.
Armer Michi! Ich habe ihn vorhin am Handy schon wieder abgewürgt. Er ruft aber auch immer in den unpassendsten Momenten an. Und als ich ihn eben zurückgerufen habe, hat er das

Gespräch einfach weggedrückt. Ich glaube, er liebt mich nicht mehr. Wenn er mich wirklich und ganz doll lieben würde, hätte er mehr Verständnis für mich und die drei !!!.
Er weiß doch, dass ich mein ganzes Herzblut in jeden Fall stecke. Fühlt er sich vernachlässigt? Ich bin sooo traurig. Wenn er mich nicht so akzeptiert, wie ich bin, dann ist es nicht die wahre Liebe. Aber ich liebe ihn – mehr noch als jeden Fall. Für mich ist Michi die wahre und einzige Liebe.
Oh mein Michi! Hoffentlich sprichst du bald wieder mit mir. Bitte, bitte, bitte! Ich weiß nicht, wie ich sonst die restlichen Wochen ohne dich in England überstehen soll.
Ich vermisse ihn so schrecklich. Vielleicht sollte ich ihm eine SMS schicken und ihm sagen, dass ich morgen Abend mindestens drei Stunden mit ihm telefonieren möchte – ganz egal, was das kostet! Im Notfall darf ich doch auch mal meine Handyrechnung überstrapazieren, oder? Und das hier könnte zu einem echten Notfall werden. Ein Notfall in Sachen Liebe!
So, und jetzt bin ich hundemüde und werde ins Bett gehen. Der Tag war mehr als anstrengend. Puh!

Die dicken Regenwolken, die am Vorabend den Himmel von London bis Eastbourne verdunkelt hatten, waren bis zum nächsten Morgen weitergezogen.
Strahlender Sonnenschein und eine leichte Brise vom Meer zogen Jogger und Spaziergänger schon früh an den Strand. Doch für die drei !!! begann der Sonntagmorgen superhektisch. Franzi und Kim hatten verschlafen. Hätte Clark sie nicht geweckt, hätten sie bestimmt am Mittag noch im Bett gelegen. Marie, die es ja noch nie so mit der Pünktlichkeit

hatte, war also nicht die Einzige, der an diesem Morgen die Zeit davongerannt war. Nur dass sie eine wirklich gute Erklärung für ihre Verspätung hatte.

»Es hat Stunden gedauert, das ganze Haarspray rauszuwaschen. Niemals wieder fasse ich eine Dose Haarspray auch nur an!«, schwor sie genervt, als sie mit frisch gewaschener, aber ungestylter Mähne am gedeckten Frühstückstisch im Hotel auftauchte. Viel Zeit zum Frühstücken blieb ihnen nicht.

Bereits auf der Rückbank des Bentleys sitzend, kaute Franzi noch immer auf dem Rest ihres Butterscones herum. Auch Marie knabberte noch an ihrem Croissant. »Was für ein Stress! Und das am Sonntagmorgen«, stöhnte sie.

»Jammer nicht. Die Herren vom Jockeyclub sitzen bestimmt schon seit Sonnenaufgang über den Rennberichten von gestern und analysieren die Zusammenfassung«, sagte Margaret und fuhr mit belehrender Stimme fort: »*The early bird ...*«

»Jaja, der frühe Vogel fängt den Wurm«, unterbrach Marie sie und vollendete das englische Sprichwort. »Ich habe schon verstanden.«

»Junges Fräulein, wir können froh sein, dass der Vorsitzende des Jockeyclubs uns überhaupt empfängt. Sonntags ist ihr Terminplan stets rappelvoll.«

Marie schenkte Margaret ein strahlendes Lächeln und hauchte ein ernst gemeintes »Danke schön«. Sie war nicht nur dem Vorsitzenden dankbar. Ohne Margaret hätten sie, Kim und Franzi wahrscheinlich noch nicht mal an der Logentür klopfen dürfen.

Klopfen durften sie, so viel sie wollten. Trotzdem dauerte es

eine Ewigkeit, bis sich überhaupt jemand um sie kümmerte. Ein ernst dreinblickender Herr öffnete die Tür und bat um Geduld. Der Jockeyclub erwartete noch jemanden, der ebenso kurzfristig um einen Termin gebeten hatte.
Es war Mr McClow, der kurze Zeit später wie mit Scheuklappen an Kim, Franzi, Marie und Margaret und Clark vorbeirauschte.
»Der kommt ja wie gerufen«, flüsterte Clark Margaret zu.
»Was will denn der hier?«, fauchte Franzi verblüfft.

Warum Mr McClow den Aufsichtsrat so dringend sprechen wollte, erfuhren sie dank der dünnen Wände und eines sehr aufgebrachten Vorstandsmitgliedes des Jockeyclubs nur ein paar Sekunden später.
Einen besseren Simultanübersetzer als Clark hätten sich die drei !!! nicht wünschen können. Sie glaubten ihren Ohren nicht zu trauen, als Clark den Inhalt des Gespräches zum Besten gab. »Mr McClow beschuldigt Justin Stevens, Chestnut zurückgehalten zu haben?«
Franzi konnte es nicht glauben.
»Noch viel schlimmer ist, er hat Beweise! Tonbandaufzeichnungen!«, sagte Clark und spitzte wieder die Ohren.
Kim wünschte, Kommissar Peters würde in dieser Minute zurückrufen und ihr einen Tipp geben, was sie jetzt tun sollten. War es wirklich richtig, sich in dieses Kuddelmuddel einzumischen? Vielleicht hatte Marie auch nur einen Teil des Gespräches aufgezeichnet. Und alles war in Wirklichkeit ganz anders. Kim versuchte auf ihren Bauch zu hören. Aber ihr Bauch schwieg.

»Der Vorsitzende glaubt ihm. Das bedeutet viel Ärger für Justin Stevens. Er wird auf Lebenszeit kein Rennen mehr reiten dürfen. Berufsverbot lautet das Urteil.« Clark schüttelte immer wieder ungläubig den Kopf.
»Mir reicht es!«, sagte Kim und nahm all ihren Mut zusammen.
Sie straffte die Schultern und drückte die Türklinke herunter. Franzi und Marie folgten ihr und stellten sich unterstützend neben sie, als sie vor den Aufsichtsrat trat.
So gut es ihr Englisch zuließ, schilderte Kim, was sie wussten. Marie fügte die Hintergrunddetails hinzu, die sie von Margaret erfahren hatten.
Obwohl in den Ohren der drei !!! alles logisch klang, was sie von sich gaben, sahen die Männer vom Aufsichtsrat sie verständnislos an. Mehr noch. Sie wurden wütend, weil die drei Mädchen sich in Sachen eingemischt hatten, die sie nichts angingen. Kurzerhand wurden Kim, Franzi und Marie aus dem Sitzungssaal hinausgeworfen. Niemand glaubte ihnen. Und demnach hatte auch niemand Interesse, auf den Abspielknopf des Handys zu drücken. Da half alles Zetern von Marie nichts. Und das Schlimmste war, sie behielten das Handy mit den Worten: »Man darf Gespräche Erwachsener nicht einfach so aufzeichnen. Es gibt Persönlichkeitsrechte! Zumindestens hier in England!«
Jetzt ist alles aus. Kim stöhnte laut auf. Justin muss ins Gefängnis! Und es war Mr McClow, der ihm diesen Schlamassel eingebrockt hatte. Er war es, der Justin unter Druck gesetzt und überhaupt erst in diese Situation gebracht hatte. Wütend ballte Kim die Fäuste und war kurz davor, erneut

vor den Vorstand zu treten und ihm gehörig die Meinung zu geigen.
Dann ging alles ganz schnell. Bevor Kim die Fäuste schwingen konnte und sich damit mehr als unbeliebt gemacht hätte, griff ein Polizist, der plötzlich mit zwei Kollegen aufgetaucht war, ihre Handgelenke und redete beruhigend auf sie ein. Seine beiden Kollegen betraten währenddessen den Sitzungssaal. Clark übersetzte für die verwirrten Mädchen, was der Polizist sagte. Nur für den Fall, dass er zu schnell sprach, um von den drei Sprachschülerinnen verstanden zu werden.
»Der Polizist sagt, dass er eine Nachricht von einem Kollegen aus Deutschland erhalten habe. Kann das sein?«, fragte Clark und sah Kim an. Auch Marie und Franzi warfen ihrer Freundin neugierige Blicke zu.
»Kommissar Peters hat ihn angerufen?«, fragte Kim erstaunt. Der Polizist nickte, als der Name des deutschen Kollegen fiel.
Kim atmete erleichtert auf. Der Polizei würde der Aufsichtsrat bestimmt mehr Aufmerksamkeit schenken als drei Minderjährigen, die noch nicht mal in der Lage waren, vernünftig zu erklären, was sie überhaupt wollten. Blöde Sprachbarriere, dachte Kim und nahm sich vor, in Zukunft noch härter an ihren Englischkenntnissen zu arbeiten.
Im Beisein der Polizisten lauschten der Aufsichtsrat und auch Mr McClow nicht nur den Handyaufzeichnungen, sondern auch noch Maries Zusammenfassung von Margarets schlüssigen Kombinationen – ohne natürlich die Quelle dieser Informationen preiszugeben. Sie wollte Margaret nicht in eine unangenehme Situation bringen. Denn wer er-

zählte in Zukunft noch gelassen über sein Privatleben, wenn er damit rechnen musste, dass die Reporterin auch die geheimsten Informationen nicht für sich behalten konnte? Obwohl man damit ja eigentlich immer rechnen musste – schließlich sind Reporter skrupellos, oder? Wie auch immer. Marie akzeptierte, dass weder Margaret noch Clark tiefer mit in die Sache hineingezogen werden wollten. Seit die Polizei aufgetaucht war, hatten die beiden sich in den Bentley verzogen.

Der Mr McClow, der vor fünf Minuten noch ausgesehen hatte wie ein Mann, den man hintergangen und betrogen hatte, der, der aussah, als hätte er alle Macht der Welt – dieser Mr McClow sah jetzt aus wie das heulende Elend. Er sah aus wie ein gebrochener Mann. Fühlte er sich plötzlich doch mies, weil er Justins Karriere zerstören wollte? Oder lag es an der Peinlichkeit, die die Aufdeckung seines Planes mit sich brachte? Kim konnte es sich nicht erklären. Sie sah nur, dass er in Sekunden um Jahre gealtert war. Zittrig wie ein Greis griff Mr McClow nach der Lehne des erstbesten Stuhles, um sich daran festzuklammern wie ein Ertrinkender an einem Rettungsring. Plötzlich griff er sich ans Herz, rupfte hektisch den Knoten seiner Krawatte auf und schnappte wie ein Fisch auf dem Trockenen nach Luft. Dann stammelte er irgendetwas von Justin, dass er es doch nur für ihn getan hätte. Und für seine Tochter. Das, was Kim verstanden hatte, kombiniert mit dem, was sie von Margaret wussten, reichte ihr, um endlich zu verstehen, warum Mr McClow den Rennbetrug inszeniert hatte.

Eigentlich hätte es eine sehr rührende Geschichte sein können, wenn nur nicht so viel kriminelle Energie mit hineingeströmt wäre. Ein paar klärende Worte und alles wäre gut gewesen. Diese Erwachsenen denken manchmal einfach zu kompliziert, stöhnte Kim innerlich auf.
Mr McClow wurde wegen Anstiftung zum Rennbetrug verhaftet und abgeführt. Was aus Justin und Tony werden würde, stand in dieser Stunde noch nicht fest. Aber dass Justin sich ebenfalls vor dem Jockeyclub zu verantworten hatte, war für alle klar. Und Tony? Saß der mit einem Haufen Geld, welches ihm noch nicht einmal gehörte, in seinem Zimmer und zählte breit grinsend die Scheine, die dank Justins Tipp überraschend auf ihn niederschwebten wie Schneeflocken im Sommer? Sein plötzlicher Reichtum würde ebenso schnell dahinschmelzen.

Auf der Rückfahrt nach Eastbourne schilderten die drei !!! Clark und Margaret abwechselnd, was im Sitzungssaal vorgefallen war.
»Was aus den dreien werden wird, können wir sicherlich morgen in der Zeitung lesen«, sagte Margaret mit einem Augenzwinkern, nachdem Marie mit einem lauten »Fall gelöst!« ihren Bericht beendet hatte.
»Fein, dann kennen wir die Schlagzeile von morgen ja schon vor allen anderen in der Klasse. Wir sind klar im Vorteil, wenn es um die Übersetzung geht. Und das an einem Montagmorgen, wo unsere Gehirne doch nur zu gerne noch auf Wochenende geschaltet sind!« Franzi grinste breit wie ein Honigkuchenpferd, wie Clark es so gerne nannte.

Federwolkenleichte Küsse

Pierce wartete bereits im Klassenraum, als nach und nach lustlos die Sprachschüler und -schülerinnen eintrafen. Eine große Antriebslosigkeit lag im Raum.

»Ich sehe schon, euch ist montagmorgens allen nicht nach Lernen. Dieses Phänomen kennt wohl jeder Lehrer. Verbinden wir doch einfach das Unumgängliche mit dem Schönen. Raus an die Luft!«

Am Rand des Footballfeldes, im Schatten dreier mächtiger Eichen, standen Bänke und Tische. Es dauerte ein paar Minuten, bis jeder einen Platz gefunden hatte. Die kitzelnden Sonnenstrahlen auf der Nasenspitze, die vereinzelt ihren Weg durch das Blattwerk der Bäume fanden, schraubten die Stimmung augenblicklich nach oben.

Kim, Marie und Franzi sahen erwartungsvoll zu Pierce. Ob die *Eastbourne Daily Post* tatsächlich etwas über Ascot geschrieben hatte? Kim konnte es kaum erwarten, dass Pierce die Tageszeitung endlich verteilte.

Tatsächlich! *»Scandal on the racecourse«*, prangte in dicken Lettern auf der Titelseite. »Seht her! Hier steht es schwarz auf weiß: ›Skandal auf der Rennbahn!‹, sagte Kim und hielt Franzi und Marie die Zeitung direkt vor die Nase. Ein stolzes Grinsen machte sich auf ihrem Gesicht breit. Auch Franzi und Marie vertieften sich augenblicklich in den Artikel. Jo, der wie immer einen Platz neben Marie ergattert hatte, versuchte sie mit einem Witz über die Merkwürdigkeiten der Engländer abzulenken. Vergebens. Marie war so in die Zei-

tung vertieft, dass selbst ein grüner Elefant mit Flügeln sie nicht hätte ablenken können. Selbst dann nicht, wenn er die britische Fahne als Taschentuch benutzt hätte.
»Wie ich sehe, hat euch der Ehrgeiz gepackt. Dann mal los ihr drei, in 20 Minuten möchte ich die Übersetzung des Artikels hören«, sagte Pierce. »Das gilt für alle Anwesenden!«
Jo spickte immer wieder auf Maries Heft. »Hey, du bist echt gut in Englisch«, lobte er, als er sah, dass sie bereits fertig war. »Ich schreib nur Quatsch auf, merkt Pierce ja sowieso nicht.«
Marie lächelte ihn kurz an, dann fuhr sie mit der Übersetzung fort. Wenige Minuten später war sie fertig. Franzi auch. Nur Kim stand etwas auf dem Schlauch. Aber den Inhalt des Artikels hatte auch sie längst verstanden. Die paar Vokabeln, die sie nicht kannte, ergaunerte sie sich von Marie und lehnte sich zufrieden zurück.
An diesem Vormittag traf es einen der Surfer-Typen. Maulend kam er Pierce' Aufforderung nach und las den übersetzten Text vor: »Skandal auf der Rennbahn – Verbrechen aus Liebe?«, dozierte er gelangweilt die Schlagzeile. »Dem berühmten Rennstallbesitzer Charles McClow wird vorgeworfen, beim King-George-Rennen am vergangenen Samstag das Rennen der Gruppe I, in der ein Hengst aus seinem Stall als Favorit antrat, manipuliert zu haben. Er benutzte den Jockey Justin Stevens für seinen finsteren Plan. Stevens hat das die Karriere gekostet. Walnuss, der in Bestform war …«
»Chestnut ist der Name des Pferdes«, unterbrach ihn Pierce. »Namen bitte nicht übersetzen! Und außerdem ist *chestnut* das englische Wort für ›Kastanie‹ und nicht für ›Walnuss‹.«

Der Surfer-Typ maulte. »Also, noch mal: Chestnut, der in Bestform war, brach überraschend auf der Zielgeraden aus der Bahn und ging nur als Zweiter durchs Ziel. Drei junge deutsche Detektivinnen, die ein besonderes Gespür für kriminelle Schwingungen haben, ermittelten bereits in diesem Fall, bevor überhaupt ein Verbrechen geschehen war. Dank ihrer Mithilfe konnte Charles McClow gestern verhaftet werden. Er rechtfertigte seine Tat mit den Worten: ›Ich habe es aus Liebe zu meiner Tochter getan. Justins Karriere stand seiner Liebe zu meiner Tochter im Weg – ich fühle mich schuldig! Ich habe nicht nur Justin unter Druck gesetzt, sondern auch noch meine Tochter belogen.‹ Mehr über die Hintergründe zu der Tat erfahren Sie morgen an dieser Stelle.«

Jo, der sich nicht die Mühe gemacht hatte, den Text selbst zu übersetzen, klappte der Kiefer runter, nachdem das letzte Wort vorgelesen war. »Wow«, hauchte er und klopfte Marie anerkennend auf die Schulter. »Die drei Detektivinnen seid ihr, stimmt's?«
Marie nickte voller Stolz. Aber sie war auch enttäuscht. War das alles? Ein Kuss von ihm als Anerkennung wäre das Mindeste gewesen, was sie erwartet hätte. Rein freundschaftlich natürlich. Aber sein kumpelhafter Schulterklopfer war wie ein Stich in ihr Herz.
Marie war verwirrt. Warum verletzte sie Jos Reaktion so? Sie sah ihn an. Jo war offensichtlich in Gedanken schon wieder ganz woanders, denn er erwiderte ihren Blick nicht. Oder hatte er ihre Enttäuschung gespürt und deshalb aus Verlegenheit den Kopf geneigt? Marie ertappte sich, wie sie Jos

geschwungene Lippen sehnsuchtsvoll betrachtete. Seine leicht nach unten geneigten Mundwinkel hatten einen herrischen Zug, was ihr durchaus gefiel. Er versprach Abenteuer! Und die richtige Dosis an Ernsthaftigkeit. Die Form seines Mundes stand in einem sehr anziehenden Kontrast zu seinen schelmisch blitzenden Augen. Maries Gedanken flogen ihr nur so davon. Zum ersten Mal merkte sie, wie wohl sie sich in Jos Nähe fühlte. Am liebsten hätte sie die Hand ausgestreckt und ihm durch die Haare gewuschelt. Sie fragte sich seufzend, wie es sich wohl anfühlen würde, ihn zu küssen.
Das Ende des Unterrichtes konnte Marie kaum erwarten. Sie musste unbedingt ihren beiden Freundinnen erzählen, was eben mit ihr passiert war. Sonst würde sie platzen! Sie war noch immer völlig durcheinander, als Pierce den Schulunterricht endlich für beendet erklärte.
Weder Franzi noch Kim hatten Zeit für Marie. Sie sausten wie von der Tarantel gestochen ins Hotel und ließen Marie zurück. Woher hätten sie auch wissen sollen, dass Marie soeben die Erleuchtung des Sommers hatte?
Franzi wollte unbedingt eine lange E-Mail an Benni schreiben und Kim hatte Michi versprochen, gleich nach dem Unterricht mindestens hundert Stunden mit ihm zu telefonieren.
»Geh doch mit Jo an den Strand, wir kommen dann nach!«, rief Kim Marie zu.
»Aber nicht wieder das Wasser vertreiben«, scherzte Franzi.
»Das macht nicht Marie, das machen die Gezeiten!«, rief Jo ihnen flapsig hinterher und stand ebenso verloren vor dem Footballplatz wie Marie.

Keine zehn Minuten später ließ sich Kim auf ihr Bett fallen, stärkte sich noch rasch mit zwei Schokoriegeln und klappte dann ihr Handy auf.
Schon Michis zögerliches »Hallo, Kim« klang kalt und abweisend. Oh, oh, der hat ja miese Laune, dachte Kim und versuchte, ihn lachend aufzumuntern. Ihre Frage, wie es ihm gehe, beantwortete er mit einem knappen »Gut«. Das Gespräch drohte, ein Fiasko zu werden. Dabei hatte Kim sich doch so gefreut, seine Stimme zu hören. Am liebsten wäre sie sofort in den nächsten Flieger gestiegen und hätte sich in seine Arme geworfen. Irgendetwas war zwischen ihnen, außer der Distanz von mehreren hundert Kilometern und dem Meer. Sie bohrte so lange, bis Michi endlich mit der Sprache rausrückte.
»Wer ist Clark?«, fragte er schließlich in einem so scharfen Ton, dass Kim fast das Handy aus der Hand gerutscht wäre. Dann brach sie in schallendes Gelächter aus und holte tief Luft. Hatte Michi wirklich geglaubt, Clark sei ihre Sommerliebe? Tja, so kann sich also auch Michi täuschen. Sie erzählte ihm ausführlich von ihrem gelösten Fall. Es dauerte ewig, bis Michi wieder zu Wort kam. Sie beendete ihren Bericht mit den Worten: »Ohne Clark hätten wir das niemals geschafft! Er ist ein so feiner alter Herr. Ein echter englischer Gentleman!«
Michis erleichterter Seufzer war bestimmt bis Timbuktu zu hören. »Und warum hat Mr McClow das alles gemacht? Ich kapiere das nicht!«, sagte er.
»Also!« Kim holte erneut tief Luft. »Das ist die größte Liebesgeschichte der Welt, natürlich nach Romeo und Julia. Abbey

McClow, die Tochter des Rennstallbesitzers, war mal mit Justin Stevens zusammen. Sie waren ein Liebespaar! Aber ihr Vater hat die Beziehung sabotiert, weil er sich für seine Tochter einen Mann wünschte, der nichts mit dem Rennsport zu tun hat. Er hasste den Pferdesport, nachdem er gemerkt hatte, dass es nur um Macht und Geld ging. Mit der Freude an dem Sport an sich und an den Tieren hatte das wohl nicht viel zu tun. Es ging immer nur um Wetten, Quoten und Geld. Das widerte ihn an. An der Seite eines Jockeys sah er seine Tochter nicht glücklich werden. Deshalb war er gegen die Liebe der beiden. Irgendwie hat er es geschafft, Justin immer mehr in den Rennsport zu treiben. Er nahm ihn zwar auf wie einen eigenen Sohn, puschte aber auch seine Karriere als Jockey ohne Rücksicht auf Justins Gefühle für Abbey. Je mehr Zeit Justin auf der Rennbahn verbrachte, desto weniger Zeit blieb ihm für Abbey. Abbey beendete dann die Beziehung, weil Justin viel zu wenig Zeit für sie hatte. Er reiste stattdessen von einem Rennen zum nächsten. Und er trainierte wie ein Besessener. Aber Abbey hat gelitten. Sie liebte Justin noch immer. Ihre Trauer um das Ende der Beziehung ließ sie immer stiller werden. Das wiederum bekam auch ihr Vater mit. Es schmerzte ihn, seine Tochter so unglücklich zu sehen. Dabei wollte er doch nur ihr Bestes. Er konnte vor ihr nicht zugeben, dass er ihre große Liebe zerstört hatte. Also fasste er einen neuen Plan. Er wollte Justins Karriere ruinieren, damit er wieder Zeit für Abbey hatte. Dass Mr McClow damit Justins Leidenschaft für den Pferdesport völlig ignorierte, sah er nicht. Justin war erneut zum Spielball von Mr McClow geworden. Mr McClow setzte

Justin unter Druck. Er erzählte ihm, dass sein Rennstall *Success Estate* vor dem finanziellen Ruin stand. Und Justin, aufgenommen wie ein eigener Sohn, müsse ihm helfen, schnell zu viel Geld zu kommen. Die hohe Gewinnsumme in Ascot, die bei einem Sieg von Chestnut ausgeschüttet worden wäre, würde niemals ausreichen, um alle angeblichen Schulden zu decken. Zumal Mr McClow die Gewinnsumme mit dem Besitzer von Chestnut hätte teilen müssen. Das wusste auch Justin, der ihm die Geschichte mit dem verschuldeten Gut abkaufte. Da war bei einer guten Quote und einem überraschenden Sieg von Nightflyer weitaus mehr Geld rauszuholen. Justin fühlte sich in der Pflicht. Allein schon wegen Abbey, die den Verlust von *Success Estate* niemals verkraften würde. Sie liebt das Anwesen sehr. Und Justin liebt Abbey noch immer. Also willigte er ein und sagte, er würde bei dem Rennen am *King George Day* Chestnut zurückhalten, damit er nicht als Sieger durchs Ziel läuft. Diesen einen Satz von ihm hat Mr McClow aufgezeichnet. Nur diesen einen Satz! Das ist so unglaublich!« Kim musste wieder nach Luft schnappen. »Der Jockeyclub hörte sich die Aufnahme von Mr McClow an und fällte sein Urteil, bevor wir sagen konnten, was wir wussten. Für sie war Justin ein Betrüger. Aber die haben nicht mit den drei !!! gerechnet!«
Michi war schwer beeindruckt. Aber eines verstand er nicht. »Was hatte dieser Tony damit zu tun? So hieß doch der Junge, der Franzi entführt hat, oder?«
»Ach, Tony.« Kims Stimme bekam einen belustigten Unterton. »Der war auch bloß Mittel zum Zweck. Hätte Mr McClow selbst eine so hohe Summe gegen sein eigenes Pferd

gesetzt, wäre der Jockeyclub sicherlich aufmerksam geworden. Sie hätten weitere Fragen gestellt, die Mr McClow als Wettbetrüger entlarvt hätten. Und da Justin nicht gegen sein eigenes Pferd wetten darf, sondern nur auf Sieg setzen kann, musste der dumme Tony einspringen und auf Nightflyer setzen. Diese ganze Wetterei war eigentlich nur ein Ablenkungsmanöver. Justin sollte an die Geschichte mit dem vor dem Ruin stehenden Rennstall glauben. Das hat er dann ja auch. In Wahrheit ging es Mr McClow nur um Justins Karriereende, nicht um das Geld.«

»Gut durchdacht«, lobte Michi den Plan von Mr McClow. »Aber er hat nicht mit meiner äußerst cleveren Kim gerechnet!«

»Hey, ich habe den Fall nicht alleine gelöst. Ohne Franzi und Marie, Clark und Margaret hätte ich das nie geschafft. Wir sind ein Team. Ein unschlagbares Team!«

Nach diesem langen und sehr teuren Telefonat mit Michi kuschelte Kim sich in ihre Decke und ließ die vergangenen Tage noch einmal wie einen Film durch ihren Kopf laufen. Sie war müde und erschöpft. Selbst der Gedanke, was nun aus Tony, Mr McClow, Abbey und Justin werden würde, hielt sie nicht vom Einschlafen ab. Bevor sie für ein, zwei Stunden ins Land der Träume reiste, dachte sie nur noch: Sie werden alle ihre gerechte Strafe bekommen. Und selbst wenn Justin niemals wieder ein Rennen reiten würde, Mr McClow hat gesagt, er würde einen großen Teil seines Vermögens Abbey überschreiben, damit sie und Justin sich etwas Neues aufbauen können. Alles wird gut, murmelte Kim und schlief ein.

Putzmunter und energiegeladen marschierte sie am Abend mit Franzi zum Pier. Sie hatten sich mit Marie verabredet, die den Tag dann doch alleine mit Jo am Strand verbracht hatte.
Nach einem kurzen Bummel über den Pier wollten sie noch mit Clark und Margaret essen gehen. Schließlich hatten sie etwas zu feiern: einen erfolgreich gelösten Fall!

Marie bekam gar nicht mit, dass ihre Freundinnen auf den Pier kamen. Sie stand mit Jo an der Brüstung unter der Lichterkette und schaute aufs Meer. Die Sonne ging bereits hinter *Beachy Head* unter, als Jo sie dicht an sich zog und ihr tief in die Augen sah. Verwirrt hielt sie seinem Blick stand. Die Funken sprühten und Maries Gedanken drehten sich. In ihrem Bauch breiteten hunderte Schmetterlinge zaghaft ihre Flügel aus und begannen zu schwirren. Im nächsten Moment spürte sie Jos warme, weiche Lippen auf ihren. Sie wünschte, dieser Moment würde nie vergehen. Jetzt wusste sie, wie es sich anfühlte, ihn zu küssen: federwolkenleicht. Sie öffnete die Augen und schmolz dahin, als ihre Blicke sich trafen und er zärtlich seine Hand um ihren Nacken legte und sie ganz fest an sich drückte. Ihre Herzen schienen sich zu berühren, so nah war sie ihm.

Franzi und Kim blieb die Luft weg, als sie mitten in diese Szenerie traten. Kim lächelte still in sich hinein. Hätte ich vorhin nicht so ein süßes Gespräch mit Michi gehabt, wäre ich jetzt neidisch. Aber ich weiß, dass auch er mich wieder so küssen wird. Ja, sie war sicher, dass er sie liebte. Sooo süß,

wie er sich am Ende des Telefonates von ihr verabschiedet hatte, waren bei Kim keine Zweifel geblieben.
Franzi fand ihre Sprache als Erste wieder.
»Und, haben seine braunen Augen endlich auch dein Herz erreicht, Marie?«, fragte sie erleichtert.
»Sie sind nicht braun!« Marie löste sich aus Jos Umarmung. »Im Sonnenlicht sind sie turmalingrün!«, antwortete sie trocken.
»Im Sonnenlicht. Dass ich nicht lache«, sagte Franzi spitz und tippte gegen eine der Glühbirnen der Lichterkette.

Jo ignorierte Kim und Franzi einfach, legte seine Arme um Maries Taille und sagte: »Die sind ja nur neidisch.« Dann küsste er sie noch einmal und noch einmal und noch einmal.
F-E-D-E-R-W-O-L-K-E-N-L-E-I-C-H-T!
F-E-D-E-R-W-O-L-K-E-N-L-E-I-C-H-T war das Letzte, woran Marie dachte, bevor sie – wie auf Federn eben – gen Wolke sieben schwebte.

Mira Sol

Die drei !!!

Jagd im Untergrund

Die drei !!!

Jagd im Untergrund

Marie in Not	149
Aufregende Neuigkeiten	160
Schreie in der Nacht	169
Gefangen!	181
Ein neuer Fall?	188
Mitternachtsparty	198
Die Tür im Keller	206
Zeugenbefragung	217
Erschreckende Neuigkeiten	229
Treppe ins Nichts	238
Horrorfilm	245
Jagd im Untergrund	255
Der geheime Tunnel	269
Marie lächelt	278

Marie in Not

Marie sah sich verzweifelt in ihrem Zimmer um. »Ich verstehe das nicht, vor den Ferien waren sie noch da!« Sie kroch auf den Knien über den Boden und wühlte in den Kleider- und Schuhbergen, die sie in den letzten anderthalb Stunden dort angehäuft hatte. Obwohl der Deckenventilator auf höchster Leistungsstufe rotierte, war es drückend schwül im Raum. Es schien, als wolle der Sommer in den letzten Ferienwochen noch mal so richtig zeigen, was er konnte.

Kim und Franzi hatten es längst aufgegeben, Marie bei der Suche zu helfen. Träge lagen sie in den zwei riesigen Sitzsäcken vor dem Bett, tranken eisgekühlten Pfirsichtee und warteten darauf, dass ihre Freundin endlich fertig wurde.

»Der Fall der spurlos verschwundenen Sandalen«, raunte Franzi. »Werden die berühmten Detektivinnen Kim Jülich, Marie Grevenbroich und Franziska Winkler, besser bekannt unter dem Namen *Die drei !!!*, je das Rätsel lösen können?« Sie ignorierte Maries angesäuerten Blick und fuhr fort. »Ob Schmuggler, Räuber, Erpresser oder Betrüger – kein Verbrecher ist vor ihnen sicher, kein Fall bleibt ungelöst. Schon über 20 gefährliche kriminalistische Vorfälle im In- und Ausland haben die drei aufklären können. Werden sie heute das erste Mal scheitern?« Kim kicherte. Besser, als Franzi es eben getan hatte, konnte man es nicht zusammenfassen. Der Detektivclub, den sie vor einiger Zeit gegründet hatten, war mittlerweile ein ausgesprochen erfolgreiches Unternehmen. Erst vor zwei Wochen hatten sie einen aufregenden Fall an der englischen Südküste gelöst. Eigentlich hatten sie dort nur einen Sprachkurs besuchen wollen. Aber schnell waren sie in merkwürdige Vorkommnisse auf der berühmten Pferderennbahn in Ascot verwickelt worden.

Es war klar, dass sie auch diesen schwierigen Fall mit Bravour hatten lösen können.

Aber nach den Aufregungen der letzten Zeit wollte Kim jetzt nur noch ausspannen. Auf eine gestresste Marie hatte sie gar keine Lust. »Wo ist eigentlich das Problem?«, fragte sie daher und sah an sich herunter. »Man kann doch auch sehr schön Sneakers zum Rock kombinieren, oder?« Kim streckte ein braun gebranntes Bein vor. Zu ihrem weißen Jeansminirock trug sie ein froschgrünes Kapuzenshirt und nagelneue grünweiße Turnschuhe.

»Du siehst ja auch total gut aus«, antwortete Marie. »Zu dir passt der *Casual-Style*. Aber ich habe für heute Abend den *Diven-Look* für mich gewählt. Und dazu brauche ich unbedingt meine silbernen Plateausandalen.«

»Casual-Style? Diven-Look?« Franzi schüttelte verständnislos den Kopf. »Vielleicht solltest du einfach dein Ich-bin-jetzt-endlich-fertig-Outfit nehmen?«

Marie warf ihr einen wütenden Blick zu. »So was kapierst du nicht.« Sie wühlte in dem großen weißen Kleiderschrank, der eine ganze Wand ihres Zimmers einnahm.

»Ich weiß wirklich nicht, warum Klamotten so wichtig sein sollen«, nuschelte Franzi, die sich gerade eine halbe Aprikose in den Mund gesteckt hatte.

»Ach, und warum trägst du dann heute deine besten Jeans und das neue Top aus England?«, zischte Marie.

Franzi hob eine Augenbraue. Sie ließ einen demonstrativ langen Blick über die Kleiderberge streifen. Dann sah sie Marie spöttisch an. »Wo wir schon beim Thema England sind: Kann es sein, dass das äußere Chaos hier dein inneres Chaos in Sachen Liebe abbildet? Dein Urlaubsflirt mit diesem Jo in Eastbourne hat dich wohl mehr aus der Bahn geworfen, als du zugeben willst.«
Marie starrte ihre Freundin an. »Bevor du dich mit den Liebesangelegenheiten anderer Leute beschäftigst, solltest du vielleicht erst mal bei dir aufräumen!«, schoss sie zurück.
Franzi lief rot an. Jetzt hatte Marie ihren wunden Punkt getroffen. Dass ihre Beziehung zu ihrem Freund oder, besser gesagt, Ex-Freund Benni mehr als ungeklärt war, war ihr schon länger bewusst. Für eine pure Freundschaft mit ihm war zu viel Eifersucht im Spiel und für eine feste Beziehung zu wenig Herzklopfen.
Kim mischte sich ein, bevor Marie und Franzi in einen handfesten Streit gerieten. »Stopp! Hört endlich auf, euch gegenseitig fertigzumachen!«
Seit Kim den Detektivclub gegründet hatte, lag es an ihr, zwischen ihren beiden so unterschiedlichen Freundinnen zu vermitteln. Ohne Kims Eingreifen hätte es sicher das ein oder andere Mal Tote gegeben. Aber, verschiedene Meinungen hin oder her: Wenn es brenzlig wurde, konnten sich die drei Detektivinnen immer hundertprozentig aufeinander verlassen. Das machte sie zu einem unschlagbaren Team, das jedem kriminalistischen Fall gewachsen war. Schade, dass es im normalen Alltag anders aussah!
»Wir haben noch fast drei Wochen Ferien und es ist ein tol-

ler Sommerabend«, versuchte Kim ihre Freundinnen zu beschwichtigen. »In einer Stunde fängt die legendäre Dachterrassen-Party an. Maries Vater hat sie dieses Jahr extra nach hinten verschoben, damit wir drei auch dabei sein können. Lasst uns das alles doch einfach genießen! Außerdem kommt Kommissar Peters. Wir können ihm dann ganz ungezwungen von unserem letzten Fall berichten. Und vielleicht erfahren wir etwas über aktuelle kriminelle Vorkommnisse.«

Kommissar Peters war ein guter Freund von Maries Vater und hatte den drei Detektivinnen schon bei vielen ihrer kniffligen Fälle geholfen. Außerdem gab er ihnen immer wieder wertvolle Tipps für die Detektivarbeit.

Bei Kims Worten hellten sich die Mienen von Marie und Franzi schlagartig auf.

»Du hast recht!«, rief Marie. »Wir sollten gleich wieder ein neues Abenteuer an Land ziehen. Sonst kommen wir noch aus der Übung.«

Franzi grinste. »Genau. Wenigstens darin sind wir uns einig!«

Kim lächelte. Na also!

Marie hob ein paar Kleidungsstücke hoch, die sie vorhin auf den Schreibtisch geworfen hatte. Auch darunter waren die Schuhe natürlich nicht. Genervt feuerte sie eine Jeans zurück auf den Tisch und traf einen Stapel mit Büchern und Zeitschriften, der sofort ins Wanken geriet. Ein Mathebuch rutschte über die Tischkante und donnerte in den Papierkorb. »Da gehört es auch hin«, murmelte Marie. Sie fuhr ungerührt fort, ihr Zimmer in ein Schlachtfeld zu verwandeln.

Kim nahm einen Keks aus der Schale, die sie auf dem Schoß hatte. »Noch eine Stunde mit dir im Klamottenchaos, und ich habe mir drei Kilo angefuttert!« Sie seufzte. Dann schob sie sich das Gebäckstück in den Mund und kaute eifrig.
Franzi sah mit gespielter Verzweiflung zwischen ihren Freundinnen hin und her. »Hilfe! Die eine ist Süßigkeitenfanatikerin, die andere Modejunkie. Ich frage mich, wie wir in der letzten Zeit ein so erfolgreiches Detektivunternehmen aufbauen konnten.«
Marie schnappte sich einen Flipflop, der einsam in der Ecke lag. »Ganz einfach«, sagte sie lachend und zielte auf Franzi. »Die eine hat mittels geeigneter Nahrungsmittel ihre Nerven zu Drahtseilen mutieren lassen. Die andere konnte mit ihrer unglaublichen modischen Verwandlungsfähigkeit und ihrem Schauspieltalent gekonnt inkognito ermitteln.«
Marie wog den roten Plastikschuh in der Hand. »Und die Dritte im Bunde«, fuhr sie mit drohendem Unterton fort, »ist sehr sportlich und ziemlich gut im Rennen.«
Franzi ging kichernd hinter Kim in Deckung. Das Flipflop-Geschoss landete in der Keksschale.
»Hey, spinnt ihr jetzt total?«, rief Kim. Sie angelte den Schuh aus den Gebäcktrümmern und wollte ihn gerade auf Marie feuern, als es an der Tür klopfte.
»Jaha!«, rief Marie.
Ihr Vater steckte den Kopf herein. »Ich möchte nicht stören. Aber ich brauche noch Hilfe bei der Beleuchtung auf der Terrasse. Wenn ihr hier fertig seid, könntet ihr vielleicht die Pakete mit den Windlichtern rausbringen? Sie stehen im Flur.«

Franzi rappelte sich immer noch kichernd aus dem Sitzkissen hoch. »Klar, ich komme sofort. Mir wird es hier eh zu gefährlich.« Sie sprang auf und folgte Herrn Grevenbroich.
»Ich komme auch«, beeilte sich Kim zu sagen. »Marie findet ihre Sachen bestimmt schneller, wenn wir sie nicht ablenken.«
Von der Tür aus rief sie: »Barfuß ist übrigens auch eine Alternative!«, und machte, dass sie wegkam, bevor Marie ein neues Wurfgeschoss gefunden hatte.
Marie seufzte. Sie ging zu dem großen Wandspiegel mit der Ballettstange und betrachtete sich nachdenklich. Das neue dunkelblaue Neckholder-Kleid saß perfekt. Ihre langen blonden Haare hatte sie antoupiert und mit einem blau-silbernen Seidenschal zurückgebunden. Die zartrosa glänzenden Lippen und der türkisfarbene Lidschatten ließen ihre blauen Augen geheimnisvoll leuchten. Kim hatte sie vorhin geschminkt und wieder einmal bewiesen, dass sie einen untrüglichen Instinkt dafür besaß, die Ausstrahlung einer Person optimal zur Geltung zu bringen. Es war schon lustig, dass ausgerechnet ihre Detektivarbeit dazu geführt hatte, Kims verborgenes Talent ans Tageslicht zu bringen. Sie hatte sich vor einiger Zeit als Kosmetikerin ausgeben müssen, um in einem Fall in der Topmodel-Branche undercover ermitteln zu können. Dabei war sogar ein italienischer Star-Visagist auf sie hereingefallen. Marie musste lächeln.
Plötzlich bemerkte sie im Spiegelbild eine Reflexion hinter sich. Sie drehte sich um. Die niedrig stehende Abendsonne fiel durch die großen Fenster auf einen Gegenstand, der unter einem der riesigen Bodenkissen silbrig hervorglänzte.

Marie sprang hin. Sie zerrte den Sitzsack zur Seite. Nicht zu fassen! Die verzweifelt gesuchten Schuhe waren da! Sie hatten die ganze Zeit unter dem Sitzkissen gelegen, auf dem Kim es sich bequem gemacht hatte. Peinlich berührt stellte Marie fest, dass sich neben den Sandalen auch ihre Dietrichsammlung zum Knacken von Schlössern befand, die sie ebenfalls seit Wochen vermisste. In der letzten Zeit war ihr doch alles ein bisschen über den Kopf gewachsen: Der Detektivclub, die Schule, die Gesangsstunden und der Schauspielunterricht, die regelmäßigen Aerobicstunden, ihre Freundinnen. Dann die Trennung von Holger und der nicht einfache Versuch, gute Freunde zu bleiben. Das alles hatte bereits viel Kraft gekostet. Marie schlüpfte in die Sandaletten mit den geflochtenen silbernen Lederstreifen. Und dann hatte sie vor drei Wochen auch noch Jo kennengelernt. Jo aus Hamburg. Er entsprach äußerlich so gar nicht Maries Bild von einem Traumtypen. Aber er war witzig und hatte ein gutes Selbstbewusstsein. Und seine Küsse waren so wunderbar, so federleicht gewesen …
Das Klingeln an der Haustür riss Marie aus ihren Gedanken. Sie schüttelte den Kopf, als könne sie damit all ihre Erinnerung an Jo wegschütteln, und warf einen letzten prüfenden Blick auf ihr Spiegelbild. Dann strich sich Marie energisch das Kleid glatt und lief in den Flur.
Ihr Vater hatte bereits die Tür geöffnet und begrüßte die ersten Gäste. Marie kannte den hochgewachsenen Mann und die zierliche rothaarige Frau neben ihm schon seit vielen Jahren. Helga Meister leitete ein kleines Theater in Berlin und war außerdem die Produzentin der erfolgreichen TV-Serie

Vorstadtwache, in der Maries Vater die Hauptrolle des Kommissar Brockmeier spielte. Tom Ring schrieb die Drehbücher. Beide gehörten zum engsten Freundeskreis von Herrn Grevenbroich und waren bei fast allen Festen und Esseneinladungen anwesend.
Als Marie gerade auf die beiden zulaufen wollte, erschien in der noch offen stehenden Tür ein riesiges Paket.
»Achtung! Gefährliche eiskalte Fracht!«, ertönte es dahinter.
Marie zuckte zusammen. Diese Stimme kannte sie doch!
Die drei Erwachsenen machten dem großen Styroporkasten auf zwei Beinen lachend Platz.
»Hallo, hereinspaziert! Klasse, vielen Dank, dass du das Dessert abgeholt hast!«, empfing Herr Grevenbroich seinen verborgenen Gast. »Marie, zeigst du unserem Eistortenlieferanten bitte, wo der Kühlschrank ist?«
Lachend verschwand Maries Vater mit Helga und Tom in Richtung Terrasse. »Wir sehen uns gleich, Adrian, ja? Helga hat dir etwas Wichtiges zu sagen!«, rief er noch fröhlich.
Adrian nickte, wobei das Paket in seinen Armen bedrohlich zu schwanken anfing.
»Hi, Marie«, sagte er dann. »Das Ding ist ziemlich schwer, hilfst du mir mal?«
Marie packte mit an. »Jetzt kannst du es ein Stück runterlassen. Wir tragen es am besten zu zweit in die Küche.«
Der Kasten wurde gesenkt. Dahinter erschien ein lächelndes Gesicht, in das vorwitzig eine dunkelbraune Haarsträhne fiel. Ein Paar goldbraune Augen blitzten Marie schelmisch an. »Schon länger nicht mehr gesehen! Du bist ziemlich viel auf Achse, was?«

»Hallo, Adrian, nette Überraschung«, hörte Marie sich mit belegter Stimme sagen. »Ja, ich war ein paar Wochen weg.« Sie spürte, wie ihre Wangen heiß wurden. Was war denn jetzt bloß los?
Adrian wohnte in der WG im Stockwerk unter der Penthousewohnung von Marie und ihrem Vater. Ihr erstes Kennenlernen hatte nicht gerade unter einem günstigen Stern gestanden. Dann aber war eine schöne Freundschaft zwischen ihnen entstanden. Zwischendurch hatte Marie sich sogar vorgestellt, dass Adrian mehr als ein guter Freund sein könnte. Auch wenn er mit seinen 18 Jahren eigentlich viel zu alt für sie war. Dann aber war Jo in ihr Leben getreten und Adrian vergessen. Hatte sie bis eben gedacht. Verwirrt nahm Marie war, wie ihr Herz schneller zu pochen begann.
Sie wuchteten ihre Last auf den Küchentisch. Marie öffnete den großen Kühlschrank. Adrian nahm die dreistöckige Eistorte vorsichtig aus dem Karton und reichte sie ihr.
Während sie die Torte verstaute, rotierten Maries Gedanken. So hatte sie sich das Wiedersehen mit Adrian nicht vorgestellt. Es war ihr natürlich klar gewesen, dass er auf der Party eingeladen sein würde. Ihr Vater mochte den talentierten Schauspielschüler sehr. Aber sie hatte damit gerechnet, dass er später erscheinen würde. Sie hatte davon geträumt, dass sie ihm von Weitem zuwinken und dann ganz cool durch die Menge der Partygäste schlendern würde, um ihm einen Begrüßungsdrink zu bringen. Warum konnte es im richtigen Leben nie so zugehen wie in ihren Träumen?
»Ähm«, machte Adrian, »ich glaube, du kannst den Kühlschrank jetzt zumachen.«

Marie zuckte zusammen. Schnell schlug sie die Tür zu. Es rumpelte. Aber sie wollte jetzt lieber nicht wissen, welcher Gegenstand im Innern des Kühlschranks der Eistorte womöglich den Garaus gemacht hatte.
»Hast du vielleicht ein Glas Wasser für mich?«, fragte Adrian. »Ich habe eine total ausgetrocknete Kehle vom Sprechtraining.«
Marie hätte sich vor Ärger in den Hintern beißen können. Was war nur los mit ihr? Sie benahm sich ja wie der letzte Idiot. »Möchtest du vielleicht einen Eistee?«, beeilte sie sich zu sagen. »Ach, entschuldige, den haben Kim und Franzi vorhin alle gemacht. Aber es gibt auch Fola und Canta, ich meine Cola und Fanta, oder lieber eine Bio-Limonade oder ein Bier?«
Marie schlug sich die Hand vor den Mund. Wenn das so weiterging, würde Adrian sie bald nicht nur für zu jung, sondern obendrein für komplett unzurechnungsfähig halten.
Adrian grinste. »Ich nehme gerne eine Limonade. Habt ihr Ingwer-Orange?«
»Klar. Die mag ich auch am liebsten.« Marie öffnete den zweiten Kühlschrank, in dem sie die Getränke aufbewahrten, und studierte aufmerksam den Inhalt. Sie war unendlich dankbar für die Gelegenheit, ihr bestimmt tomatenrotes Gesicht verbergen zu können. Während sie die Limonadenflaschen suchte, atmete sie möglichst unauffällig tief ein und aus. Ihr Puls kam langsam wieder auf eine niedrigere Frequenz. Okay, ein zweiter Versuch. Adrian und sie würden sich jetzt gleich zuprosten, vielleicht auch tief in die Augen schauen …

»Hier bist du!«, ertönte eine laute Stimme.
Marie fuhr wie vom Blitz getroffen herum. Die Flasche, die sie gerade aus dem Fach genommen hatte, rutschte ihr aus der Hand. Adrian fing sie knapp über dem Boden auf. »Vielen Dank für den Drink!« Er betrachtete Marie nachdenklich. »Am besten sagst du mir einfach, wo der Flaschenöffner ist. Ich mache die Flasche gerne selber auf.«
Kim stand in der Küche und sah Marie erstaunt an. »Entschuldige, ich wollte dich nicht erschrecken! Hallo, Adrian! Kommt ihr beiden jetzt auch auf die Terrasse? Es gibt ein Wahnsinns-Büffet.«
Adrian nickte. »Hi, Kim! Dann lasst uns mal rausgehen.«
»Geht schon mal vor«, murmelte Marie. »Ich hole nur noch ein paar Gläser.«
Adrian zwinkerte ihr von der Tür aus zu. »Aber immer schön vorsichtig sein, ja?«

Aufregende Neuigkeiten

Flackernder Kerzenschein tauchte die Dachterrasse in ein geheimnisvolles Licht und ließ helle Punkte über den Holzboden tanzen. Eine leichte Brise kam auf, die wohltuende Kühlung nach diesem ausgesprochen heißen Spätsommertag brachte. Leise Jazzmusik untermalte die lebhaften Gespräche und das Lachen der Gäste. Die Party war in vollem Gang!

Kim, Franzi und Marie standen mit Kommissar Peters an der Bar. Er nahm einen Schluck aus seinem Champagnerglas. »Sagt bloß, ihr seid schon am nächsten Fall dran?«, fragte er.

Franzi musste grinsen. Eigentlich hatten *sie* den Kommissar fragen wollen, ob es neue kriminelle Geschehnisse gab, bei denen die Polizei Hilfe von den erfolgreichen Detektivinnen brauchte.

»Nichts in Sicht.« Marie zuckte mit den Schultern. »Aber wir sind ja auch erst seit einer Woche wieder zu Hause.«

»Ehrlich gesagt bin ich ziemlich froh, dass ihr Mädchen nicht schon wieder in einem neuen Abenteuer steckt.« Peters sah ernst in die Runde. »Ihr habt einen außergewöhnlich guten kriminalistischen Spürsinn. Aber ihr seid noch Kinder …« Marie hob empört die Augenbrauen. »Mach bitte nicht so ein entsetztes Gesicht«, fuhr der Kommissar fort. »Ich möchte nicht, dass euch irgendwann einmal etwas zustößt. Der Job, den ihr macht, ist gefährlich. Sehr gefährlich sogar!«

Plötzlich ertönte die Serienmelodie der *Vorstadtwache*. Marie nahm irritiert wahr, dass Kommissar Peters in die Tasche seiner Lederjacke griff und sein Handy hervorholte. Marie musste sich ein Grinsen verkneifen.

»Verdammt, ich muss sofort ins Präsidium. Dass man nicht mal an einem Samstagabend in Ruhe feiern kann!« Kommissar Peters klappte genervt das Handy zu. »Ich muss mich leider verabschieden.« Er stellte das halbvolle Glas auf den Tresen. »Marie, sag deinem Vater bitte einen lieben Gruß. Und ihr drei: keine waghalsigen Manöver mehr, okay? Wenn es brenzlig wird, lasst ihr die Finger davon und gebt mir rechtzeitig Bescheid!«

Die drei !!! nickten. »Ja, klar, wie immer!«, sagte Kim.

»Nein, eben nicht wie immer. Darum geht es mir doch!« Der Kommissar schüttelte den Kopf und schob sich durch die Gäste in Richtung Terrassentür.

»Ha«, stieß Franzi hervor, »der soll sich nicht so anstellen. Und die Bemerkung, dass wir noch Kinder sind, werden wir beim nächsten Treffen wohl mit ihm ausdiskutieren, oder, Mädels?«

»Aber sicher doch!« Kim nickte heftig.

Marie zeigte keine Reaktion.

»He, was ist denn mit dir los?«, rief Franzi und wedelte mit der Hand vor Maries Gesicht herum. »Erde an Marie! Jemand da?«

Marie blinzelte, aber ihre Augen waren glasig und sie starrte unentwegt weiter in eine bestimmte Richtung. Sie hatte Adrian entdeckt. Dahinten saß er mit Helga Meister am Pool und ließ die Beine ins Wasser baumeln. Sein Haar, das er seit einiger Zeit kürzer trug, stand übermütig vom Kopf ab und das Licht der Fackeln betonte den dunklen Bartschatten an seinem Kinn. Maries Herz klopfte. Im selben Moment sah Adrian zu ihr rüber. Er winkte und bedeutete ihr, zu ihm zu kommen!

»Entschuldigt, ich gehe eben mal zu Helga und … Adrian«, hauchte Marie und setzte sich traumwandlerisch in Bewegung. Sie bemerkte nicht, dass sie mitten durch die überfüllte Tanzfläche lief und nur haarscharf dem Zusammenstoß mit einem eng umschlungen tanzenden Paar entging.

»Oh Mann. Ich glaube, Hamburg hat verloren«, raunte Franzi. Kim und sie sahen sich nachdenklich an.

»Marie, Marie, das ist der Hammer«, empfing Adrian sie mit geröteten Wangen. »Setz dich zu uns und hör dir das an.« Er rückte zur Seite und klopfte auf das Bodenkissen neben sich. »Es gibt großartige Neuigkeiten. Helga hat uns zum *Sommerfestival Junge Bühne* in Berlin eingeladen!«

Marie setzte sich und sah verwirrt zwischen Helga und Adrian hin und her. Adrian strich sich eine Haarsträhne aus dem Gesicht. Marie stellte fest, dass er nicht nur wunderschöne Augen, sondern auch außergewöhnlich schöne Hände hatte.

»Junge Bühne? Aha, interessant«, sagte sie, konnte aber ihre Enttäuschung kaum verbergen. Adrian wollte gar keinen Drink am Pool mit ihr nehmen. Er wollte ihr nur seine Begeisterung über irgendein Festival mitteilen.

»Das *Sommerfestival Junge Bühne*, das in Helgas Theater in Berlin stattfindet«, sprudelte es aus Adrian hervor, »ist *das* Ereignis für alle Nachwuchsschauspieler. Jedes Jahr treffen sich dort in der Sommerpause junge Theatergruppen aus ganz Deutschland. Es gibt Workshops bei bekannten Regisseuren und jede Truppe bringt ein Stück zur Aufführung. Am Schluss wählt eine Jury die mit der besten Bühnenpräsenz aus. Das ist eine ganz große Sache, 1 a, *die* Chance! Und wir können dabei sein, weil eine Gruppe kurzfristig wegen zwei erkrankten Schauspielern absagen musste und Helga Ersatz sucht! Dein Vater hat ihr vorgeschlagen, doch einfach uns zu nehmen. Was sagst du jetzt?«

»Wir?«, stammelte Marie. »Heißt das, du meinst …«

Adrian lächelte, als er Maries verdutztes Gesicht sah.

»Na klar! Wir geben den Sartre-Einakter. Wenn ich mich recht erinnere, hast du eine Rolle in dem Stück! Deinen Vater haben wir auch schon gefragt und er ist damit einverstanden, dass du mitkommst.« Adrian grinste über das ganze Gesicht. »Hast du jetzt verstanden?«

Marie strahlte. Sie hatte vor einiger Zeit eine Nebenrolle in dem Theaterstück *Geschlossene Gesellschaft* gespielt, das Adrians Schauspielschülerjahrgang in ihrer Stadt im *Theater im Hinterhof* aufgeführt hatte. Damals war sie total eifersüchtig auf Adrians Bühnenpartnerin gewesen, die auch in seiner WG wohnte. Mittlerweile verstand sie sich aber auch mit Lola ganz gut. Vor allem seit sie wusste, dass diese mit Erik, dem dritten Mitbewohner in Adrians WG, zusammen war. Und nun sollte sie mit der Truppe nach Berlin zu einem Festival fahren. Ein Traum!

»Es geht schon am Dienstag in einer Woche los«, erklärte Helga. »Das ist für euch natürlich ein bisschen kurzfristig.«

Adrian nickte. »Ich werde gleich morgen Walter, unseren Regisseur, und die anderen Schauspieler informieren. Sandra, Theo und Nicki sind da, Lola ebenfalls. Aber Sven und

Sasha, die die Technik und die Kostüme betreut haben, machen Urlaub in Spanien. Sie kommen erst in vier Wochen zurück. Da brauchen wir schnell Ersatz. Das wird nicht leicht.«

Marie fing auf einmal an zu grinsen. »Also, da hätte ich vielleicht eine Lösung!«

Alle sahen sie gespannt an.

»Wartet einen Moment!«

Fünf Minuten später erschien Marie mit Franzi und Kim im Schlepptau am Pool. Ihr Vater hatte sich in der Zwischenzeit wieder zu Helga und Adrian gesellt.

»Hallo, Prinzessin«, begrüßte er seine Tochter und tauchte genüsslich den Löffel in sein Dessertschälchen. »Hm, also diese Eistorte. Sehr lecker. Auch wenn ich vorhin die oberste Schicht abtragen musste, weil ein Glas mit sauren Gurken drauflag.«

Marie ignorierte den amüsierten Blick ihres Vaters. Es gab jetzt Wichtigeres, als Small Talk über zu enge Kühlschränke zu führen.

»Darf ich vorstellen«, rief sie. »Tataa! Kim alias *Kimberley* – erfahrene Kosmetikerin und Kostümbildnerin. Und Franzi, auch *Franka* genannt, das sportliche Multitalent, das jeden Scheinwerfer dorthin bringt, wo er hinsoll.«

Marie spielte mit den falschen Namen auf den allen bekannten Fall im Topmodel-Haus an. Herr Grevenbroich lachte los und verschluckte sich an einer Erdbeere. Marie klopfte ihm auf den Rücken. Während er vor sich hin hustete, sah Adrian ein wenig verständnislos drein und Helga schien nachzudenken. Kim und Franzi waren ganz aufgeregt.

»Es war Maries Idee und wir finden sie super«, setzte Kim an und Franzi ergänzte: »Wir würden wirklich sehr gerne mit nach Berlin kommen. Es ist ja noch eine ganze Woche Zeit. Wir können uns noch intensiv in die Materie einarbeiten!«
»Also, ich weiß nicht.« Adrian zog die Stirn in Falten. »Ihr beiden habt doch nicht wirklich Erfahrung mit dem Theater. Und gerade die Backstage-Crew muss ordentlich eingespielt sein. Da darf nichts schiefgehen. Die Schauspieler müssen sich voll auf ihren Job konzentrieren können, ohne ständig zu befürchten, dass ihnen ein Scheinwerfer auf den Kopf fällt oder das falsche Kostüm parat liegt.«
»Wie du weißt, sind wir Detektivinnen«, antwortete Marie ernst. »Wir sind es gewohnt, uns auf neue Situationen einzustellen und blitzschnell zu handeln.«
Ihre beiden Freundinnen nickten heftig.
»Kim und Franzi haben schon ganz andere Fälle gemeistert!«, fügte Marie noch hinzu.
Helga sah die Mädchen an. »Also, ihr drei scheint wirklich ziemlich clever zu sein.« Sie wandte sich an Adrian: »Ich finde die Idee gut. Nehmt Kim und Franzi doch mit!«
Als Herr Grevenbroich zustimmend brummte, war auch Adrian endlich überzeugt.
»Dann fehlt wohl nur noch die Erlaubnis unserer Eltern, was?«, sagte Kim und seufzte.
Franzi zuckte zusammen.
Marie wusste sofort, um was es ging. Sie blinzelte ihrem Vater zu. »Papa spricht mit ihnen. Dann werden sie nichts dagegen haben. Und die Teilnahmegebühr«, Marie wandte

sich an Helga, »kriegen wir wohl auch irgendwie zusammen. Was kostet das Ganze denn?«
Helga lächelte. »Ich glaube, für so junge, so begeisterte Nachwuchsschauspieler und Bühnentechniker haben wir einen extra Sonderpreis. Den bespreche ich am besten mit Helmut, oder?«
Herr Grevenbroich nickte. »Daran soll es nicht scheitern.«
»Danke, Papa!« Marie fiel ihrem Vater überglücklich um den Hals. Dann sah sie Kim und Franzi an, die beide um die Wette strahlten. »Auch ohne aktuellen Fall – ich finde, es ist Zeit für unseren Powerspruch«, flüsterte sie.
Die drei Freundinnen legten die Hände übereinander und sagten im Chor: »Die drei !!!.« »Eins!«, raunte Marie, »Zwei!«, murmelte Kim, »Drei!«, sagte Franzi.
Dann hoben sie gleichzeitig die Hände und riefen unter den überraschten Blicken der Umstehenden: »Power!!! Berlin, wir kommen!!!«

Detektivtagebuch von Kim Jülich
Sonntag, 15:15 Uhr
Wir machen Pause! Hiermit erkläre ich den Detektivclub Die drei !!! *bis zum Ende der Sommerferien für geschlossen. Auch wenn wir nach Berlin fahren, die Stadt, in der mein Lieblingskinderkrimi* Emil und die Detektive *spielt – die drei Detektivinnen werden nächste Woche keine Verbrecher jagen, keine Spuren suchen und keine Fingerabdrücke nehmen!*
Wir werden Theater spielen, Scheinwerfer herumschleppen und Berlin unsicher machen! Jippiijeeh!

Geheimes Tagebuch von Kim Jülich
Sonntag, 15:25 Uhr

Achtung! Lesen für alle Unbefugten, besonders für Ben und Lukas, die absolut nervigsten Brüder, die es im Kosmos gibt, verboten!!! Es gibt kein Entrinnen! Ich enttarne gnadenlos jeden heimlichen Leser mittels seines digitalen Fingerabdrucks! Und dann: ab ins Nirwana.

Sayonara, Tagebuchspion!

Marie ist ein echtes Phänomen. Sie liebt es zu flirten und verdreht den Jungs reihenweise den Kopf. Aber sobald sich einer ernsthaft für sie interessiert, wird er für sie langweilig. Jo aus Hamburg scheint sie vergessen zu haben. Dabei schreibt er ihr so süße Postkarten! Aber das ist ihr viel zu altmodisch. Sie findet, dass Postkarten was für Omas und Opas beim Kuraufenthalt sind.

So, wie Marie sich gestern auf der Party aufgeführt hat, gibt es einen neuen (alten) Schwarm in ihrem Leben: Adrian. Er ist ja nett. Aber doch viel zu alt für Marie! Hoffentlich verrennt sie sich nicht wieder, wie damals bei Franzis Bruder Stefan …

Es ist jammerschade, dass Marie nicht mehr mit Holger zusammen ist. Die beiden haben perfekt zueinandergepasst. Aber 25 Kilometer Entfernung verkraftet wohl die beste Beziehung nicht. Ich bin so froh, dass Michi und ich keine Fernbeziehung führen müssen. Obwohl wir uns in der letzten Zeit auch nicht so oft sehen konnten. Und jetzt fahre ich schon wieder ohne ihn weg. Ich hatte so gehofft, dass er wenigstens für zwei Tage mitkommen kann. Aber er hat mir vorhin am Telefon erzählt, dass sein Vater ihn dringend im Elektroladen braucht. Jetzt muss er zusätzlich zu dem Job in Luigis Eisdiele abends noch bei seinem Vater aushelfen.

Michi ist so süß! Er versteht es total, dass ich einfach mit Marie und Franzi nach Berlin fahren muss. Aber sobald ich zurück bin, wollen wir ganz viel Zeit miteinander verbringen und lange miteinander reden. Es darf einfach keine weiteren Missverständnisse zwischen uns mehr geben. Neulich war ich tatsächlich wegen einer Siebenjährigen eifersüchtig, mit der Michi ins Kino gegangen ist. Und Michi wegen eines bestimmt bald 70-jährigen Engländers. Das ist ja lächerlich! Offensichtlich sehen wir uns so selten, dass das Vertrauen darunter leidet. Und das darf so nicht weitergehen. Denn Michi ist und bleibt die Liebe meines Lebens! Oh Michi! Weißt du, wie sehr ich dich liebe?!?!

Das Telefon hat geklingelt! Das muss Maries Vater sein, der meinen Eltern die Sache mit Berlin erklären will. Papa hat bestimmt nichts dagegen.
Ich drücke ganz fest die Daumen, dass sich auch Mama von Herrn Grevenbroich überzeugen lässt und nicht doch noch Nein zu Berlin sagt!

Schreie in der Nacht

»Meine Mutter hat einfach Nein gesagt!«, rief Kim und steckte sich fünf Gummibärchen auf einmal in den Mund.
Marie griff ebenfalls in die Tüte. Sie fischte sich ein grünes Bärchen heraus. Kauend fragte sie: »Und, wie haben Ben und Lukas reagiert?«
Kim grinste. »Sie haben ein riesiges Protestgeschrei losgelassen, als Mama ihnen sagte, dass sie nicht mitkommen dürfen. Aber meine Eltern haben sich überhaupt nicht beeindrucken lassen. Mama meinte, dass es beim letzten Mal, als sie mich alleine zum Zug gebracht hat, viel entspannter war. Also ist Papa bei den Zwillingen geblieben und meine Mutter ist mit mir zum Bahnhof gefahren.«
»Mit deinen Brüdern bist du schon ganz schön geschlagen«, sagte Franzi. Sie selbst kam mit ihren Geschwistern zum Glück meistens gut klar. Ihr älterer Bruder Stefan war sogar richtig nett. Er kutschierte die drei !!! öfters mit seinem alten Opel herum. Und ihre 16-jährige Schwester Chrissie war zwar ziemlich zickig, aber sie begleitete sie garantiert nicht zur Verabschiedung auf Flughäfen und Bahnhöfe und benahm sich dabei total daneben. Im Gegensatz zu Ben und Lukas.
»Ihr legendäres ›Tschüss, Planschkuh‹ haben sie mir dieses Mal vom Gartentor aus nachrufen müssen«, knurrte Kim und knüllte energisch die leere Gummibärchentüte zusammen.
Marie nickte mitfühlend. Als Einzelkind, fand sie, hatte sie

es entschieden leichter als ihre beiden Freundinnen. Das einzige, was sie unendlich vermisste, war ihre Mutter. Sie war gestorben, als Marie noch ganz klein war. Aber dafür las ihr Vater ihr jeden Wunsch von den Augen ab und ließ ihr viele Freiheiten.

»Dein Vater ist absolute Oberklasse!«, rief Franzi, als könne sie Maries Gedanken lesen. »Einfach genial, dass er Kims und meine Eltern überzeugt hat. Ohne ihn wären wir jetzt nicht hier, auf dem Weg zum Festival!« Sie kuschelte sich gemütlich in den Sitz und sah aus dem Fenster des ICEs.

Kim holte einen Krimi aus ihrem Rucksack. »Das war wirklich genial von deinem Vater, Marie!«, murmelte sie. »Und jetzt genieße ich es, endlich mal Zeit zum Lesen zu haben.« Schon war Kim in ihr Buch vertieft.

Nur Marie rutschte unruhig hin und her. Eigentlich wäre sie die Strecke nach Berlin lieber im Auto mit Adrian gefahren. Aber in dem klapprigen Kombi war neben den Schauspielern, dem Regisseur und dem Bühnenmaterial nur noch Platz für eine Person übrig. Und dass Kim und Franzi alleine im Zug fuhren, wollte sie dann doch nicht. Immerhin kamen ihre Freundinnen ihr zuliebe mit! Sie hatten sich volle drei Tage in einem Crashkurs bei Adrian in Bühnentechnik und Kostümverwaltung eingearbeitet. Und Kim musste wieder einmal ohne ihren Freund Michi verreisen. Es gab wohl keinen verständnisvolleren Jungen als ihn. Kim hatte es wirklich gut. Die beiden waren jetzt schon ziemlich lange zusammen. Ein echtes Traumpaar!

Marie schloss die Augen und lehnte sich in das weiche Polster zurück. Kurz erschien Jos Gesicht. Dann sah sie Holgers liebe Augen. Aber sofort legte sich Adrians Bild darüber. Heute Abend schon würde sie ihn treffen. Was für ein Glück, das alles so toll geklappt hatte. Die Sterne schienen unglaublich günstig gestanden zu haben: Alle Schauspieler und sogar der Regisseur von Adrians Schauspieljahrgang konnten der kurzfristigen Einladung zum Festival folgen. Und nun würden sie eine ganze Woche zusammen proben und Spaß haben!

Marie seufzte. Adrian und sie: Wie standen ihre Sterne? Waren sie beide vielleicht auch schon bald ein Paar?

»Herzlich willkommen in Berlin!«, rief Helga gegen den Lärm in der Bahnhofshalle an. Marie fiel ihr um den Hals und Kim und Franzi gaben ihr die Hand.

»Es ist sehr nett, dass du uns abholst«, bedankte sich Marie.

Helga winkte ab. »Das mache ich doch gerne! Und ich musste deinem Vater versprechen, dass ich mich um euch kümmere.«

Marie verdrehte die Augen.

»Da ich allerdings recht eingespannt bin, werde ich das gar nicht machen können.«

Marie nickte zufrieden.

»Und deswegen habe ich jemanden beauftragt.«

Marie schüttelte entsetzt den Kopf.

»Adrian hat versprochen, immer für euch da zu sein.«

Marie nickte wie wild und strahlte vor Glück.

»Schön. Wenn das jetzt geklärt ist, können wir ja vielleicht losgehen«, schaltete sich Franzi ein. »Bevor Marie noch ein Schütteltrauma kriegt.«

Marie streckte ihr die Zunge raus.

»Kannst du eigentlich überhaupt noch sprechen?«, fragte Franzi belustigt.
Marie schüttelte langsam den Kopf.
Dann stürzte sie sich mit einem markerschütternden Schrei auf Franzi und begann, sie durchzukitzeln. Franzi kicherte hysterisch und wehrte sich nach Leibeskräften. Kim verzog das Gesicht. Manchmal waren ihre Freundinnen wirklich oberkindisch!
»Jetzt aber schnell zum Auto«, unterbrach Helga die beiden lachend. Marie ließ von Franzi ab. »Okay, Frieden?« Grinsend hielt sie ihrer Freundin die Hand hin. Franzi schlug ein.
»Mal sehen, wie lange das anhält«, murmelte Kim genervt.
Helga klimperte mit dem Autoschlüssel. »Ich stehe im Halteverbot«, sagte sie. »Wir sollten jetzt wirklich los. Habt ihr euer Gepäck?«
Die drei folgten der Theaterchefin durch den hellen, freundlichen Bahnhof, durch dessen riesige Glaskuppel das Licht flutete.
»Das ist ja der Wahnsinn hier. Total futuristisch«, rief Kim begeistert. Marie stimmte ihr zu. Schon in dem Glasaufzug, mit dem sie von der Ebene der Gleise hinauf in die Halle gefahren waren, hatte sie sich gefühlt wie in einem Raumschiff. Wenn hier nur auch die Schwerkraft aufgelöst wäre! Das Beautycase hing wie ein Bleigewicht an ihrer Schulter und der knallrote Rollkoffer, den sie mühsam hinter sich herzog, schien jede Sekunde an Gewicht zuzulegen.
»Mann, Marie. Warum musst du auch immer deinen ganzen Kleiderschrank mit dir rumschleppen?«, bemerkte Franzi. Sie wechselte schwungvoll ihren Seesack auf die andere Seite.

»Falls du es noch nicht mitbekommen haben solltest: Wir verbringen einige Tage in einer Metropole«, antwortete Marie schnippisch. »Und ich möchte mich den verschiedenen kulturellen Anlässen entsprechend stylen können! Autsch! Verdammt!« Das Beautycase war ihr von der Schulter gerutscht und auf ihren Fuß gefallen. Mit zusammengebissenen Zähnen positionierte Marie den Gurt neu und marschierte weiter. Franzi ging eine Weile schweigend neben ihr her.
»Ich würde dir ja helfen …« Dankbar sah Marie ihre Freundin an. »Aber wir sind glücklicherweise schon am Auto.« Grinsend ließ Franzi Marie den Vortritt beim Einladen des Gepäcks.

Die Sonne stand tief am Himmel, als sie sich durch den dichten Verkehr in den Stadtteil durchgekämpft hatten, in dem ihre Unterkunft lag. Helga hatte ihnen während der Fahrt erzählt, dass ihre alte Schauspiellehrerin Lotte Maurer seit fast zehn Jahren eine Pension in der Nähe des *Kleinen Theaters* betrieb. Sie vermietete während des Theaterfestivals immer kleine Apartments an die Teilnehmer.
»In fünfundzwanzig Minuten vom Lehrter Bahnhof nach Wilmersdorf. Das ist mein Rekord!«, freute sich Helga. Sie parkte das Auto in zweiter Reihe vor einem vierstöckigen Haus mit hellgelber Fassade. »Erbaut 1822« war in verschnörkelter Schrift auf einem Stein über der Eingangstür zu lesen. »Allerdings muss ich gleich noch einen Rekord brechen und in fünf Minuten zu einer Besprechung im Theater sein«, fuhr Helga fort. »Klingelt einfach bei Maurer. Lotte zeigt

euch euer Domizil und den Weg zum Theater. In einer Stunde gibt es dort für alle Essen in der Kantine.«
Die drei !!! wuchteten ihr Gepäck aus dem Wagen und winkten Helga. Sie fuhr mit quietschenden Reifen davon.
»Ich bin ganz schön fertig!« Marie streckte sich. »Hoffentlich gibt es ein anständiges Badezimmer mit Wanne. Und der Spiegel ist groß genug und in der richtigen Höhe …«
»Kommst du, Marie?«, rief Kim ungeduldig. Lotte Maurer hatte bereits auf ihr Klingeln hin den Türöffner betätigt. Franzi hielt die Tür auf und sie betraten den Flur.
Auf dem oberen Treppenabsatz erschien eine zierliche Frau mit kupferrot gefärbten Locken und im passenden Farbton geschminkten Lippen.
»Ihr seid die Theatermädels, richtig?«, begrüßte sie die drei !!!. »Ich bin Lotte Maurer. Nennt mich einfach Lotte.« Kim, Franzi und Marie gaben ihr die Hand.
»Hereinspaziert. Euer Apartment ist gleich hier im Hochparterre.«
Kim atmete auf. Wenigstens musste sie ihr Gepäck nicht bis ganz nach oben schleppen. Es gab zwar einen alten Aufzug mit schmiedeeisernem Gitter. Den hätte Kim, die an Platzangst litt, aber wirklich nicht benutzen wollen.
»Die anderen von eurer Truppe sind schon heute Nachmittag angekommen«, erzählte Lotte. »Sie sind in der Wohnung ganz oben unter dem Dach untergebracht.«
Augenblicklich wurde Marie blass. Kim sah ihre Freundin an. Sie ahnte, was in ihr vorging.
»Sind wir denn nicht alle in einem Apartment untergebracht?«, entfuhr es Marie.

Lotte Maurer lachte kurz auf. Während sie die Tür rechter Hand aufschloss, erzählte sie: »Nein, so groß sind die Wohnungen nicht. Die Zeiten, als hier um die Jahrhundertwende Berliner Großbürger eine ganze Etage für ihre Familie mit Zimmern für die Bediensteten hatten, sind vorbei. Es wurde alles in kleinere Einheiten für drei bis vier Personen aufgeteilt.«

Marie seufzte. Liebend gerne hätte sie zur Not auch zehn Schrankkoffer die Treppe in den vierten Stock geschleppt – wenn sie nur mit Adrian zusammenwohnen könnte.

»Wow!« Franzis spitzer Schrei holte Marie aus ihren Gedanken. »Seht euch das an!«

Der kleine Flur, der hinter der Tür lag, führte in ein großes, L-förmiges Zimmer. Die hohe Decke war stuckverziert und der Parkettboden glänzte in der Abendsonne. Ein großer bunter Flickenteppich lag in der Mitte des Raums.

»Ist das toll!« Kim deutete nach oben. Es gab ein aus hellem Holz gezimmertes Hochbett! Mit seiner Fläche von mindestens zwei auf zwei Metern wirkte es wie eine zweite Etage im Raum. Eine Treppe mit schmalen Stufen führte hinauf. Darunter war eine gemütlich Sitzecke mit Schlafsofa, zwei Sesseln, Bücherregal und einem kleinen Tisch eingerichtet.

Vor dem Fenster stand ein antiker runder Esstisch mit vier verschiedenen Stühlen. In dem kleinen Raum um die Ecke schloss sich eine offene Küchenzeile an. Von hier aus führte auch eine schmale Tür ins Bad. »Mit Badewanne!«, rief Marie glücklich.

»Und großem Spiegel«, seufzte Franzi. »Du kannst hier also den Rest deines Lebens verbringen.« Sie ignorierte Maries

bösen Blick und sah Lotte Maurer an. »Das ist irrsinnig gemütlich hier. Toll! Wir werden uns sehr wohl fühlen.«
Lotte lächelte. »Schön! Ihr solltet euch jetzt aber langsam fürs Abendessen in der Theaterkantine fertig machen. Frühstück gibt es übrigens unten in dem kleinen Bistro. Ihr könnt euch aber auch Brötchen beim Bäcker vorne an der Ecke holen. Wenn ihr noch was braucht, sagt Bescheid. Ich wohne im dritten Stock links.« Bevor sie ging, erklärte sie den drei Mädchen, wie sie zum Theater kamen, und gab ihnen die Wohnungsschlüssel.
»Noch eine halbe Stunde bis zum Abendessen«, rief Marie panisch. »Und ich muss mich noch duschen, stylen, umziehen. Wie soll ich das denn schaffen?«

Über eine Stunde später erreichten Kim, Franzi und Marie das *Kleine Theater*.
»War ja klar, dass du das nicht schaffst« maulte Kim. »Ich habe einen Bärenhunger. Deinetwegen kommen wir jetzt zu spät und ich bekomme womöglich nichts mehr.«
»Ach was, das sind alles Schauspieler. Da ist doch niemand pünktlich«, beruhigte Marie ihre Freundin. Sie fuhr sich durch das frisch geföhnte Haar und verwuschelte es ein bisschen. So passte es super zu ihrem Outfit: dunkelblaue Jeans mit Glitzerstickerei an den Taschen, breiter Ledergürtel, silbernes Paillettenshirt und weiße Ankleboots mit kleinem Absatz. Dazu Ohrhänger mit Glitzersteinen.
»Mädels, wie sehe ich aus?«, hauchte Marie, als sie die Tür zur Theaterkantine aufstieß.
Wie ein Cowboy, der einen Zusammenstoß mit einem Con-

tainer voller Weihnachtsschmuck hatte, dachte Franzi. Behielt aber ihre Gedanken für sich.
»Klasse siehst du aus«, antwortete Kim, die einfach immer viel diplomatischer war.
»Marie! Da seid ihr ja endlich«, ertönte es plötzlich vom hinteren Tisch. Er war dicht besetzt mit der Schauspielertruppe und dem Regisseur, den Marie von ihrem Statistenauftritt letztes Jahr kannte. Adrian winkte und strahlte Marie an. Links neben ihm saß Lola, rechts eine junge hübsche Frau, die Marie nicht kannte.
Lola warf ihre glänzende schwarze Haarmähne nach hinten, breitete die Arme aus und rief theatralisch: »Herzlich willkommen! Die Jüngsten kommen immer als Letzte. Hihi, toller Auftritt, ihr drei!«
Marie grinste. Wirklich wohl fühlte sie sich aber nicht. Irgendwie hatte Lola immer so eine übertriebene Art an sich und einen ironischen Unterton.
»Ich hoffe, eure Zugfahrt war gut! Ihr seid spät dran. Kommt, setzt euch zu uns und trinkt erst mal einen Tee.« Adrian machte Platz und rückte dabei mit seinem Stuhl näher an seine rechte Sitznachbarin heran. »Sylvie, jetzt wird's ein bisschen eng«, scherzte er. »Aber ich hab Maries Vater fest versprochen, mich um die drei Mädels hier zu kümmern und sie nicht aus den Augen zu lassen. Darf ich vorstellen: Kim, Franzi und Marie.«
Marie war verunsichert. Wollte Adrian sich jetzt über sie lustig machen? Sylvie nickte den drei Mädchen freundlich zu.
»Sylvie steht kurz vor ihrem Abschluss hier an der Schauspielschule in Berlin«, erklärte Adrian. Bewundernd sah er

die junge Frau mit den raspelkurzen blonden Haaren an. Sie schenkte ihm ein strahlendes Lächeln. Da hatte Adrian ja schnell Anschluss gefunden! Ziemlich hübschen sogar.
Lola riss Marie aus ihren Gedanken. »Mensch, Adrian. Kümmere dich doch erst mal um das Essen für deine drei süßen Schutzbefohlenen!«
Kim lief augenblicklich das Wasser im Mund zusammen. Lola ging ihr zwar erheblich auf den Wecker, aber wenn sie dafür bald etwas zu essen bekam, war ihr das blödeste Geschwätz egal. Adrian sprang sofort auf. »Sorry, daran habe ich gar nicht mehr gedacht.« Er zeigte ihnen den Weg zur Küche, in der ein beleibter Koch große Schüsseln mit Spaghetti bolognese austeilte.
Kim nahm ihre Portion in Empfang. Sie schnupperte genießerisch. »Leute, ich bin gerettet!«

Der Abend mit der Schauspielertruppe verging wie im Flug. Sylvie und Theo improvisierten mit einer Nudel einen Sketch des berühmten Komikers Loriot, und Adrian erzählte von den lustigsten und peinlichsten Patzern in seiner Schauspielausbildung. Als Franzi irgendwann völlig erschöpft vom vielen Lachen leise schnarchend an Maries Schulter sank, mahnte Adrian zum Aufbruch. »Um neun Uhr findet morgen der erste Workshop statt. Wir nehmen besser eine Mütze voll Schlaf. Lasst uns gehen!«
Lola und die anderen winkten ihnen zu. Kurz vor Mitternacht machten sich die drei !!! mit Adrian auf den Weg zu ihrem Domizil.
Marie hatte den Eindruck, dass er gerne noch geblieben wä-

re, um weiter mit dieser Sylvie zu flirten. Missmutig hatte sie mit angesehen, wie Adrian der blonden Frau zum Abschied ein Küsschen rechts und links gegeben hatte. Ihr Abschied im Treppenhaus fiel hingegen kurz aus. Kim hatte noch nicht einmal den Schlüssel ins Schloss gesteckt, da war Adrian schon im Aufzug verschwunden.
Marie drehte sich entnervt auf die andere Seite. Das Hochbett knarrte und an der Wand des schlecht isolierten Altbaus war ein Vibrieren zu spüren. Aber weder Franzi, die neben ihr, noch Kim, die auf dem Schlafsofa unter ihnen lag, gaben einen Mucks von sich. Beide waren vorhin in die Federn gesunken und sofort eingeschlummert. Obwohl Marie von der langen Zugfahrt und den lauten Gesprächen in der Theaterkantine ziemlich erschöpft war, konnte sie nicht einschlafen. Sie wühlte sich in das Kopfkissen und suchte eine kühle Stelle. Ihr Ellenbogen berührte die Wand. Sie spürte wieder das leise Vibrieren. Kurz überlegte Marie, die Therme im Bad abzustellen, die wahrscheinlich das Geräusch verursachte. Aber dann beschloss sie, einfach alles um sich herum zu ignorieren. Ihre Gedanken gingen zum Abendessen. Diese blonde Sylvie schien es Adrian ja ziemlich angetan zu haben. Hier lief eindeutig etwas nicht so, wie Marie es sich vorgestellt hatte. Aber sie würde es allen noch zeigen! Wenn sie morgen Adrian richtig beeindrucken wollte, musste sie jetzt aber unbedingt ein paar Stunden erholsamen Schlaf haben. Marie fing an, Schäfchen zu zählen. Das half immer. Wohlige Entspannung durchrieselte ihren Körper. Mit jedem weiteren Schäfchen spürte sie, wie bleierne Müdigkeit sie umfing und sie langsam in den Schlaf zog.

Das 13. Schaf machte leise »Mäh«. Es schnupperte am Gras und blieb stehen. Es sah Marie aus großen dunklen Augen an. Dann setzte es zum Sprung an.
Im selben Moment durchschnitt ein entsetzlicher Schrei die schwarze Nacht.

Gefangen!

Marie fuhr kerzengerade im Bett auf. Was war geschehen? Hatte sie schlecht geträumt?
»HILFE!«
Marie gefror das Blut in den Adern. Das war kein Traum. Hier schrie ein Mensch um sein Leben! Franzi fuhr ebenfalls hoch und rieb sich die Augen. Panisch sah sie Marie an. »Was ist los, warst du das?«
Ein erneuter Schrei. Dazu das unheimliche Geräusch hämmernder Fäuste auf Metall. Nein. Marie träumte nicht. Da schrie jemand aus Leibeskräften um Hilfe!
Kim war bereits auf den Füßen und zog sich hektisch ihren Jogginganzug an. »Da ist jemand in Not. Los, wir müssen helfen!«
Fast gleichzeitig sprangen Marie und Franzi vom Hochbett, schnappten sich ihre Hosen und Pullis und rannten zur Tür.

»Wo ist der Lichtschalter?«, schrie Franzi im Treppenhaus.
»Hier, ich hab ihn«, antwortete Kim und drückte auf den kleinen Knopf an der Wand. Nichts tat sich. »Mist, der Strom scheint ausgefallen zu sein.«
»Oh Gott – hilft mir denn keiner?« Ein Wimmern ging durch das Treppenhaus.
»Hier oben«, rief Franzi und begann die Treppe hinaufzurennen, »das kommt von oben!« So schnell es in der Dunkelheit ging, sprintete Franzi weiter.
Eine weibliche Stimme rief immer noch um Hilfe. Jetzt

schon schwächer. Das Wimmern hallte unheimlich durch das Treppenhaus.
»Schnell, wer weiß, was da passiert ist!«, schrie Marie und nahm zwei Stufen auf einmal. Kim hechtete völlig atemlos hinter ihren beiden Freundinnen her. Sie verfluchte einmal mehr ihre fehlende Fitness und schwor sich, in Zukunft wieder mehr zu trainieren. Eine Wohnungstür öffnete sich und ein Mann in T-Shirt und Boxershorts sah schlaftrunken auf die drei !!!.
»Was ist denn hier los? Seid ihr verrückt geworden, solch einen Lärm zu machen?« Kim, Franzi und Marie ignorierten den Mann und liefen weiter. Sie bemerkten auch nicht, dass sich weitere Türen öffneten und erschrockene Hausbewohner ihre Köpfe rausstreckten.
»Der Aufzug ist zwischen dem dritten und vierten Stock stecken geblieben. Und jemand ist darin gefangen«, rief Franzi völlig außer Atem, nachdem sie als Erste oben angelangt war.
»Hilfe! Holt mich hier raus. Ich sterbe!« Fahles Mondlicht sickerte durch ein kleines Fenster im Treppenhaus. Ein dunkler Schatten zeichnete sich hinter dem schmiedeeisernen Gitter, das den Aufzug umschloss, ab.
»Lola!« Marie hatte die Gestalt als Erste erkannt.
»Marie? Bist du es? Gott sei Dank. Helft mir. Ich werde sonst noch wahnsinnig!«
»Lola, ganz ruhig, wir holen dich hier raus«, antwortete Marie. Sie sah ihre Freundinnen an.
Kim nickte erleichtert. So, wie es aussah, war niemand verletzt. Der Aufzug war wohl aufgrund eines Stromausfalls hängen geblieben und Lola hatte Panik bekommen. Kim

konnte allerdings gut nachvollziehen, wie sie sich fühlen musste. Allein die Vorstellung, spätnachts in beinahe vollkommener Dunkelheit in einer engen Aufzugskabine gefangen zu sein, trieb ihr den Angstschweiß auf die Stirn.
»Gibt es hier denn keinen Notdienst?«, fragte Franzi.
»Den habe ich schon versucht anzurufen. Da meldet sich niemand«, rief Lola erschöpft. »Vielleicht haben die für so alte Häuser keinen Nachtdienst.« Sie schlug verzweifelt auf die Gitterstäbe der Kabine ein. Der dumpfe Widerhall breitete sich im Treppenhaus aus.
Kim ging in die Hocke und sprach beruhigend auf Lola ein. »Wir holen dich da ganz schnell raus, keine Sorge. Nur ruhig Blut – ah!« Kim quiekte erschrocken auf und erstarrte. Dicht hinter ihr hatte sie ein rasselndes Atemgeräusch vernommen! Und jetzt strich ein gespenstischer warmer Hauch über ihr Genick. Etwas Kaltes, Nasses drückte sich an ihr linkes Ohr. Kim wirbelte herum und verlor das Gleichgewicht. »Was ist …« Ihr Atem stockte. Auf dem Hosenboden sitzend sah sie, wie eine schwarze Gestalt mit gelb funkelnden Augen vor ihr zurückwich. Kims Herz setzte für eine Sekunde aus, dann schlug es doppelt so schnell weiter.
Besorgt hämmerte Lola gegen die Aufzugtür. »Hilfe, was ist da los? Kim, alles in Ordnung?«
Plötzlich kicherte Franzi los. »Da ist ein Hund!«
Wie zur Bestätigung fing das Tier freudig an zu bellen. Kim atmete erleichtert aus. Die Besitzerin des Hundes, die eine Treppe weiter unten an der geöffneten Tür gelauscht hatte, rief ihn zu sich. Aber der schwarze Labrador schien den nächtlichen Wirbel zu sehr zu genießen. Neugierig drän-

gelte er sich wieder neben Kim und äugte in die Aufzugskabine.
Kim tätschelte seinen Kopf. »Du hast mich vielleicht erschreckt. Als wäre das alles nicht schon aufregend genug. Lola, alles in Ordnung! Wir holen dich da in null Komma nichts raus.« Kim richtete sich auf. Sie sah ihre beiden Freundinnen an. »Ich habe nur keine Ahnung, wie.«
Bevor jemand antworten konnte, wurde die Stille von einer polternden Stimme durchschnitten. »Jetzt ist Schluss, es reicht, aus!« Ein Mann schleppte sich ächzend die Treppen herauf.
Der Lichtkegel der Taschenlampe, die er in der Hand hatte, geisterte unruhig über die Stufen. In der anderen Hand hielt er einen Gegenstand fest umklammert – einen Spaten! Drohend schwenkte er das Gerät vor sich her. Die Leute wichen erschrocken zurück. Der Hund begann zu winseln.
Kim prägte sich aus alter Detektivgewohnheit blitzschnell sein Äußeres ein, soweit sie es im Gegenlicht der Taschenlampe erkennen konnte: *Älterer Mann, über einen Meter neunzig groß, breitschultrig, nach vorne gebeugt gehend, zieht ein Bein leicht nach, schlohweißes Haar, schlabbernder Kittel, klobige Schuhe.*
»Jetzt reicht es wirklich!«, schrie der Mann außer sich. »Das ist Ruhestörung und Sachbeschädigung. Ich rufe die Polizei. Dann ist endlich Schluss mit den betrunkenen und randalierenden Fremdenzimmer-Gästen unserer lieben Frau Maurer.«
Ein Raunen ging durch die kleine Gruppe der Hausbewohner. Eine zierliche Frau im Morgenrock meldete sich zu

Wort. »Haben Sie mich erschreckt, Herr Haller. Jetzt regen Sie sich doch nicht so auf. Es gab mal wieder einen Stromausfall und der Aufzug ist stecken geblieben. Das ist in den letzten Monaten schon so oft passiert. Das müssten Sie als Hausmeister doch wissen! Erst letzte Woche, als ich spätabends heimkam, ist der Fahrstuhl hängen geblieben. Da war der Strom allerdings nach fünf Minuten wieder da.«
»Hier fällt in der letzten Zeit ständig die Elektrizität aus«, bestätigte ein junger Mann. »Das hat nichts mit den Gästen in den Apartments zu tun.« Er fuhr sich mit der Hand durch die Haare. »Erst gestern Nacht ist mir ein Teil meiner Doktorarbeit verloren gegangen, weil mein PC plötzlich den Geist aufgegeben hat – Stromausfall! Man könnte meinen, dass uns jemand ärgern will.«
»Ja«, stimmte ihm eine alte Dame zu, die etwas abseits gestanden hatte. »Bestimmt wollen die uns von hier vertreiben. Wie drüben in der Emser Straße. Meine Freundin Anastasia hat fast 60 Jahre dort gewohnt. Und dann fing der Terror an. Nach einem halben Jahr hatten sie alle alten Mieter aus dem Haus. Und jetzt sind da nur noch sündhaft teure ›Stadtmaisonetten‹ oder wie das heißt!«
»Von Immobilienspekulanten hört man tatsächlich immer häufiger hier im Stadtteil«, pflichtete eine weitere Bewohnerin ihr bei. Lautes Gemurmel entstand, als die anderen Hausbewohner anfingen, miteinander zu diskutieren.
Franzi warf Kim und Marie einen bedeutungsvollen Blick zu. »Sieht ganz so aus, als hätten wir einen neuen Fall, oder?«, raunte sie. Bevor ihre Freundinnen antworten konnten, brüllte der alte Mann plötzlich los: »Papperlapapp, von we-

gen Immobilienhaie. Die jungen Leute heutzutage haben einfach keine Erziehung mehr. Alles Sabotage. Alles Gewalt gegen Sachen.« Zur Bekräftigung ließ er den Holzgriff seines Spatens auf das Treppengeländer krachen. Die Frau im Morgenmantel warf ihm einen vorwurfsvollen Blick zu.

Ein lautes Hämmern ertönte. Irritiert hob der Hausmeister beide Hände: »Das bin ich nicht!«

»Ich – will – hier – raus!«, drang eine gepresste Stimme aus dem Aufzugsschacht. Lola schien einem Weinkrampf nahe.

»Wir müssen etwas unternehmen«, sagte der junge Mann mit der Doktorarbeit.

Franzi nickte. »Bei den meisten Aufzügen gibt es eine Klappe in der Decke, die sich von außen öffnen lässt.« Sie checkte die obere Abdeckung der Kabine, die knapp auf der Höhe des vierten Stockwerks lag. »Ja, da ist etwas.« Franzi schwang ein Bein über das Treppengeländer.

»Halt, das ist viel zu gefährlich«, gab Kim zu bedenken. »Was ist, wenn der Fahrstuhl sich plötzlich in Bewegung setzt, weil der Strom wieder da ist, und nach oben fährt, während du da herumkletterst?«

Marie erschauerte bei der Vorstellung.

»Wir müssen zuerst die Hauptsicherung ausschalten«, antwortete Franzi. »Herr Haller, können Sie uns dabei helfen?«

Der Mann grummelte unwillig, begab sich dann aber nach unten in den Hausflur. Nach einigen Minuten rief er hoch, dass jetzt alles sicher sei.

Franzi sprang. Der Aufzug ruckelte bedenklich, als sie auf der Abdeckung landete. Aber es geschah weiter nichts. »Hier ist eine Klappe mit einem Griff!«

Innerhalb weniger Minuten hatte Franzi sie geöffnet, Lola ihren Arm entgegengestreckt und sie mit der Hilfe des jungen Manns heraufgezogen.

»Oh Gott, ich bin so froh!« Lola zitterte und sah erschöpft aus. Sie fiel Franzi um den Hals. »Danke, danke, danke, dass ihr mich gerettet habt. Keine Minute länger hätte ich es dadrin ausgehalten!«

Franzi nickte. Sie spürte jetzt nur noch Müdigkeit in den Knochen und wollte einfach schnell ins Bett. Den anderen ging es offensichtlich genauso. Das Treppenhaus leerte sich zusehends und eine Tür nach der anderen fiel ins Schloss.

»Hoffentlich ist der Strom bald wieder da«, meinte eine Frau gähnend.

»Ich kümmere mich darum«, antwortete der Hausmeister mit leiser Stimme. Er nahm den Spaten, den er vorhin an der Wand abgestellt hatte, wieder an sich und verabschiedete sich schnell. Offensichtlich war ihm sein Auftritt von vorhin doch ein bisschen peinlich. »Fürs Erste aktiviere ich wieder die Hauptsicherung, dann sieht man weiter«, rief er noch, bereits auf dem Weg nach unten.

Marie nickte heftig. Wenn morgen früh ihr Föhn nicht funktionierte, würde sie zur Furie werden!

Nachdem sie sich von Lola verabschiedet hatten, begaben sich auch die drei !!! todmüde ins Bett. Als sich Marie in ihre Decke kuschelte, spürte sie wieder das Vibrieren an der Wand. Das konnte nur eines bedeuten: Die Therme im Bad funktionierte, der Strom war wieder da! Erleichtert schloss sie die Augen und schlief sofort ein.

Ein neuer Fall?

Franzi atmete auf. Der Theater-Workshop war endlich beendet. Sie hatte sich zwar aus Neugier gemeinsam mit ihren Freundinnen zu diesem Kurs angemeldet. Aber eigentlich war ihr schon vorher klar gewesen, dass die ganze Schauspielerei nichts für sie war. Marie blühte auf, wenn zahlreiche Augenpaare aufmerksam auf sie gerichtet waren. Franzi dagegen hasste es, beobachtet zu werden. Viel lieber galoppierte sie allein auf ihrem geliebten Pony Tinka durch den Wald oder sah Polly, ihrem zahmen, hinkenden Huhn, dabei zu, wie es Würmer aus dem Boden zog. Oder sie lieferte sich wilde Skaterrennen mit Benni. Franzi seufzte. Ja, Benni – was er wohl gerade machte?

»Puh, ich bin total fertig!« Marie kam auf Franzi und Kim zu. Sie fuhr sich durch ihr honigblondes Haar, das in sanften Wellen über die Schultern floss. Sie sah kein bisschen fertig aus.

Kim lächelte. »Ich hätte nicht gedacht, dass so ein Theater-Workshop so viel Spaß macht. Vor allem, wenn man die Nacht vorher kaum geschlafen hat.«

Franzi nickte. »Das war schon ein aufregender Beginn unseres Aufenthalts in Berlin. Ich glaube, wir haben einen neuen Fall. Wir müssen unbedingt …«

Marie unterbrach sie. »Entschuldige, aber ich muss jetzt unbedingt in die Kantine. Es gibt gleich Mittagessen und ich möchte gerne neben Adrian sitzen, damit ich von ihm ein paar Tricks zum *authentischen Lachen* erfahre.«

Franzi hob eine Augenbraue. »Dazu brauche ich nur dich zu beobachten, wenn Adrian in der Nähe ist. Da bekomme ich einen ganz echten Lachanfall. Völlig realistisch.«
Marie zuckte mit den Schultern. »Umso besser für dich.«
Kim hatte beim Wort »Mittagessen« aufgehört, ihren Freundinnen zuzuhören. Sie spürte nur noch die gähnende Leere in ihrer Magengrube. »Jetzt lasst uns endlich essen gehen.«
Franzi sah ihre Freundinnen entgeistert an. »Ich dachte, wir sind Detektivinnen! Wir sollten endlich über das, was wir letzte Nacht erfahren haben, reden. Wir müssen doch diesen Immobilienhaien auf die Spur kommen!«
Marie verdrehte die Augen. »Bloß weil ein paar Bewohner durchknallen, wenn es Stromausfälle in ihrem Haus gibt, müssen wir doch nicht auch gleich die Nerven verlieren.«
Kim, deren Magen mittlerweile laut knurrte, schlug energisch vor, doch erst einmal etwas essen zu gehen und danach die Situation zu besprechen.
Marie nickte dankbar und steuerte zielsicher auf die Kantine zu.
Franzi folgte ihren Freundinnen mit einigem Abstand.

Detektivtagebuch von Kim Jülich
Dienstag, 15:15 Uhr
Wie gut, dass ich Mamas alten Laptop mit nach Berlin genommen habe. Eigentlich wollte ich in der freien Zeit an meinem Kurzkrimi schreiben. Aber das kann ich wohl vergessen. Dafür haben wir vielleicht einen neuen Fall! Alles deutet darauf hin, dass wir es mit Immobilienspekulanten zu tun haben, die die Bewohner des Hauses, in dem auch unser Apartment liegt, ver-

treiben wollen. Seit Wochen gibt es dort immer wieder Stromausfälle und daraus resultierende gefährliche Situationen. Zum Beispiel mussten wir Lola gleich in der ersten Nacht aus dem stecken gebliebenen Aufzug befreien. Und als wir vorhin vom Theater-Workshop zurückkamen, war direkt vor dem Haus der Gehweg aufgebaggert und alles stand voller Baufahrzeuge. Man kommt jetzt nur noch über einen schmalen Holzsteg rein und raus. Eine ältere Dame hat sich kaum getraut, mit ihren schweren Einkaufstaschen rüberzugehen. Erst als Franzi ihr die Taschen abgenommen hat und sie sich an mir festhalten konnte, ging es. Außerdem staubt es irrsinnig, sodass alle Fenster geschlossen bleiben müssen. Und das bei dieser Sommerhitze! Lotte hat uns erzählt, dass angeblich ein Schaden an der Wasserleitung behoben werden soll. Eine Nachbarin meinte aber, dass es nun zum siebten Mal in diesem Jahr eine Baustelle gibt und dass das doch an Schikane grenzen würde.
Wir werden jedenfalls jetzt gleich eine Lagebesprechung abhalten. Obwohl Marie, ganz im Gegensatz zu Franzi und mir, nicht davon überzeugt ist, dass kriminelle Machenschaften im Spiel sind. Ich glaube, sie ist einfach nicht an einem neuen Fall interessiert, weil sie bereits einen hat, der sie voll und ganz beansprucht: Adrian!

Geheimes Tagebuch von Kim Jülich
Dienstag, 15:45 Uhr
Achtung: Lesen für Unbefugte – und das sind neben Ben und Lukas auch Franziska Winkler und Marie Grevenbroich!!! – absolut verboten! Ich sage nur: Geschlossene Gesellschaft! Ihr wisst, was ich meine …

An Adrian kann sich Marie die Zähne ausbeißen. Der ist doch mit der blonden Berliner Schauspielschülerin vollauf beschäftigt. Marie musste mit ansehen, wie er sich beim Mittagessen neben diese Sylvie setzte und nur noch für sie Augen hatte. Die ganze Zeit haben die beiden miteinander geflirtet. Bei den anschließenden Proben zu unserem Sartre-Stück war Marie total unkonzentriert. Einmal hat sie sogar ihren Einsatz verpasst und die Szene musste noch einmal geprobt werden. Franzi war auch nicht ganz auf der Höhe. Sie hat noch Schwierigkeiten mit ihrem Beleuchterjob. Mehrfach hat sie die Knöpfe auf dem Lichtpult verwechselt und die Schauspieler standen im Dunkeln. Lola ist völlig ausgerastet und hat sich darüber beschwert, dass sie mit Laien arbeiten muss. Adrian hat zwar versucht sie zu beruhigen, aber auch er hat ziemlich genervt gewirkt.
Ich fürchte mich schon vor meinem Einsatz. Heute wurde noch ohne Maske und Kostüm geprobt. Aber schon morgen ist es so weit. Dann muss ich zeigen, dass ich alles im Griff habe. Der Hammer ist: Ich bin auch für die Reinigung und das Flicken der Kostüme zuständig. Das hat mir vorher keiner gesagt. Und ich finde es echt ätzend!
Jetzt ist aber erst mal Erholung angesagt. Marie braucht dringend Abstand vom Theater – besser gesagt, von Adrian. Wir haben beschlossen, uns zu dritt einen schönen Nachmittag in der Stadt zu machen und dabei das Angenehme mit dem Nützlichen zu verbinden. Lotte hat uns erklärt, wie wir mit dem Bus zu ihrem Lieblingscafé mit dem lustigen Namen Sorgenfrei *kommen. Dort werden wir eine kurze Lagebesprechung abhalten. Danach will Marie unbedingt zum Shoppen ins KaDeWe beim Wittenbergplatz. Es ist das größte Kaufhaus Deutsch-*

lands – das Flaggschiff unter den Shoppingcentern, wie Marie sagt – und es existiert seit über 100 Jahren. Marie hat von tollen Themenwelten und super Markenboulevards in diesem Luxustempel geschwärmt. Also, ich muss da nicht rein. Mein Taschengeld reicht eh nicht aus.
Marie ist endlich fertig gestylt, wir können los!

Franzi blieb abrupt vor der Haustür stehen. Sie drehte sich um. »Habt ihr das gehört?«
Marie, die nur knapp einen Zusammenstoß mit Franzi hatte verhindern können, seufzte. »Ja, Miss Superdetektivin, immer auf der Lauer. Bei dem Baulärm hier höre auch ich eine Menge!« Sie klappte ihren Schminkspiegel auf und kramte in ihrem Umhängebeutel nach ihrem Lippenstift.
»Das klang wie ein zuschlagendes Eisengitter.« Franzi hielt sich am provisorischen Handlauf fest und lief rückwärts die Holzplanken entlang, die die Baugrube vor dem Haus überdeckten. »Ob wieder jemand im Aufzug gefangen ist? Sollten wir nicht lieber …«
»Vorsicht!«, schrie Kim plötzlich und warf sich nach vorne. Sie erwischte den Saum von Franzis T-Shirt und konnte sie gerade noch festhalten. Zwei Zentimeter hinter Franzi raste ein Bagger vorbei. Steine spritzten zur Seite und prasselten gegen die Hauswand. Eine große Staubwolke legte sich über die drei !!!.
»Puh, das war knapp!« Franzi sah Kim betroffen an und hustete ein bisschen. »Danke.«
»Die sind ja wohl total verrückt geworden«, schimpfte Marie. Sie hob den Lippenstift auf, den sie vor Schreck fallen

gelassen hatte. Dann klopfte sie sich den Sand aus ihrem Minikleid. »Wahrscheinlich habt ihr mit eurem Verdacht doch recht. Die fahren jetzt einfach alle Hausbewohner um und dann …« Marie machte sich daran, dem Bagger hinterherzulaufen, der gerade um die Ecke verschwunden war.
Franzi hielt sie davon ab. »Komm, das bringt doch nichts. Ich hab ja auch nicht aufgepasst. Lasst uns lieber schnell zu Lottes Café fahren. Ich brauche dringend einen *Kakao Spezial* mit Vanillearoma gegen meine Zitterbeine. Oder etwas Ähnliches, das an unser Lieblingsgetränk aus dem guten alten *Café Lomo* herankommt.«

»Heute: Eiskaffee Karamell«, las Kim von der bunt beschrifteten Tafel ab, die vor dem gemütlichen kleinen Laden stand. »Das klingt bei diesen Temperaturen doch echt verlockend.«
Franzi fächelte sich mit der flachen Hand Wind zu. »Die Luft im Bus war auch zum Schneiden.«
Sie folgten Marie, die bereits in dem kleinen Café stand und verzückt auf einen himbeerroten Plüschhocker starrte. »Ist der nicht super?«
»Hat Lotte doch erzählt«, antwortete Franzi ungerührt. »Die haben hier allen möglichen Trödel aus den 50er-Jahren, den sie auch verkaufen. Was mich im Moment aber mehr interessiert, ist der schattige Hinterhof, in dem man draußen sitzen kann. Kommt, hier geht's lang.«

»Hmm, lecker!« Kim sog genüsslich am Strohhalm des Getränks mit viel Vanilleeis und Karamellsoße. Franzi hatte sich für eine Bananenmilch und Marie für die hausgemachte Zitronenlimonade mit dickem Zuckerrand am Glas entschieden. »Ich glaube, ich genehmige mir auch noch eine Scheibe von diesem tollen Schoko-Keks-Kuchen«, murmelte Kim und winkte dem Kellner.

Franzi beugte sich vor. »Also, wie wollen wir jetzt weiter vorgehen?«

Marie schob ihre Sonnenbrille hoch und sah Franzi verwundert an. »Na, wir trinken hier was und dann gehen wir shoppen. Ich brauche unbedingt ein neues Kleid für die Party nach der Aufführung am Freitag.«

»Und was ist …«, Franzi hielt kurz inne und wartete, bis der Kellner den Teller mit dem Kuchen für Kim auf dem Tisch platziert hatte, »mit unserem Fall?«

»Welcher Fall?«, rief Marie, und der Kellner drehte sich erschrocken um.

»Es ist nichts«, winkte ihm Franzi schnell beschwichtigend zu. »Mensch, Marie, bist du verrückt geworden? Was ist denn los mit dir? Adrian und dieses ganze Theater scheinen dich ja völlig …« Ein Klingeln unterbrach Franzis wütenden Wortschwall.

Kim fasste schnell in ihre Hosentasche und holte ihr Handy hervor. Nach einem kurzen Blick auf das Display sagte sie mit geröteten Wangen: »Entschuldigt mich bitte einen Moment, ja? Das ist Michi!« Kim stand auf und schlenderte mit dem Handy am Ohr in eine ruhige Ecke des Hinterhofs.

»Ich – fasse – es – nicht!« Franzi ließ sich in den Liegestuhl zurückfallen und pustete sich eine rote Haarsträhne aus der Stirn. Wütend sah sie Marie an. »Sind wir nun Detektivinnen oder nicht? Jetzt rennt Kim auch noch einfach weg, bloß weil ihr Lover sich mal meldet.«

Marie nahm einen großen Schluck aus ihrem Limonadenglas. Nachdenklich leckte sie sich die Zuckerstreusel von den Lippen. »Ach komm, jetzt reg dich doch nicht so auf. Die beiden haben sich in der letzten Zeit wirklich selten gesehen. Ich finde es wichtig, dass sie wenigstens miteinander telefonieren. Es passiert viel zu schnell, dass sich Paare entfremden, wenn eine große räumliche Distanz zwischen ihnen liegt.«

Marie sah plötzlich traurig aus. Bestimmt dachte sie jetzt an Holger. Franzi bekam ein schlechtes Gewissen, weil sie so ungehalten gewesen war.

»Weißt du«, begann Marie prompt, »manchmal denke ich, Holger und ich wären noch zusammen, wenn er nicht in diesem blöden Billershausen wohnen würde. Ich denke so oft an ihn. Aber weil das ja doch keinen Sinn macht, versuche ich mich ganz schnell neu zu verlieben.«

Franzi räusperte sich. »Verstehe. Aber du weißt schon, dass das ganz schön schiefgehen kann. Adrian zum Beispiel scheint mir gar kein guter Kandidat zu sein. Ich weiß, es geht mich eigentlich nichts an. Aber ich glaube nicht, dass der ernsthaft was von dir will. Und ich mache mir einfach Sorgen um dich.« Sie legte Marie eine Hand auf den Arm. »Du hast schon so gelitten, als du unglücklich in meinen Bruder verliebt warst. Ich möchte einfach nicht, dass dir das bei Adrian wieder passiert. Für den bist du doch bloß wie eine kleine Schwester!«

Marie schluckte und nickte. »Wahrscheinlich manchmal so-

gar genauso nervig.« Sie wischte sich mit einer schnellen Handbewegung eine Träne aus dem Augenwinkel.
Kim kam zurück an den Tisch. Mit einem seligen Lächeln verstaute sie ihr Handy in der Tasche und griff nach der Kuchengabel. Als sie sich einen Happen Schokokuchen in den Mund schob, fiel ihr Blick auf Marie. Augenblicklich verschwand ihr verklärter Gesichtsausdruck. Sie schluckte schnell, dann fragte sie bestürzt: »Was ist denn hier los?«
Marie winkte ab und lächelte schwach. »Ach, ist schon gut. Franzi und ich haben eben kurz ein ernstes Gespräch geführt.« Kim hob erstaunt die Augenbraue. Marie und Franzi – und ein ernstes Gespräch? Die beiden kabbelten sich doch immer nur.
»Na ja, nicht jeder lebt in einer so glücklichen Beziehung wie du, Kim – wenn du weißt, was ich meine«, fügte Franzi hinzu. Es klang fast ein bisschen eifersüchtig.
Schnell schaltete sich Marie ein: »Aber es ist schön zu sehen, dass es offensichtlich noch dauerhafte, schöne Beziehungen gibt, wie Kim und Michi sie haben!«
»Das ist richtig«, stimmte ihr Franzi zu.
Kim lächelte jetzt wieder entspannt. »Michi hat mich eben gefragt, ob ich in den nächsten Ferien mit ihm ein paar Tage wegfahren würde. Zum Beispiel hierher nach Berlin!«
»Das ist doch ein toller Plan«, sagte Marie. »Dann solltest du jetzt endlich was von Berlin sehen, damit du deinem Liebsten auch die schönsten Plätze zeigen kannst!«
Kim warf einen übermütigen Blick in Maries Richtung: »Gute Idee! Aber mit den schönsten Plätzen *zum Shoppen* werde ich ihn nicht beeindrucken können …«

Marie sah gespielt bestürzt drein, dann meinte sie lachend: »Na gut, dann muss ich meine Shoppingtour eben vertagen. Ich habe ja genügend Klamotten mitgebracht. Übrigens habe ich auch schon eine Idee, wo wir jetzt hingehen. An den idealen Ort nämlich, um sich einen Überblick über diese fantastische Stadt zu verschaffen und …«, Marie senkte die Stimme geheimnisvoll, »um ungestört eine obergeheime Detektiv-Lagebesprechung abzuhalten.«

Kim schüttelte lächelnd den Kopf.

Franzi blieb der Mund offen stehen. »Du hast es doch nicht vergessen! Marie, du bist immer wieder für eine Überraschung gut!«

Mitternachtsparty

»Woah!« Kim hatte die Augen fest geschlossen und hielt sich an Franzi und Marie fest. Der Aufzug schoss so schnell in die Höhe, dass sie sich gar nicht entscheiden konnte, was schlimmer war: Die Panik, die sofort zugeschlagen hatte, als sie die Kabine mit zig anderen Touristen betreten hatten. Oder das Gefühl, dass ihr Magen immer noch unten am Potsdamer Platz wartete, während der Rest ihres Körpers in nur 20 Sekunden der Aussichtsplattform entgegensauste. Erneut quiekte Kim panisch auf.

Marie lächelte der kleinen Chinesin zu, die ihnen gegenüberstand. »Platzangst«, sagte sie entschuldigend mit einem Kopfnicken in Kims Richtung. Als die Frau sie nur verständnislos ansah, fügte sie die englische Übersetzung hinzu: *»Claustrophobia!«* Jetzt nickte die Frau bedauernd.

Kim öffnete die Augen und sah ihre Freundin vorwurfsvoll an. »Du machst Small Talk mit Wildfremden, während ich hier sterbe? Wenn ich gewusst hätte, auf was ich mich da einlasse, wäre ich niemals mitgekommen!«

Marie blinzelte schuldbewusst. »Entschuldige bitte. Ich vergesse das irgendwie immer mit deiner Phobie. Aber ich verspreche dir, du wirst gleich alles andere vergessen, wenn wir oben sind! Mein Vater war letztes Jahr da unten im Sony-Center bei einer Filmpremiere und ist in der Pause mit Schauspielkollegen hier hochgefahren. Er meinte, der Ausblick über Berlin sei einfach traumhaft.«

Als die drei !!! im 25. Stockwerk ausgestiegen und an die

verglaste Brüstung herangetreten waren, bot sich ihnen wirklich ein unglaublicher Anblick.
»Was 100 Meter Höhe ausmachen«, rief Franzi begeistert.
Kim atmete tief ein und aus. Sie hatte immer noch mit leichter Übelkeit zu kämpfen.
»Sieh mal, da ist das Brandenburger Tor«, versuchte Marie ihre Freundin abzulenken. Sie deutete auf einen großen Torbogen in der Ferne. »Und dahinten ist die Kuppel des Reichstagsgebäudes zu sehen. Bin ich froh, dass wir uns nicht in die Warteschlange gestellt haben, um von da runterzugucken. Hier sieht man viel besser!« Marie wurde nicht müde, eine Sehenswürdigkeit nach der anderen aufzuzählen. Bundeskanzleramt, Schloss Bellevue, Dom, Gendarmenmarkt, Holocaust-Mahnmal und Gedächtniskirche. Kim und Franzi schwirrte der Kopf.
»Sag mal«, rief Franzi verzweifelt dazwischen, »hast du den Reiseführer auswendig gelernt?«
»Nö, ich sehe bloß auf den Prospekt, den sie uns unten bei der Kasse in die Hand gedrückt haben.« Triumphierend hielt Marie den kleinen Faltplan in die Höhe. »An klaren Tagen reicht der Blick bis zu den Marzahner Plattenbauten, der Grenze zu Brandenburg mit den Windrädern und bis zum Teufelsberg«, las sie vor. »Und hört mal: Der Panoramapunkt liegt direkt am ehemaligen Mauerverlauf am Potsdamer Platz. Heute markiert hier eine doppelte Pflastersteinreihe die frühere Grenze.«
Kim erschauerte. Von hier oben sah alles so fern und klein aus. Und »frühere Grenze« klang so harmlos. Sie wusste aus dem Geschichtsunterricht, dass es ab 1949 zwei deutsche

Staaten gegeben hatte, die fast 30 Jahre lang durch eine scharf bewachte Grenze voneinander getrennt waren. Mitten durch Berlin war eine Mauer gegangen, die die Stadt in West- und Ostberlin teilte. Viele aus dem Osten wollten rüber auf die andere Seite der Mauer, weil das Leben im Westen scheinbar besser war. Und ihre Oma hatte ihr von einer Freundin erzählt, die sogar unter Lebensgefahr nach Westdeutschland geflüchtet war. Aber nur wenige hatten das geschafft. Viele Menschen waren auf ihrer Flucht ums Leben gekommen. Kim schüttelte den Kopf, als könne sie die traurigen Gedanken dadurch vertreiben.

»Hey«, rief Marie, »diese Grenzgeschichte ist seit mehr als 20 Jahren Vergangenheit! Ist das nicht toll, dass das alles jetzt schon ganz lange anders ist?«

Franzi stimmte zu. »Ganz genau!« Dann zeigte sie auf eine Bank, die halb versteckt hinter einer Säule stand. »Und wollten wir nicht noch unsere Lagebesprechung durchführen? Hier ist der optimale Ort, um nicht belauscht zu werden.«

Die drei !!! machten es sich in der Abendsonne bequem. Kim schloss die Augen und hielt ihr Gesicht in die Strahlen, die immer noch eine erstaunliche Kraft hatten. »Hierher muss ich unbedingt mit Michi kommen«, seufzte sie.

Marie stieß sie kichernd an. »Träumen kannst du später. Jetzt bist du mit deinen beiden Freundinnen und Detektivkolleginnen hier.«

»Und daher wirst du jetzt schön die Augen aufmachen, damit wir endlich unsere Lagebesprechung abhalten können«, sagte Franzi grinsend. »In so luftiger Höhe werden die drei !!! nicht so schnell wieder zusammenkommen. Das nächste Mal musst du wieder mit dem Schuppen und unserer Kutsche vorliebnehmen.«

Eine gute Stunde später standen die drei !!! wieder auf dem belebten Potsdamer Platz. Angestellte aus den Büros im Viertel eilten geschäftig an ihnen vorbei und Touristen verstellten den Weg, weil sie neugierig die außergewöhnliche Architektur bewunderten. Kim war wieder etwas blass um die Nase. Aber Marie war gut gelaunt und schien ihre miese Stimmung in Sachen Liebe vorerst vergessen zu haben. Als sie an einem Lebensmittelgeschäft in den Arkaden vorbeikamen, rief sie: »Wisst ihr was? Ich gebe einen aus! Wir kaufen uns jetzt lauter leckere Sachen und fahren in unser tolles Apartment. Und dann machen wir eine richtige Fressorgie. Na, was haltet ihr davon?«
In Kim kam augenblicklich Leben. »Super Idee! Ich brauche dringend etwas Nahrung, damit meine Nerven für die kommenden Detektivaufgaben gestärkt sind.«
Franzi zögerte. »Wir haben doch eben beschlossen, dass wir schnellstmöglich mit der ersten Ermittlungsarbeit beginnen und Lotte zu den seltsamen Vorkommnissen im Haus befragen.« Sie sah auf ihr Handy. »Und außerdem gibt es in einer halben Stunde Abendessen in der Theaterkantine, wenn ich das richtig in Erinnerung habe.«
Marie schlug sich vor die Stirn. »Oh, ist es schon so spät? Wie konnte ich das Abendessen vergessen?«
Franzi grinste. »Weil du scheinbar auf dem besten Wege bist, dich von Adrian zu verabschieden. Sehr vernünftig. Und jetzt, wo wir drüber reden, finde ich die Idee mit einem

Snack ganz weit weg von der Theatercrew eine tolle Idee!« Sie ging auf die Glastür des Feinkostgeschäfts zu. Kim folgte ihr.
»Wartet«, rief Marie ihnen hinterher. Sie zog ihr Handy aus ihrer Umhängetasche. »Ich sage Adrian wenigstens kurz Bescheid. Sonst macht er sich Sorgen.«
»Wer's glaubt. Aber tu, was du nicht lassen kannst«, antwortete Franzi und stieß die Tür zu dem Laden auf.
»Hm, riecht das lecker«, murmelte Kim, als sie an einer Theke mit warmen Gerichten zum Mitnehmen vorbeikamen.
»Eigentlich habe ich gar keinen Hunger«, meinte Franzi.
»Du Glückliche. Und dabei könntest gerade *du* es dir leisten.« Kim sah neidisch auf ihre zierliche durchtrainierte Freundin. Franzi zuckte mit den Schultern. »Du hast doch eine super Figur. Aber wenn du dich nicht wohlfühlst, solltest du eben wieder ein paar Runden mit mir joggen gehen.«
Kim seufzte. Franzi hatte recht. Aber Sport war einfach nicht ihr Ding. Egal, heute lud Marie sie ein – und es wäre doch absolut unhöflich, diese Einladung auszuschlagen! Aber wo steckte sie eigentlich?
Wie auf Kommando bog Marie um die Ecke. Sie hielt einen Einkaufskorb in der Hand, in dem sich bereits jede Menge leckere Sachen stapelten: Neben Tüten mit Chips, Tacos und Popcorn, einer Dose Wasabi-Erdnüssen, zwei Tüten Gummibärchen und einer Packung Cremetörtchen zählte Kim mindestens sieben verschiedene Tafeln Schokolade, drei Flaschen Cola und eine Flasche Wasser.
»So, Mädels. Ich hab hier schon mal die Basics für die Vor-

und Nachspeise. Den Rest müsst ihr noch aussuchen. Heute hauen wir richtig rein.« Während Marie im Vorbeigehen noch eine XXL-Familienpackung Marshmallows aus dem Regal zog, sagte sie: »Ich soll übrigens *ganz tolle* schöne Grüße von Adrian sagen. Er wünscht uns einen *ganz tollen* Abend. Er hat auch die Zeit vergessen. Er sitzt nämlich in einem *ganz tollen* Laden in Kreuzberg, in dem es *ganz tolles* indisches Essen gibt.«

Kim und Franzi warfen sich einen Blick zu.

»Lass mich raten«, sagte Franzi, »die *ganz tolle* Sylvie ist auch dabei.«

Marie feuerte den Beutel mit den Marshmallows in den Korb. »*Ganz* genau.«

Schnell fügte Kim hinzu: »Na, dann ist doch alles wirklich *ganz toll.* Adrian ist beschäftigt – und du feierst eine gemütliche Mitternachtsparty mit uns!« Sie hakte sich bei Marie unter und zog sie vor die Glasvitrine, in der die Take-away-Gerichte ausgestellt waren. »Schau mal, die haben chinesische Bratnudeln mit Krabben, das magst du doch so! Und es gibt Krautsalat und diese frittierten Bällchen aus Kichererbsenpüree und …«

»Echt, Falafel?«, rief Franzi dazwischen. »Da krieg jetzt sogar ich Appetit!«

Kim grinste. »Das wurde aber auch mal Zeit.«

Mit prallen Einkaufstüten bestiegen sie den Bus und fuhren zu ihrem Apartment. Sie machten sich ein bequemes Lager auf Kims Sofa und zündeten die Teelichter an, die Marie im Küchenschrank gefunden hatte. Franzi verteilte das Knab-

berzeug auf verschiedene Schälchen, die sie rund um die Couch auf den Boden stellte. Kim griff sofort zu.
Die Schokoladetafeln drapierte Franzi fächerförmig auf einem Tablett, in dessen Mitte sie abwechselnd Cremetörtchen und Marshmallows legte. »Damit wir die Nachspeise schon mal im Blick haben«, murmelte sie zufrieden. In der Zwischenzeit öffnete Kim die erste Colaflasche und goss ein. »Gesund geht auch morgen!«, rief sie und drei randvolle Colagläser stießen leise klirrend aneinander.
Kim wickelte ihren Doppelhamburger mit extra Bacon aus dem Papier und nahm einen herzhaften Bissen. Zufrieden lehnte sie sich zurück. »Ah, ist das gut!«, nuschelte sie.
Marie und Franzi nickten begeistert, ebenfalls mit vollen Backen kauend. Marie lief mit ihrer Schachtel und den chinesischen Essstäbchen zum Fernseher, schaltete ihn ein und ließ sich in einen Sessel fallen. »Jetzt müsste gleich die Sendung mit Sue kommen. Hat jemand die Fernbedienung gesehen?«
»Hier ist sie.« Franzi warf ihr das Gerät zu. Es landete hinter Kim zwischen der Sofalehne und der Wand.
»Hey, pass doch auf!« Kim wischte sich die fettigen Finger an einer Papierserviette ab, beugte sich von oben in den engen Zwischenraum und angelte nach der Fernbedienung. »Hab sie«, presste sie hervor.
Als sie sich beim Hochkommen mit der Hand abstützte, zuckte sie plötzlich zusammen. »Huch! Hier vibriert alles. Spürt ihr das? Ist das ein Erdbeben?« Alarmiert richtete sich Kim auf. Franzi schüttelte verwundert den Kopf. »Ich merke nichts.« Auch Marie verneinte.

Kim strich über die Tapete. »Doch, es vibriert.«
Marie kam zu ihr herüber. »Stimmt. Das ist mir in der ersten Nacht auch aufgefallen. Das ist sicher nur die Therme im Bad. Oder der Aufzug – wenn er nicht gerade stecken bleibt.« Sie nahm die Fernbedienung und wählte einen Sender.
»Die Therme hängt aber auf der anderen Seite«, sagte Kim nachdenklich.
»Hey, da ist Sue«, rief Marie und ließ sich neben Franzi auf die Matratze fallen. »Seht mal, sie trägt die Haare jetzt kurz, wie süß! Kim, lass uns die komische Wand morgen unter die Lupe nehmen, ja? Jetzt muss ich unbedingt Sue sehen!«
Die drei !!! kannten die beliebte Moderatorin schon eine ganz Weile persönlich. Sie hatten sie bei Nachforschungen zu einem Skandal in der TV-Branche kennengelernt. Und erst vor Kurzem waren sie ihr bei einem anderen Fall, in dem es um seltsame Handys und eine Sekte ging, wieder begegnet.
Franzi und Marie sahen wie gebannt auf den Bildschirm und kommentierten jedes Wort und jede Bewegung von Sue. Enttäuscht nahm Kim sich ein Cremetörtchen.
Ihre Freundinnen interessierten sich kein bisschen mehr für das seltsame Geräusch. Aber vielleicht nahm Kim das auch zu wichtig.
Als im Anschluss an Sues Show ein spannender alter *Miss-Marple*-Film kam, hatte auch Kim die Wand vergessen.

Die Tür im Keller

»Das war ein super Abend«, seufzte Franzi, als sie die schmalen Stufen zum Hochbett hinaufkrabbelte. »Mir ist nur ein bisschen schlecht.«
»Mir auch«, murmelte Marie, die sich schon die Decke bis zur Nasenspitze hochgezogen hatte. »Einfach drüber schlafen. Morgen ist alles wieder gut. Da müssen wir auch fit sein für die Probe.«
»Mir graut's schon davor«, sagte Kim. Sie pustete die Teelichter auf dem kleinen Tisch aus und sprang auf ihre Schlafcouch. »Hoffentlich verwechsle ich nicht die Kostüme. Und das mit dem Schminken ist auch so ein Ding.«
»Es wird schon gut gehen«, beruhigte sie Marie.
»Genau«, sagte Franzi. »Denk ans Topmodel-Haus. Lipgloss als Lidschatten«, sie kicherte los, »wer das einem Star-Visagisten als neuesten Trend verkaufen kann, der wird im Notfall ein paar vertauschte Kostüme als modernes Theater darstellen können.«
»Erinnere mich bitte nicht daran«, flüstere Kim. »Außerdem ist das jetzt etwas ganz anderes.« Sie dachte mit Schaudern an Lolas wütendes Gesicht, als Marie bei der Probe am Nachmittag ihren Einsatz verpasst hatte. Aber egal, es war ihre Entscheidung gewesen, mit nach Berlin zu kommen. Jetzt würde sie das auch irgendwie durchstehen.
Von oben drangen gleichmäßige Atemgeräusche zu ihr. Ihre Freundinnen waren tief und fest eingeschlafen!
Kim berührte die Wand. Da war wieder dieses Vibrieren. Sie

hatte vorhin beim Zähneputzen im Bad extra nach der Therme gesehen. Die konnte es definitiv nicht sein, weil sie an der Wand zur Küche angebracht war.
Plötzlich war Kim hellwach. Zu dem Vibrieren war ein leise surrendes Geräusch hinzugekommen. Es klang wie ein hungriger Moskito, der auf der Suche nach Blut gierig sein Opfer umkreiste.
Jetzt konnte Kim endgültig nicht mehr schlafen. Leise stand sie auf, zog sich ihren Jogginganzug an, schlüpfte in ihre Turnschuhe und holte die Taschenlampe und die Digitalkamera aus der Reisetasche. Wie gut, dass sie einen Teil ihrer Detektivausrüstung mitgenommen hatte, obwohl Marie sich darüber lustig gemacht hatte.
Kim schlich in den Hausflur. Sie knipste die Taschenlampe an, um niemanden durch die Treppenhausbeleuchtung zu wecken.
Es war totenstill. Nein. Da war es wieder. Dieses Surren. Jetzt aber lauter als in der Wohnung. Es kam von unten. Kim zögerte. Dann ging sie die Treppe zum Keller hinunter. Vorsichtig näherte sie sich einer hellgrau gestrichenen Holztür. Das Geräusch wurde lauter. Sie drückte die Klinke langsam herunter und stemmte sich gegen die Tür. Nichts tat sich. Natürlich, abgeschlossen. Der Lichtkegel der Lampe streifte das Türblatt und den Rahmen.
Kim stutzte. Die Tür war ja nach außen zu öffnen!
Sie drückte erneut die Klinke und zog. Mit einem lauten Knarren öffnete sich die Tür. Kim hielt den Atem an. Hatte sie jemand gehört? Nein, alles blieb ruhig, nur das Summen war jetzt lauter zu hören.

Mit pochendem Herzen ging Kim einige Schritte in den Gang hinein. Hier gab es ungefähr zehn Kellerverschläge. Es roch muffig. Ein feiner Luftzug streifte Kims Wange. Das Geräusch kam von links. Als sie dorthin leuchtete, sah sie eine Eisentür. Als sie die Hand auf die Klinke legte, spürte sie deutlich ein starkes Zittern. Vor Schreck zuckte sie zurück. Dann legte sie die Hand erneut auf die Klinke. Nichts. Das Vibrieren war verschwunden! Kim wartete.
Hatte sie sich getäuscht? Hatten ihr ihre Nerven einen Streich gespielt? Vorsichtig drückte sie die Klinke nach unten.
Aber diese Tür war wirklich abgeschlossen. Kim rüttelte noch einmal. Sie kam nicht weiter. Dann tastete sie nochmals mit der flachen Hand. Nichts tat sich. Und plötzlich kam sie sich sehr lächerlich vor. Wahrscheinlich gab es für das Vibrieren einen ganz einfachen Grund: Sicher war hier der Raum mit der Technik für den Aufzug untergebracht und irgendein Gerät machte in regelmäßigen Abständen Geräusche. Und sie schlich spätnachts allein durch die Gegend und spielte Detektiv! Ihr war wohl die viele Cola vorhin zu Kopfe gestiegen.
Kim trat den Rückweg an. Von dieser peinlichen Aktion würde sie ihren Freundinnen bestimmt nicht erzählen.
Sie schloss die Holztür sorgfältig. Dabei konnte sie nicht vermeiden, dass es wieder fürchterlich knarrte. Kim hielt kurz inne und lauschte. Niemand im Haus war auf sie aufmerksam geworden.
Kim stieg die Treppen hinauf. Wenn sie doch erst gar nicht mit nach Berlin gefahren wäre. Was tat sie hier eigentlich?

Sie könnte jetzt bei Michi im Eiscafé sitzen und einen von ihm für sie liebevoll zusammengestellten Amarena-Becher mit einer doppelten Portion Sahne und extra Schokostückchen essen. Kim seufzte. Ihr wurde ganz warm ums Herz, während sie an Michi dachte. Michi, Michi, Michi! Bei jedem Schritt, den sie tat, rief ihr Herz nach ihm. Sie sehnte sich so sehr danach, sich endlich wieder in seine starken Armen zu schmiegen.
Kim schlich an der Eingangstür vorbei und war gerade fünf Treppenstufen von der Tür ihres Apartments entfernt, da hörte sie etwas. Sie zuckte zusammen. Eindeutig, da war ein schepperndes Geräusch gewesen. Draußen war jemand. Sie drängte sich an die Wand. Vielleicht war das Adrian, der jetzt auch endlich nach Hause kam? Oder irgendein anderer Nachtschwärmer? Aber niemand kam herein. Kim wurde es eiskalt. Was, wenn sie gleich einem Einbrecher vor die Füße lief? Einmal mehr verfluchte sie ihren Alleingang.
Trotzdem konnte sie ihre Neugier nicht zügeln. Beherzt ging sie zur Haustür zurück und öffnete sie einen kleinen Spalt. Warme Sommernachtsluft schlug ihr entgegen und Kim merkte erst jetzt, wie kühl es im Keller gewesen war.
Es roch nach den Blüten des großen Oleanderbuschs neben dem Eingang. Die Baugrube lag dunkel wie ein offenes Grab vor Kim. Die Holzplanken sahen aus wie der Deckel eines roh gezimmerten Sargs. Kim fröstelte in der warmen Sommernacht.
Im Licht der Straßenlaterne warfen die Baufahrzeuge unheimliche Schatten. Die Schaufel eines Baggers wurde zu einem riesigen Monsterkopf mit messerscharfen Zähnen im

aufgerissenen Maul. Hallo, jetzt geht aber die Fantasie mit dir durch, ermahnte sich Kim.
Und plötzlich hörte sie wieder das Geräusch. Ein Rasseln, dann ein Klicken. Kim hielt den Atem an. In der nachtschwarzen Fensterscheibe des Baufahrzeuges spiegelten sich die Äste des Busches, die sich im leichten Wind wiegten. Dazwischen waren die Umrisse zweier menschlicher Gestalten zu erkennen! Sie bewegten sich und eine gepresste Stimme zischte: »Bald ist es so weit!«
Eine andere, tiefere Stimme antwortete etwas, das wie »mal sehen« klang.
Augenblicklich zog Kim sich zurück. Sie hörte, wie sich eilige Schritte entfernten. Kim schloss die Tür so leise, wie es ihr mit ihren zitternden Händen möglich war. Ihr Herz pumpte wie ein Dampfhammer.
Schnell lief Kim die wenigen Stufen zum Apartment hinauf. Erleichtert schloss sie die Tür von innen und drehte zur Sicherheit den Schlüssel zwei Mal herum.
Franzi und Marie schlummerten immer noch tief. In Kims Kopf kreisten die Gedanken wie wild. Sie entschied sich dafür, ihren Freundinnen erst morgen früh von ihrer nächtlichen Entdeckung zu erzählen. Jetzt konnten sie sowieso nichts mehr unternehmen. Die beiden Gestalten waren bestimmt schon über alle Berge.
Kim schüttelte das Kopfkissen auf und zog die Bettdecke fest um sich. Was hatte das alles zu bedeuten? Gab es einen Zusammenhang zwischen dem Vibrieren der Wand und den beiden Männern? Warum hatte das Geräusch aufgehört, als Kim vor der Eisentür stand? Auch jetzt war nichts mehr zu

spüren. Was steckte hinter den Stromausfällen? Und wie hing das alles zusammen?
Gab es überhaupt einen Zusammenhang?
Kim wälzte sich im Bett hin und her, bis sie endlich in einen unruhigen Schlaf voll wirrer Träume fiel.

Marie stöhnte. Das Summen wurde zum Brummen und dann zu einem Stampfen, das immer lauter und lauter wurde. Unerträglich laut. Marie riss die Augen auf. Undurchdringliche Schwärze umgab sie. Sie fuhr hoch und spürte eine weiche Masse über Gesicht und Oberkörper gleiten, die ihr kurz danach in den Schoß fiel. Entsetzt starrte sie nach unten. Sie sah auf ihr Kopfkissen.
Neben ihr jammerte Franzi. »Fenster zu!«
Marie konnte von ihrer Freundin nur ein Büschel roter Haare unter dem Kissen ausmachen, das sie sich über den Kopf gezogen hatte. Marie lächelte schwach. Genau dasselbe musste sie vorhin auch im Halbschlaf getan haben.
Aber gegen den Baulärm draußen vor dem Haus half das nur wenig. Wie zur Bestätigung setzte das Gewummer eines Presslufthammers ein. Marie sah auf ihr Handy. »Es ist 6:30 Uhr!«, rief sie ärgerlich. »Und dabei hätten wir heute Vormittag einmal ausschlafen können!«
Kim sprang zum Fenster und schloss es. Sofort wurde der Lärm ein wenig gedämpft. Gähnend streckte sie sich. »Dass die so früh anfangen müssen, ist echt die Pest! Ausgerechnet heute habe ich total schlecht geschlafen. Ich bin völlig gerädert.« Dann fiel ihr plötzlich ihre nächtliche Aktion ein. Sollte sie Marie und Franzi darüber berichten?

Vom Hochbett ertönte Maries nörgelnde Stimme. »Ich sehe bestimmt fürch-ter-lich aus!«
»Und ich *fühle* mich fürchterlich«, antwortete Kim genervt. Seufzend kletterte Franzi vom Hochbett. »Ich jogge jetzt erst mal zum Bäcker und hole uns ein paar frische Brötchen fürs Frühstück. Bis ich zurück bin, habt ihr beiden hoffentlich bessere Laune.« Sie schlüpfte schnell in ihre rote Sportkombi, strubbelte sich kurz durch die Haare und schnappte ihren Geldbeutel vom Tisch.
Marie sah ihrer Freundin halb zweifelnd, halb bewundernd nach. Sie selbst würde sich morgens niemals, ohne geduscht und gestylt zu sein, auf die Straße wagen. Das war das Stichwort: Marie beschloss, die Zeit, bis Franzi mit dem Frühstück zurückkehren würde, mit einer ausgiebigen heißen Dusche zu überbrücken. Wenn sie schon einmal so früh wach war, konnte sie sich auch gleich ein Ganzkörperpeeling und eine Haarkur gönnen. »Ich spring schon mal unter die Dusche«, rief sie Kim zu.
»Hm«, machte ihre Freundin nur. Sie hatte es sich wieder auf der Schlafcouch gemütlich gemacht und war in ihren Krimi vertieft.

Als Marie gerade ihr Haar trocken rubbelte, bemerkte sie, dass der Baulärm vor dem Haus zum Schweigen gekommen war. Dafür hörte sie jetzt einen Mann lautstark schimpfen. Sie zog sich schnell ihren Bademantel an und lief zu Kim ins Wohnzimmer. Die hatte bereits das Fenster zur Straße geöffnet und sah nach draußen. Marie stützte sich neben Kim auf das Fensterbrett.

Da unten stand Franzi mit dem Hausmeister, Lotte und einer weiteren Bewohnerin. Sie hatte den schwarzen Labrador an der Leine, der Kim in der ersten Nacht so erschreckt hatte. Er schnupperte schwanzwedelnd an der Brötchentüte, die Franzi in der Hand hielt. Aber Franzi beachtete den Hund gar nicht.
Kein Wunder. Der alte Hausmeister brüllte gerade auf sie und Lotte ein. »Ich werde Sie anzeigen, Frau Maurer. Mir reicht es endgültig mit Ihren ständig wechselnden, randalierenden Gästen.«
»Jetzt regen Sie sich doch nicht so auf, Herr Haller«, versuchte Lotte den alten Mann zu beschwichtigen.
Ungerührt fuhr er fort: »Was habt ihr denn letzte Nacht veranstaltet?«
»Wie meinen Sie das, Herr Haller?«, hörten Kim und Marie ihre Freundin erschrocken fragen.
»Ihr habt wohl vergessen, dass ich auch im Hochparterre wohne! Das war doch bestimmt eure Stereoanlage, die mein ganzes Schlafzimmer zum Erzittern gebracht hat«, zischte der Hausmeister.
»Das … das waren wir nicht!«, antwortete Franzi stotternd. »Wir hatten zwar den Fernseher an, der war aber überhaupt nicht laut gestellt.«
»Ach was, alles Lüge. Die Teenager von heute sind doch das Allerletzte«, stieß der alte Mann hervor und stürmte an Franzi vorbei in Richtung Haustür.
»Was ist denn in den gefahren?«, fragte Lotte und schüttelte den Kopf.
Der Presslufthammer setzte wieder ein. Kim und Marie sa-

hen, dass sich Franzi noch kurz mit den beiden Frauen unterhielt und dann mit Lotte zusammen ins Haus ging.

»Na, der Tag fängt ja gut an«, rief Marie und stellte drei Teller und Besteck auf den Tisch.
Franzi atmete hörbar aus. »Der spinnt doch, dieser blöde Hausmeister. Aber ich habe interessante Details erfahren!« Sie warf ein Päckchen Butter auf den Tisch, stellte ein Glas Schokocreme daneben und leerte den Inhalt der Papiertüte in den Brötchenkorb. »*Schrippen* heißt das hier übrigens, falls ihr auch mal in die Verlegenheit kommen solltet, fürs Frühstück sorgen zu wollen.«
»Aha«, machte Kim, die gerade mit einer Kanne Tee aus der Küche kam. »Mich interessiert aber ehrlich gesagt mehr, was du gerade gehört hast.«
Franzi ließ sich auf einen Stuhl fallen und öffnete ihre Trainingsjacke. »Puh, ist das warm. Ihr hättet vorhin ja auch mal eingreifen können. Hängt wie zwei Spione im Fenster und lasst mich allein mit diesem Idioten herumdiskutieren. Echt unmöglich!«
»Du warst ja gar nicht allein«, sagte Marie ungerührt. »Jetzt erzähl schon, was gibt's Neues?«
»Also, gestern Nachmittag war schon wieder der Strom weg und die eine Frau saß in der Waschküche plötzlich im Dunkeln. Sie hat sich zu Tode erschreckt. Und sie hat auch ein komisches Zittern an der Wand bemerkt! Außerdem ist es jetzt das siebte Mal in diesem Jahr, dass eine Baustelle direkt vor dem Haus eröffnet wird. Es sieht langsam nach Schikane aus, meint sie.«

Kim schnitt ein Brötchen auf und schmierte Schokocreme darauf. Nachdenklich hielt sie es in der Hand.
»Was ist denn mit dir los«, rief Franzi erstaunt. »Hast du keinen Appetit?«
Kim sah sie ernst an. »Ich war gestern Nacht noch mal unten im Keller.«
Marie riss die Augen auf. »Wie bitte?«
»Das Brummen an der Wand hat mir keine Ruhe gelassen. Und ihr beiden habt geschlafen wie die Murmeltiere …«
»Das ist natürlich ein Grund, sich mitten in der Nacht alleine in einem fremden Haus in einer fremden Stadt auf den Weg zu machen«, unterbrach Marie sie. »Und seltsamen Geräuschen im Keller nachzugehen. Kim Jülich, sonst geht's dir noch gut, oder?«, zischte sie wütend.
»Du hättest uns doch wecken können«, sagte Franzi leise.
»Das ist richtig«, gab Kim zerknirscht zu. »Dann hätten wir auch eine Chance gehabt, die beiden verdächtigen Subjekte zu verfolgen, die sich beim Haus zu schaffen gemacht haben. Alleine habe ich mich nicht getraut.«
Marie und Franzi starrten ihre Freundin mit offenen Mündern an.
»Was? Da war jemand am Haus?«, fragte Franzi.
Kim erzählte von ihrer unheimlichen Beobachtung.
Franzi war sofort Feuer und Flamme. »Wir müssen nachsehen, ob es Spuren gibt. Haben wir unser Set dabei?«
»Nein.« Kim schüttelte den Kopf. Mit einem vorwurfsvollen Blick in Richtung Marie setzte sie hinzu: »Ein Mitglied unseres Detektivclubs meinte, dass wir das in Berlin garantiert nicht brauchen werden.«

Marie zuckt mit den Schultern. »Etwas Gips und eine Plastikschale zum Anrühren wird man hier wohl noch kaufen können. Aber wo wollt ihr jetzt noch Spuren suchen? Wenn da gestern Nacht mal welche waren, haben sie die Baufahrzeuge heute Morgen sowieso alle zerstört.«

Kim nickte betroffen. »Ich fürchte, da hast du recht.«

»Wie auch immer«, Franzi wippte ungeduldig mit dem Bein, »es wird höchste Zeit, Lotte Maurer einen Besuch abzustatten. Sie kann uns vielleicht mehr darüber erzählen, was hier in den letzten Monaten los war.«

Marie seufzte. »Ich wollte mich heute Vormittag in aller Ruhe mental auf die Probe am Nachmittag einstellen.«

Kim nickte. »Marie, ich weiß, wie wichtig dir das Theaterfestival ist. Aber hier ereignen sich so seltsame Dinge, dass die drei !!! einfach in Aktion treten müssen. Lass uns für eine Stunde mit Lotte reden, dann bleibt dir immer noch genügend Zeit.«

Marie überlegte einen Moment. »Na gut, ihr habt recht. Wir sind schließlich ein Team.« Sie lächelte ihre Freundinnen an. »Aber zuerst brauche ich eine Extraportion Energie!«

Franzi schob ihr den Brötchenkorb und die Schokocreme hin. »Hau rein!«

Marie schüttelte den Kopf. »Habt ihr denn alles vergessen?« Sie streckte lachend ihre Hand aus und wartete.

Jetzt verstanden Kim und Franzi: der Powerspruch!

Beide streckten ebenfalls ihre Hände aus. Dann riefen sie im Chor: »Die drei !!!.« Marie sagte feierlich »Eins!«, Franzi »Zwei!«, Kim »Drei!«. Zum Schluss hoben sie gleichzeitig ihre Hände und riefen aus vollen Kehlen: »Power!!!«

Zeugenbefragung

Franzi drückte auf den Klingelknopf unter dem Messingschild mit dem Schriftzug »Lotte Maurer«. Es gab einen lauten Knall, dem ein Funkenschlag folgte. Franzi sprang erschrocken zurück. Ein dünner Rauchfaden stieg auf. »Hast du dir wehgetan?«, wollte Marie besorgt wissen.
Franzi schüttelte den Kopf. »Das war wohl doch ein bisschen zu viel Energie vorhin«, sagte sie mit einem schiefen Lächeln.
»Mir wird es hier langsam echt unheimlich«, meinte Kim mit gerunzelter Stirn.
Franzi nahm ihren Mut zusammen und legte ihren Finger erneut auf die Klingel. Nichts tat sich. »Offensichtlich gab es einen Kurzschluss«, murmelte sie und klopfte an die Tür.
Eine halbe Minute später öffnete Lotte und sah sie erstaunt an. »Hallo, ihr drei! Warum habt ihr denn nicht geklingelt?«
»Die Klingel ist kaputt. Es gab wohl einen Kurzschluss«, antwortete Kim.
»Was? Das passiert aber oft in der letzten Zeit. Das muss Herr Haller sich endlich mal ansehen. Gibt es ein Problem, braucht ihr etwas?«
Die drei schüttelten die Köpfe. »Nein, vielen Dank, es ist alles wunderbar«, sagte Kim. »Wir haben nur ein paar Fragen. Hättest du kurz Zeit?«
Lotte warf einen Blick auf die große vergoldete Kuckucksuhr, die hinter ihr an der Wand im Flur hing. »Um 11 Uhr kommt ein Schauspielschüler, aber bis dahin können wir gerne reden. Kommt doch rein.«

Sie betraten den Flur. Kim betrachtete im Vorbeigehen interessiert die Uhr. »Die würde meinem Vater bestimmt gefallen!«, stellte sie fest.
Kims Vater war Uhrmacher und baute in seiner Freizeit leidenschaftlich gerne Kuckucksuhren. Dabei verdrückte er meistens jede Menge Gummibärchen und Schokolade. Kim musste lächeln. Immer wenn sie ihren Vater in seinem Bastelschuppen besuchte, wurde sie daran erinnert, woher sie ihre Vorliebe für Süßigkeiten hatte.

Lotte führte sie in einen Salon, der mit einem flauschigen, dunkelroten Teppich ausgelegt war. An den Fenstern bauschten sich rote Samtvorhänge und die Wände waren dicht an dicht mit Fotos berühmter Schauspieler und Bühnenaufnahmen bedeckt.
»Setzt euch doch.« Lotte deutete auf ein Sofa, das direkt aus dem *Café Sorgenfrei* zu stammen schien: Es war knallrot, hatte die Form eines Kussmundes und war mit vielen bunten Kissen bedeckt. »Möchtet ihr eine eisgekühlte Limonade?«
Die drei !!! nickten dankbar. Marie ließ sich in die Polster fallen.
Lotte lächelte und verschwand in der Küche.
Kim und Franzi blieben stehen und ließen die außergewöhnliche Einrichtung auf sich wirken. Überall standen und lagen alte Requisiten herum.
»Eben eine echte alte Theaterschauspielerin«, meinte Marie fachmännisch. Sie rekelte sich in den Kussmund.
Lotte kam zurück und stellte ein Tablett mit einem Limonadenkrug und vier Gläsern auf den Beistelltisch.

Sie schenkte ein. »So, was wollt ihr denn von mir wissen?«
Marie richtete sich auf und tastete irritiert nach hinten. Als sie ihren Arm unter dem Kissen hervorzog, hielt sie etwas in der Hand. Im selben Moment kreischte Kim los: »Ein Totenschädel!«
Marie starrte ungläubig auf den Kopf in ihrer Hand. Dann ließ sie ihn fallen, als hätte er ihr einen 1000-Volt-Stoß verpasst. Mit einem dumpfen Poltern kullerte der Schädel über den Teppich.
Franzi stand wie zur Salzsäule erstarrt da.
Lotte lachte laut los. »Ach, da ist Willy, ich habe ihn schon lange gesucht!«
Verständnislos sahen die drei !!! sie an. Lotte hob den Totenkopf auf und setzte sich neben Marie. »Keine Panik. Der ist nicht echt.« Sie tätschelte den Plastikschädel. »Eine Requisite aus der Aufführung von *Hamlet* von 1985 hier am Schillertheater. Kennt ihr die Tragödie von William Shakespeare?«
Marie atmete auf. »Ja, die Totengräber-Szene …«, sagte sie.
»Genau. Du weißt gut Bescheid«, stellte Lotte anerkennend fest. »Man kann nicht früh genug anfangen, wenn man Karriere machen will.«
Kim und Franzi entspannten sich nur langsam.
Marie dagegen erholte sich schnell von ihrem Schrecken. »Wir sind eigentlich hier«, begann sie und nahm einen Schluck von ihrem Limonadenglas, »weil wir uns Gedanken über diese seltsamen Stromausfälle machen. Eine der Hausbewohnerinnen hat den Verdacht geäußert, dass man euch vertreiben will, um anschließend alles zu sanieren und Lu-

xuswohnungen einzurichten, die dann teuer verkauft werden.«
Lotte legte den Totenschädel zur Seite und griff nach einem Glas. Sie seufzte. »Das passiert hier leider wirklich immer häufiger.« Sie trank einen Schluck. »Wilmersdorf ist eine beliebte Gegend, weil es so nah zur City liegt und trotzdem einen ganz eigenen Charakter hat.«
Die drei !!! lauschten interessiert.
»Der Hausbesitzer hat mir vor einiger Zeit eine hohe Summe dafür geboten, dass ich hier ausziehe und außerdem die Gästewohnungen aufgebe.«
Franzi machte große Augen. »Und, was hast du gesagt?«
»Ich habe natürlich abgelehnt. Die anderen Bewohner übrigens auch. Ich wohne seit 67 Jahren hier. Ich bin hier geboren. Schon meine Mutter hat an Gäste vermietet. Woanders würde ich niemals so günstige Mietverträge bekommen.«
Kim machte eine Notiz in das Heft, das sie als Detektivtagebuch für unterwegs benutzte.
Lotte sah sie aufmerksam an. »Ihr tretet ja richtig professionell auf. Fast wie Detektive.«
Die drei Mädchen nickten. »Wir haben vor einiger Zeit tatsächlich ein Detektivunternehmen gegründet«, sagte Marie und zog eine ihrer Visitenkarten hervor. Sie reichte sie Lotte.
»Und wir sind sehr erfolgreich«, ergänzte Kim stolz.

»Alle Achtung!«, rief Lotte. Sie las, was auf der Karte stand. »Es ist klug, dass ihr euch nicht nur auf die Schauspielerei konzentriert.« Sie seufzte. »Der Nachwuchs hat es heutzutage schwer, Engagements zu bekommen. Und wenn man älter wird, kann es schnell wieder damit vorbei sein.« Lotte sah wehmütig auf ein Bild an der Wand, das sie als junge Schauspielerin zeigte.

Schnell lenkte Marie sie wieder auf ihr Thema. »Es könnte doch sein, dass der Hausbesitzer nun auf anderem Wege versucht, die Mieter loszuwerden.«

Lotte sah sie verunsichert an.

Kim schaltete sich ein. »Letzte Nacht habe ich zwei Männer vor dem Haus beobachtet, die sich auffällig verhalten haben.« Lotte sah Kim alarmiert an. »Du solltest nachts hier nicht alleine durch die Gegend laufen. Es ist zwar ziemlich sicher hier. Aber trotzdem. Ein paar Betrunkene von den Kneipen in der Nebenstraße laufen hier immer wieder mal rum und …«

»Die waren bestimmt nicht betrunken«, warf Kim ein.

Lotte schüttelte den Kopf. »Ich kenne den Hausbesitzer schon sehr lange. Ihm gehören zahlreiche andere Immobilien in Berlin. Ich glaube nicht, dass er es nötig hat, ausgerechnet dieses Haus zu verkaufen und noch dazu kriminelle Mittel anzuwenden.« Kim schrieb mit. »Natürlich geschehen hier seit Monaten komische Dinge«, fuhr Lotte fort. »Aber die Strom- und Wasserleitungen sind zum Teil über 80 Jahre alt. Da ist es kein Wunder, wenn eines Tages gehäuft Reparaturen …« Ein lautes Klopfen an der Wohnungstür unterbrach sie. »Das wird mein Schauspielschüler sein. Ihr müsst mich jetzt entschuldigen.«

Kim trank ihr Glas aus. »Ja klar. Vielen Dank noch mal, dass du dir Zeit für uns genommen hast.«

Lotte lächelte. »Gern geschehen.«

»Wenn dir irgendetwas auffällt, kannst du uns jederzeit anrufen«, setzte Franzi hinzu.

»Mach ich bestimmt. Und, bitte, passt auf euch auf!«

Lotte brachte die drei !!! zur Tür und ließ einen Jungen herein. Er war vielleicht 17 oder 18 Jahre alt, hatte ein paar Inliner über der Schulter baumeln und ein Textbuch in der Hand.

»Gute Wahl!«, entfuhr es Franzi im Vorbeigehen.

Der Junge sah auf sein Textheft, dann auf Franzi. »Du kennst das Stück?«

»Nein. Ich meine die Inliner. Die Marke will ich mir demnächst auch zulegen!«

Ein breites Grinsen erschien auf seinem Gesicht. »Dann sollten wir mal eine Runde gemeinsam drehen.«

Franzi beeilte sich, zur Treppe zu kommen. »Ich bin leider

nur auf der Durchreise hier«, rief sie und hoffte, dass keiner mitbekam, wie sie bis unter die Haarwurzeln rot wurde. Der Typ sah aber auch zu süß aus!
»Schade«, hörte sie ihn noch rufen, dann schloss sich die Tür zu Lottes Wohnung.
Als Nächstes hörte sie nur noch das schallende Gelächter von Kim und Marie.

Auf dem Weg zum Theater alberten die beiden herum und zogen Franzi auf. »Er sieht aus wie Benni in ungefähr drei Jahren«, meinte Kim grinsend.
»Auch Franzi scheint in letzter Zeit auf reifere Jungs zu stehen«, stichelte Marie weiter.
»Könnt ihr endlich mal damit aufhören?«, entfuhr es Franzi. Sie sah ihre Freundinnen genervt an.
»Schon gut«, besänftigte sie Kim.
Franzi kickte ein Steinchen zur Seite. »Gibt es euch gar nicht zu denken, was Lotte eben erzählt hat?«
Kim sah sie an. »Ich weiß, was du meinst. Sie hat unseren Verdacht nicht gerade bestätigt.«
»Ich habe trotzdem ein komisches Gefühl. Irgendwas stimmt doch mit diesem Haus nicht!« Franzi ballte die Hände in ihren Hosentaschen zu Fäusten. »Wir sollten heute Abend nach der Probe den Keller noch mal gemeinsam unter die Lupe nehmen. Vielleicht hat Kim etwas Wichtiges übersehen.«
Kim nickte. »Die verschlossene Eisentür zum Beispiel lässt mir keine Ruhe.«
»Also abgemacht: Heute Abend wird nachgeforscht.«

»Aber jetzt gibt es erst mal einen anderen Einsatz«, murmelte Marie. Das Theater lag vor ihnen. »Das ist die zweite von nur drei Proben bis zur Aufführung. Strengt euch an!«
Sie waren extra eine halbe Stunde vor dem Probenbeginn gekommen, damit sich Kim um die Kostüme kümmern und Franzi sich die Aufzeichnungen zur Lichtführung nochmals ansehen konnte. Schweigend betraten sie die Eingangspforte. »Hoffentlich geht heute alles gut«, seufzte Marie, als sie in die Garderobe ging.

Zwei Stunden später klatschte Walter in die Hände und hielt beide Daumen nach oben gestreckt. »Adrian, Lola – ihr wart perfekt! Und alle anderen auf und hinter der Bühne auch!«
Franzi strahlte mit den Scheinwerfern, die sie dieses Mal super im Griff gehabt hatte, um die Wette.
Zwanzig Minuten später packte Kim erleichtert die Kostüme für die Reinigung ein. Sie hatte jedem Schauspieler zu Beginn das richtige Kostüm hingehängt und sogar noch an dem grauen Anzug, den Adrian tragen musste, einen Knopf angenäht. Das mit dem Schminken bei der morgigen Probe würde sie auch noch hinbekommen.
Marie saß mit Adrian, Lola und Sylvie, die extra gekommen war, um sich die Probe anzusehen, im Foyer und wartete auf ihre Freundinnen. Sie war immer noch sauer auf Adrian. Aber der gute Verlauf der Probe hatte sie beflügelt und machte ihr so gute Laune, dass sie ihn trotzdem anstrahlte.
Adrian schenkte ihr ein Lächeln. »Das hat richtig Spaß gemacht. Wenn wir am Freitag auch so gut sind wie heute, kriegen wir bestimmt den ersten Preis!«

»Ja, ihr seid wirklich gut«, meinte Sylvie.
»Danke, danke!«, rief Lola sofort. Sie zog die große Schildpatt-Spange aus ihrem Haar und schüttelte ihre glänzende Mähne. »Ihr habt euch wirklich schnell eingearbeitet. Franzi kann nicht nur Leute aus Aufzügen befreien, sie setzt sie hinterher sogar gekonnt ins rechte Licht, haha.«
Keiner lachte, aber Lola fuhr unbeirrt fort: »Und Marie, für deine 14 Jahre hast du wirklich eine tolle Präsenz.«
Sylvie sah überrascht auf Marie. »So jung bist du? Das hätte ich nicht gedacht. Du hast großes Talent!«
Marie lächelte. Vielleicht war diese Sylvie doch nicht so unsympathisch …
Franzi und Kim kamen um die Ecke. Kim hatte sich den Sack mit den Kleidern über die Schulter geworfen. »Ich bin dann so weit. Die Reinigung liegt auf unserem Weg, wir können los.«
»Sagt mal, habt ihr Lust, heute Abend zu mir zum Essen zu kommen?«, fragte Sylvie plötzlich in die Runde.
Adrian nickte sofort begeistert. Marie fühlte einen kleinen Stich in ihrem Herzen.
Lola winkte ab. »Danke dir, das ist sehr nett. Aber ich bin schon verabredet.«
»Was ist mit euch?« Sylvie sah die drei !!! an.
»Also«, begann Marie und überlegte fieberhaft, wie sie erklären sollte, dass sie auch eine Verabredung hatten – nämlich mit einem düsteren Keller in einem Haus, in dem es nicht mit rechten Dingen zuging …
»Wir kommen gerne!«, hörte sie sich sagen.
Franzi schüttelte den Kopf und Kim verdrehte die Augen.

Sylvie bemerkte es nicht. Sie lachte Marie zu. »Prima, dann um acht bei mir, okay?« Sie erklärte ihnen noch den Weg und verabschiedete sich dann.

»Spinnst du eigentlich?« Franzi funkelte Marie wütend an. »Wir hatten heute Abend vor, unseren Fall weiter voranzutreiben. Warum hast du einfach die Einladung angenommen? Doch bloß, weil Adrian dabei ist. Gib es zu!«
Marie tat, als würde sie angestrengt ein Plakat studieren, das im Schaufenster der Reinigung angebracht war, vor der sie auf Kim warteten. »Sieh mal, die bieten Führungen durch Berliner Geisterbahnhöfe und Tunnel an.« Sie hatte jetzt keine Lust, mit Franzi zu diskutieren. Vielleicht wollte sie dieser Sylvie wirklich nicht freie Bahn bei Adrian lassen. Sie wusste es ja selbst nicht genau.
»Lenk doch nicht ab!« Franzi war stocksauer.
Marie seufzte. »Ich fand es einfach unhöflich, die Einladung abzulehnen.« Sie verschränkte die Arme vor der Brust.
In diesem Moment trat Kim aus dem Laden. »Super, ich kann die Sachen morgen Mittag abholen.«
»Jetzt sag doch auch mal was«, herrschte Franzi sie an.
Kim zuckte mit den Schultern. »Toll fand ich es auch nicht, dass Marie einfach über unsere Köpfe entschieden hat.« Sie legte einen Arm um Franzi. »Aber der Keller läuft uns doch nicht weg. Wir können heute Nacht immer noch hin. Und als Ortskundige kann uns Sylvie vielleicht Informationen zur Siedlung, in der unser Haus steht, geben. Außerdem …«, sie fuhr sich mit der Zunge über die Lippen, »gibt es bestimmt was Leckeres zu essen.«

Jetzt musste Franzi doch grinsen. »Ach Kim, dass ich daran nicht gedacht habe! Ich gebe mich geschlagen.«

Als sie in der Wohnung angekommen waren, begab sich Marie sofort ins Bad und danach zu ihrem Koffer, um das passende Outfit für den Abend zusammenzustellen.
Kim und Franzi nutzten die Zeit, um die Wände zu untersuchen.
»Hier ist nichts«, sagte Kim und fuhr fort, mit den Fingerknöcheln die Wand hinter der Couch abzuklopfen. »Aber hier«, rief sie plötzlich aufgeregt, »scheint ein Hohlraum zu sein!«
»Hier auch«, rief Franzi von der anderen Seite zurück.
Sie klopften weiter und fanden nahezu an jeder Wand eine Stelle, an der ein Schacht verlief.
»Das ist typisch für Altbauten«, erklärte Marie ungerührt, als sie nach einer Stunde topgestylt im Zimmer stand. Sie wusste, wovon sie sprach. Sie bewohnte mit ihrem Vater eine Luxus-Altbauwohnung mitten in ihrer Stadt.
Ein intensiver Maiglöckchenduft breitete sich aus. Franzi rümpfte die Nase. »Ich weiß nicht, wie du das aushältst. Von diesem Geruch bekomme ich sofort Kopfschmerzen.«
»*Duft* heißt das«, bemerkte Marie gelassen. »Und *mich* beflügelt er. Du kannst ja Abstand halten.« Bevor Franzi etwas erwidern konnte, fuhr Marie fort: »Es gab früher in den alten Wohnungen in jedem Raum einen Ofen und einen entsprechenden Kaminabzug hoch zum Dach. Als man Zentralheizungen eingebaut hat, sind diese Schächte unnütz geworden. Man hat sie einfach mit Platten abgedeckt und mit Tapeten

überklebt. Du kannst hier bestimmt in jedem Raum im ganzen Haus eine hohle Stelle finden. Das muss überhaupt nichts bedeuten.«

Es klingelte.

»Adrian wartet, kommt schon«, rief Marie.

Franzi folgte ihr widerwillig. Nur mit Mühe konnte sie ihre große Enttäuschung verbergen.

»Vielleicht finden wir heute Nacht eine andere Spur«, sagte Kim mitfühlend und hängte sich bei Franzi ein.

Erschreckende Neuigkeiten

Sylvie öffnete ihnen mit einem strahlenden Lächeln die Tür. Sie trug ein weit ausgeschnittenes Top und enge hellblaue Jeans. Ihre kurzen blonden Haare hatte sie mit Gel konturiert. »Hereinspaziert, schön, dass ihr gekommen seid!«
Adrian lächelte und begrüßte Sylvie mit Küsschen rechts und links. »Vielen Dank für die Einladung!« Er überreicht ihr den Blumenstrauß, den er vorhin auf dem Weg zur U-Bahn-Station gekauft hatte.
»Der ist wunderschön. Danke!«, rief Sylvie und nahm die Blumen entgegen.
Adrian lachte Sylvie an. Marie kniff die Augen zusammen.
»Hallo, Marie, hallo, Kim und Franzi. Schön, dass ihr da seid.«
Kim und Franzi traten ein. Marie folgte mit hängenden Schultern.
Sylvie führte sie einen langen Flur entlang, in dem großformatige Abzüge von Schwarz-Weiß-Fotos hingen.
»Tolle Bilder«, sagte Adrian anerkennend. »Selbst gemacht?«
»Ja«, antwortete Sylvie und bedeutete ihnen, ihr weiter zu folgen.
Sie betraten eine große gemütliche Wohnküche. Ein dunkelhaariger Mann in Jeans und weißem Hemd, das er lässig über der Hose trug, stand am Herd. Er röstete etwas in einer Pfanne. Ein köstlicher Duft durchzog die Küche.
»Die Fotos sind von Sven«, erklärte Sylvie, während sie an der Spüle Wasser in eine Glasvase laufen ließ. Sie stellte die

Blumen hinein und trug die Vase zum Tisch am Fenster. Dann lief sie zum Herd und schmiegte sich an den Mann. »Er kann aber nicht nur fotografieren. Er kann auch fantastisch kochen!« Sie gab Sven einen Kuss auf den Mund.
»Hi«, sagte Sven fröhlich. »Ich hoffe, ihr mögt Auberginenauflauf?«
»Echt gerne«, brachte Adrian lahm hervor.
»Ich liebe Auberginenauflauf!«, rief Marie. Ihre Laune hatte sich schlagartig gebessert.
»Setzt euch doch«, sagte Sylvie. »Ich habe uns als Aperitif einen Holunderblütencocktail mit frischer Pfefferminze gemixt.« Sie brachte ein Tablett mit den Gläsern zum Tisch. Adrian bedankte sich mit leiser Stimme und nahm eines der Gläser. Marie zwinkerte Franzi zu. Es war offensichtlich, dass er schwer damit zu kämpfen hatte, dass Sylvie einen Freund hatte. Sie prosteten sich zu.
Sven kam mit dem Auflauf, den er noch mit gerösteten Pinienkernen und frischen Basilikumblättern bestreut hatte.
»Wahnsinn!«, sagte Marie, als sie die erste Gabel probiert hatte. »Ich brauche unbedingt das Rezept für meinen Vater! Auberginenauflauf ist seine Spezialität. Aber so fantastisch hat es mir bei ihm noch nie geschmeckt.«
»Danke! Das Rezept gebe ich dir nachher gerne mit«, sagte Sven.
»Marie und Adrian führen mit ihrer Truppe die *Geschlossene Gesellschaft* auf«, fing Sylvie jetzt an. »Du musst am Freitagabend unbedingt mit zur Aufführung kommen. Ich habe selten eine so gute Inszenierung mit so ausdrucksstarken Schauspielern gesehen.«

Sven nickte. »Ja klar, das würde ich mir gerne ansehen. Ich habe am späten Nachmittag noch eine Arbeitssitzung in der Architektenkammer, aber das sollte ich schaffen.«
»Bist du Architekt?«, frage Kim interessiert.
»Ich studiere noch. Aber ich mache gerade ein Praktikum beim Tiefbauamt«, antwortete Sven. Er hob fragend einen großen Servierlöffel mit einer weiteren Portion Auflauf hoch.
»Ja, gerne.«, Kim hielt ihm ihren Teller hin. »Wirklich super lecker!«
»Gibt es hier in Berlin eigentlich viele Fälle von Immobilienhaien?«, platzte Franzi plötzlich heraus.
Sven sah sie erstaunt an. »Warum willst du das denn wissen?«
Franzi stocherte auf ihrem Teller einem Pinienkern hinterher. »Wir sind in einem Haus untergebracht, in dem es öfters Stromausfälle gibt und auch sonst merkwürdig zugeht. Der Aufzug bleibt stecken oder Leute sind plötzlich in der stockdunklen Waschküche eingeschlossen und stehen Todesängste aus. Außerdem werden die Bewohner mit ständigen Baustellen vorm Haus schikaniert. Einige meinten, dass es aussieht, als sollten sie aus dem Haus vertrieben werden.«
»Das ist mir gar nicht aufgefallen«, warf Adrian ein. Aber keiner beachtete ihn.
Sven sah Franzi ernst an. »Klar gibt es hier solche Leute. Wie in vielen anderen Großstädten auch. Vor über zehn Jahren gab es mal einen krassen Fall in Düsseldorf. Da hat ein Hausbesitzer eine Gasexplosion in seinem Mehrfamilienhaus verursacht. Dabei ist nur durch außerordentlich glückliche Umstände niemand verletzt worden oder gar zu Tode gekommen: Die Mieter hatten gerade ihr Hausfest im Gar-

ten gefeiert und keiner war im Haus. Der Typ ist natürlich verurteilt worden und lebenslänglich ins Gefängnis gegangen. Laut Urteil wollte der Hausbesitzer seine Mieter, die sich gegen eine Sanierung stellten, loswerden und in dem Gebäude Luxuswohnungen errichten.«

Franzi schluckte. »Das ist ja schrecklich!« Auch Kim und Marie waren blass.

»Angeblich hatte der Besitzer nur eine leichte Verpuffung geplant, die den Mietern klarmachen sollte, wie nötig eine Sanierung des alten Hauses war. Er hat einen Ballon über das Gasrohr im Keller gestülpt und eine Kerze aufgestellt. Der Ballon sollte platzen, sodass eine Verpuffung stattfindet. Die sollte nur die Kellerwände beschädigen.« Sven zog die Augenbrauen hoch. »Aber das ist gründlich danebengegangen.«

Alle schwiegen betroffen.

»So was ist aber die Ausnahme«, fuhr Sven fort. »Es gibt auch andere Methoden, um Mieter loszuwerden. Dazu gehören in der Tat Schikanen, wie du sie geschildert hast.«

Franzi runzelte die Stirn. »Und was kann man dagegen unternehmen?«

»Du musst erst mal beweisen können, dass ein Hausbesitzer ein Haus bewusst verkommen lässt, um Mieter zu vertreiben. Oder dass er unnötige Reparaturen machen lässt, deren Durchführung die Mieter auf Dauer extrem belästigt. Beides ist sehr schwer nachzuweisen.«

Franzi nickte nachdenklich.

Kim räusperte sich. »Ich habe letzte Nacht zwei Typen vor unserem Haus gesehen. Der eine hat was von ›Bald ist es so weit‹ gesagt.«

»Du meinst …«, Marie sprach nicht weiter. Aber alle wussten, was sie gerade dachte.
Sylvie sah ihren Freund beunruhigt an.
»Das in Düsseldorf war besonders schlimm. So etwas wiederholt sich nicht so schnell. Keiner muss deswegen in Panik verfallen«, meinte er schließlich. »Trotzdem solltet ihr mit jemandem aus dem Haus sprechen. Vielleicht kann der Hausmeister mal nachsehen, ob mit den Gasleitungen alles in Ordnung ist.«
»Ausgerechnet der Hausmeister«, sagte Kim und seufzte. »Den finde ich nicht sehr vertrauenerweckend. Vielleicht reden wir noch mal mit Lotte, was meint ihr?«
Marie und Franzi nickten heftig. »Das machen wir gleich morgen!«, rief Franzi.
Sylvie schenkte Wasser nach. »Ich habe den Eindruck, dass ihr wirklich sehr wachsam seid.« Sie stellte die Karaffe ab. »Das kommt bei den Leuten in der Theaterbranche selten vor. Da laufen fast nur Egozentriker herum, die außer sich selbst nichts und niemanden wahrnehmen.« Sie lächelte Sven an. »Bin ich froh, dass ich mit einem Architekten zusammen bin.«
Adrian kratzte mit gesenktem Kopf konzentriert die letzten Reste auf seinem Teller zusammen. Marie stellte befriedigt fest, dass er ziemlich angespannt wirkte.
»Wir haben seit einiger Zeit einen Detektivclub«, sagte Franzi. »Da gewöhnt man sich ganz schnell daran, genau zu beobachten. Egal wo man ist.«
»Ein Detektivclub?« Sylvie beugte sich interessiert vor. »Als kleines Mädchen habe ich auch immer Detektiv gespielt …«

»Wir *spielen* nicht«, unterbrach Kim sie sanft, aber bestimmt. »Wir gehen sehr ernsten Delikten nach und arbeiten zum Teil eng mit der Polizei zusammen.«
»Es sind auch schon einige Zeitungsartikel über uns erschienen«, ergänzte Marie. Sie genoss die erstaunten Blicke von Sven und Sylvie.
»Das ist wirklich beeindruckend!«, sagte Sylvie. »Was war denn bisher eure gefährlichste Ermittlung?«
Kim und Franzi sahen Marie an. Kim war diejenige, die jeden ihrer Fälle ordentlich in das Detektivtagebuch protokollierte. Aber Marie konnte eindeutig am besten erzählen.
»Fang du an«, sagte Kim daher grinsend zu Marie.
Und die ließ sich nicht lange bitten.

Detektivtagebuch von Kim Jülich
Donnerstag, 0:20 Uhr
Meine Mutter würde kein Auge zumachen, wenn sie wüsste, zu welchen Uhrzeiten wir hier ins Bett gehen ;-).
Wir können alle noch nicht schlafen. Ich habe mich daher entschieden, noch ins Detektivtagebuch zu schreiben, während Franzi und Marie Gymnastik machen.
Morgen Vormittag wollen wir uns die Probe von Sylvies Gruppe ansehen. Aber die fangen Gott sei Dank erst um 11:00 Uhr an. Im Anschluss sind wir dran.
Wir haben einen ausgesprochen interessanten Abend bei Sylvie und ihrem Freund verbracht. Schade, dass Adrian nach dem Essen ziemlich schnell verschwunden ist. Zuerst hat er sich noch mit Sven und mir über die Fotografien im Flur unterhalten. Aber dann hat er es plötzlich eilig gehabt. Angeblich musste er

sich noch mit Walter treffen, um letzte Dinge für die Aufführung übermorgen Abend zu besprechen. Ich glaube, er hat es nicht verkraftet, dass Sylvie in festen Händen ist. Aber das gehört eigentlich nicht hierher. Auf jeden Fall hat uns Sylvies Freund Sven einige erschreckende Details zu Immobilienspekulation und Mietervertreibung erzählt. Als Architekturstudent scheint er solche Nachrichten genau zu verfolgen.
Sylvie hat uns spätabends mit ihrem alten klapprigen Mercedes nach Hause gefahren. Auf der Fahrt kamen wir noch mal auf die seltsamen Dinge zu sprechen, die in dem Haus geschehen. Franzi hat vorgeschlagen, gleich den Keller unter die Lupe zu nehmen. Besonders die verschlossene Eisentür hat uns Sorgen gemacht. Sven hat von einem Fall erzählt, bei dem ein Hausbesitzer eine Gasexplosion verursacht hatte, um die Mieter zu vertreiben. Irgendwie haben wir alle, glaube ich, Angst gehabt, dass das in unserem Haus genauso sein könnte. Sylvie war sofort Feuer und Flamme und wollte mitkommen. Wir sind also zu viert runter in den Keller. Marie hat leider ihr Dietrichset zu Hause gelassen. Mann, war Franzi sauer! Und dann hat das Vibrieren wieder eingesetzt. Marie hat schnell aus einer ihrer Haarklammern einen passenden Haken gebogen. Sie wollte gerade das Schloss knacken, da hat Sylvie protestiert. Sie hat erst in dem Moment kapiert, dass wir unter allen Unständen dahinterkommen wollten, was diese Eisentür verbirgt. Wir waren mitten im Diskutieren, da ging das Licht an, und der Hausmeister stand vor uns. Er hat sofort rumgebrüllt, dass wir uns nicht vom Fleck bewegen sollen und die Polizei gleich da wäre und so weiter. Sylvie hat ihn Gott sei Dank beruhigen können. Sie hat einfach erzählt, dass wir uns Sorgen machen, weil wir

einen Gasgeruch wahrgenommen hätten. Irgendwann hat er es geschluckt. Es stellte sich heraus, dass er uns für dieses komische Vibrieren verantwortlich macht. Aber auch das konnten wir dank Sylvie klären. Als Franzi ihm dann direkt sagte, dass wir Detektivinnen sind, hat er erst mal geguckt! Ich habe ihm unsere Visitenkarte in die Hand gedrückt und er hat was gemurmelt von »total verrückte junge Leute«, meinte aber dann, das sei »immerhin besser als Herumlungern und Drogen nehmen«. Er hat einen Schlüsselbund hervorgezogen und wortlos die Eisentür aufgeschlossen. »Hier, meine Folterkammer«, hat er gesagt. Im Dunkeln konnte ich nur unheimliche Schatten erkennen. Aber als die Neonröhren aufflammten, konnten wir sehen, was sich in dem Raum befindet: eine Werkstatt! Komplett eingerichtet mit Arbeitsbank und dutzenden von Maschinen und Werkzeugen. Der alte Mann bekam leuchtende Augen. Auf einmal war er total freundlich und hat uns ganz begeistert sein Reich gezeigt. Das ging fast eine Stunde lang. Der Mann scheint ziemlich einsam zu sein. Seine Frau ist vor fünf Jahren gestorben, hat er uns erzählt, und seine einzige Tochter lebt in den USA und kommt nur ganz selten auf Besuch. Mir hat der verbitterte alte Mann auf einmal richtig leidgetan!

Später hat sich Sylvie ein bisschen über uns lustig gemacht. Sie meinte, wir hätten wohl eine ausgeprägte kriminalistische Fantasie. Aber Fakt ist doch: Das Vibrieren existiert. Genauso wie die Stromausfälle.

Fazit:

Die Eisentür war definitiv ein Holzweg.

Der Hausmeister ist von jedem Verdacht befreit.

Frage:
Wer oder was verursacht dann die Stromausfälle und das rätselhafte Wandvibrieren?
Weiteres Vorgehen:
Wir reden morgen Nachmittag nochmals mit Lotte. Sie soll uns die Adresse des Hausbesitzers geben – und dann stellen wir ihn zur Rede!

Geheimes Tagebuch von Kim Jülich
Donnerstag, 1:05 Uhr
Achtung: Lesen für Unbefugte (alle außer Kim Jülich) verboten!!! Zuwiderhandlung wird mit der Hölle auf Erden bezahlt! Nur um es ganz deutlich zu machen: Zu den Unbefugten zählen, neben den kleinen Nervkröten Ben und Lukas, auch Marie und Franzi – und überhaupt jeder Mensch auf dieser Welt!
Franzi und Marie haben ihr »kleines Work-out« beendet und machen sich bettfertig. Die beiden haben als Einschlafhilfe fast eine Stunde lang Pilates-Übungen gemacht. Sie haben so seltsame Verrenkungen auf dem Flickenteppich fabriziert, dass ich mir Sorgen um ihre Gesundheit gemacht habe. ;-) Aber Franzi war ganz begeistert von den Übungen, die Marie ihr gezeigt hat. So entspannt habe ich die beiden noch nie miteinander erlebt. Sollten sie öfter machen, dieses komische Pilates-Zeug.
Jetzt muss ich aber unbedingt ins Bett. Sonst wird das morgen ein ganz furchtbarer Tag.
Morgen will ich mich auch endlich wieder bei Michi melden. Ich habe solche Sehnsucht nach ihm!!! Hoffentlich träume ich gleich etwas Schönes von ihm!

Treppe ins Nichts

»Verdammt!«, rief Kim. Sie schlug sich mit der flachen Hand vor die Stirn.
»Was ist denn los?«, wollte Franzi wissen. Sie hielt ihren Freundinnen die Glastür zum Theaterfoyer auf.
»Wir haben den Schminkkoffer vergessen.« Kim verdrehte ärgerlich die Augen. »Ich wollte ihn gleich zusammen mit den Klamotten aus der Reinigung in der Garderobe abstellen, damit für die Generalprobe heute Nachmittag schon mal alles da ist.«
»Du kannst ja nachher in der Mittagspause schnell zurück zum Apartment gehen«, nuschelte Marie. Sie hatte einen Haargummi zwischen den Zähnen und fasste gerade ihre lange blonde Mähne zu einem Pferdeschwanz zusammen. Als sie Kims alarmierten Blick sah, fügte sie hinzu: »Wir haben über eine Stunde Zeit zwischen dem Probenende von Sylvies Gruppe und unserer Probe. Das schaffst du locker – und kannst auch noch was essen.«
»Das will ich hoffen«, rief Kim sofort. »Es gibt Schnitzel mit Pommes!« Als sie Maries spöttischen Blick sah, wurde sie knallrot. Marie zog grinsend ihren Haargummi fest und zupfte ein paar Strähnen an den Seiten wieder hervor. »Keine Sorge, du kommst schon zu deiner Nervennahrung!«
Kim wollte gerade beleidigt etwas entgegnen, da rief Franzi: »Seht mal, Sylvie ist schon auf der Bühne.«
Die junge Frau winkte ihnen zu und wich zwei Männern aus, die gerade einen Teil der Bühnendeko heranschleppten.

»Adrian sitzt in der ersten Reihe«, stellte Franzi fest.
»Schleimer«, zischte Marie, musste dabei aber grinsen. Sie winkte Adrian kurz zu und schlüpfte neben Kim und Franzi in die letzte Sitzreihe. Irgendwie fand sie Adrian nicht mehr ganz so attraktiv. Spätestens seit gestern Abend, als er so uncool auf Sylvies Freund reagiert hatte, kam er ihr ziemlich kindisch und unreif vor. Sein offensichtliches Desinteresse ihr gegenüber hatte für den Rest gesorgt. Außerdem gab es da seit heute Morgen eine SMS auf ihrem Handy. Sie zog das Gerät aus ihrer Hosentasche und streichelte zärtlich über den Touchscreen. Der kleine Glitzerseestern-Anhänger schien im Licht der Scheinwerfer tausend Funken zu sprühen.

Liebe Marie,
unsere Mountainbikes haben sich
schon so lange nicht mehr gesehen!
Lust auf eine Tour am Ende der Ferien?
Alles Liebe, dein Holger

»Oho, *dein* Holger!«, rief Franzi.
Empört drehte Marie ihr Handy um und sah ihre Freundin an. »Liest du immer fremde Nachrichten? Schon mal was von Briefgeheimnis gehört?«
»Klar«, antwortete Franzi. »Aber noch nichts von SMS-Geheimnis.« Sie boxte Marie leicht an den Arm. »Wenn du mir dein Handy quasi vor die Nase hältst, während du liest, dann ist das echt schwierig, nicht aufs Display zu sehen. Besonders wenn es so groß ist wie bei deinem Hightech-Teil.«

Marie rieb sich den Arm und schüttelte den Kopf. »Das ist noch lange kein Grund!«
»Ich finde es super, dass Holger dir geschrieben hat!«, schaltete sich Kim schnell ein, bevor ihre Freundinnen den nächsten handfesten Streit begannen. »Was sagt er denn?«
Marie ließ sich nach hinten in den Sitz fallen und schloss die Augen. »Er will mal wieder eine Bike-Tour mit mir machen.«
»Das ist doch toll!«, riefen Kim und Franzi wie aus einem Munde. Ein paar Reihen vor ihnen drehte sich ein Mädchen ärgerlich um.
»Lasst uns später weiterreden, ja?«, flüsterte Marie und hoffte, dass ihre Freundinnen nachher das Thema Holger vergessen hatten. Es war ihr einfach unangenehm, darüber zu sprechen. Zumal sie selbst schlichtweg nicht wusste, was sie machen sollte.
Dankbar sah sie, dass die Gruppe von Sylvie anfing zu spielen.

Kim winkte ihren Freundinnen zu. »Ich jogge dann mal zurück und hole den Schminkkoffer.«
»Falls du Lotte siehst, frag sie nach der Adresse des Hausbesitzers«, sagte Franzi. »Dann können wir heute Abend bei ihm vorbeigehen.«
Kim nickte. »Alles klar. Bis nachher.«
»Und vergiss nicht: Um 14 Uhr beginnt die Probe!«, rief Marie noch, aber da war Kim schon zur Tür hinaus.
Eigentlich hatte sie vorgehabt, die Viertelstunde Fußweg vom Theater zu der Straße, in der ihr Apartment lag, durch eine Joggingeinlage abzukürzen. Schließlich wollte sie so

schnell wie möglich wieder zurück im Theater sein. Doch schon nach den ersten Metern unter der unbarmherzig stechenden Sonne gab Kim ihr Vorhaben auf. Kleine Schweißperlen rannen ihr den Hals herab und die drückende Großstadtluft brannte in ihrer Kehle.

Kim wechselte auf die andere Straßenseite, auf der dicht belaubte Kastanienbäume wohltuenden Schatten spendeten. Sie atmete auf.

Als Kim an einer voll besetzten Eisdiele vorbeikam, musste sie lächeln. Ob Michi auch gerade bei Luigi an der Theke stand und im Akkord Eiswaffeln austeilte?

Sie holte ihr Handy aus der Hosentasche. Als sie Michis Nummer aufrief, klopfte ihr Herz. Als er sich meldete, gaben beinahe ihre Knie nach.

»Hallo, mein Schatz«, begrüßte er sie fröhlich.

Es ist wie am ersten Tag, dachte Kim und lächelte glücklich vor sich hin. »Hi, Michi. Es tut mir leid. Ich konnte mich nicht früher melden.«

»Kein Problem. Hier ist auch verdammt viel los.« Seine Stimme klang zärtlich, aber auch ein wenig gehetzt. Im Hintergrund hörte Kim Gläser klirren. »Tagsüber bin ich bei Luigi voll eingespannt. Und ab 17 Uhr helfe ich meinem Vater. Ich hätte nicht gedacht, dass so viel Leute im Sommer ihre Elektrogeräte zur Reparatur bringen.«

»Du Armer!«, rief Kim und wich einem Skater aus. »Wenn ich wieder da bin, musst du unbedingt ein Wochenende freinehmen. Ich möchte endlich wieder ganz viel Zeit mit dir verbringen. Am Sonntagvormittag frühstücken im *Lomo* oder …«

»Ja«, unterbrach sie Michi. »Das möchte ich auch. Aber ich muss jetzt Schluss machen, hier ist die Hölle los.«
Kim seufzte.
»Morgen seid ihr dran, stimmt's? Im *Kleinen Theater*, Pfalzburger Straße 7? Ich drück dir ganz fest die Daumen.«
»Du kennst die Adresse?«, rief Kim erstaunt. Im Hintergrund hörte sie Luigi nach Michi rufen.
»Ich muss jetzt Schluss machen«, sagte Michi schnell. »Einen dicken Schmatz für meinen Schatz!«
Die Verbindung wurde abgebrochen. Kim seufzte wieder. Zärtlich betrachtete sie Michis Foto auf dem Handydisplay. »Bald sehen wir uns«, flüsterte sie den strahlenden blaugrünen Augen in dem fröhlichen Gesicht mit den Sommersprossen zu. Sie drückte einen Kuss darauf, klappte das Handy zu und ließ es in ihre Hosentasche gleiten.
Kim hatte das Haus mit der schnörkeligen *1822* fast erreicht. Sie sah, dass der Hausmeister gerade vor die Tür trat. So leid ihr der Mann gestern Nacht getan hatte, so wenig Lust hatte sie jetzt, ihm zu begegnen. Bestimmt wollte er etwas zum Stand ihrer Ermittlungen wissen. Sie verlangsamte ihre Schritte. Der Hausmeister fing an zu fegen. Mist, es würde eine Weile dauern, bis er damit fertig war. So lange wollte Kim aber nicht warten. Ihr fiel der zweite Eingang ein, durch den sie gestern gegangen war, um den Müll zu den Tonnen im Hinterhof zu bringen. Schnell schlich Kim im Sichtschutz eines am Straßenrand abgestellten Baggers rechts am Haus vorbei. Dann lief sie geduckt in den schmalen Seitenweg zum Hinterhof. »Peinliche Aktion«, murmelte Kim und sah sich um. Sie hoffte, dass niemand sie beobachtete. Schnell

marschierte sie an der von einer dichten, hüfthohen Hecke gesäumten Hauswand entlang. Der Hausmeister kehrte ihr den Rücken zu.
»Autsch!«, entfuhr es Kim plötzlich. Sie hatte sich an einer dornigen Ranke den Unterarm aufgerissen. Ärgerlich betrachtete sie die Wunde. Ein wenig Blut trat aus dem feinen Riss in der Haut. »Selbst schuld«, schimpfte Kim halblaut, »was schleiche ich hier auch herum wie ein Spezialkommando auf der Suche nach dem flüchtigen Bankräuber.«
Kim presste ein Papiertaschentuch auf den Kratzer und ging weiter. Sie musste der Hecke ausweichen, die an einer Stelle nach vorne versetzt war. Irritiert hielt Kim an. Warum gab es hier eine Ausbuchtung? Kim beugte sich über das Gestrüpp, und die Dornen stachen ihr in den Bauch. Aber sie spürte den Schmerz nicht. Was sie sah, versetzte sie in die ihr so gut bekannte detektivische Neugier: Dicht an der Hauswand war ein Gitter in den Boden eingelassen. Ein Vorhängeschloss hing an den Metallverstrebungen. Kim beugte sich tiefer. Es war geöffnet! Ein Kribbeln durchfuhr ihren Magen. Aber dann musste sie über sich lächeln. »Das ist ein Lichtschacht zum Keller, weiter nichts. Völlig normal. Kim Jülich, deine Arbeit als Detektivin beeinflusst deine Wahrnehmung. Überall siehst du geheime Schächte, Gänge, Diebeshöhlen.«
Im selben Moment spürte sie unter ihren Füßen das seltsame Vibrieren, das sie schon im Apartment wahrgenommen hatte. Nur war es hier viel stärker und von einem lauten Geräusch begleitet. Im Halbdunkel des Schachts konnte Kim Steinstufen erkennen. Sie schienen in ein absolutes, schwar-

zes Nichts zu führen. Kim lief ein Schauer über den Rücken, als sie sich vorstellte, wie eng es da unten sein musste. Gleichzeitig spürte sie die nagende Neugier und das Bedürfnis auszuprobieren, ob sie sich da hinunterwagen würde. Kim überlegte. Vielleicht war ja alles wieder ein Flop, wie die Eisentür im Keller, hinter der sich nur die Werkstatt eines alten Manns verbarg. Wenn sie die paar Stufen nach unten kletterte und nachsah, konnte sie abschätzen, ob es der Mühe wert war, heute Abend zusammen mit Franzi und Marie Nachforschungen anzustellen. Noch mal so eine Blamage wie in der vergangenen Nacht wollte Kim nicht erleben. Ja, sie musste jetzt sofort nachsehen, was da unten los war.

Kim lief zur Hintertür, schlüpfte in den Hausflur und sprang die wenigen Stufen zu ihrem Apartment hoch.

In der Wohnung angelangt, schnappte sie sich die Taschenlampe von ihrem Nachttisch und wühlte im Koffer nach der Digitalkamera. Da war sie! Kim warf achtlos Schuhe, T-Shirts und Bücher wieder zurück in ihren Koffer. Das Fingerabdruck-Set und ein Päckchen Kreide fielen zu Boden. Sie hob es auf und stopfte es in ihre Hosentasche. Jetzt nichts wie hin zu dem geheimnisvollen Gitter. Einen Blick musste Kim unbedingt da hineinwerfen. Wenn der Schacht wirklich eine heiße Spur war, würde sie ihren Freundinnen beim Mittagessen davon berichten können. Und wenn da nichts war, konnte sie die ganze Sache einfach vergessen.

Als die Wohnungstür ins Schloss fiel, überlegte Kim, Franzi und Marie doch noch eine SMS zu schicken. Aber dann ließ sie es bleiben. Diese Erkundungstour musste sie ganz alleine machen.

Horrorfilm

Lola war fuchsteufelswild. »Ich hab es von Anfang an gesagt«, fuhr sie Adrian an. »Es ist völlig blödsinnig, junge, unzuverlässige Dinger bei einer Theateraufführung mitmachen zu lassen, die so wichtig für uns ist!« Hektisch riss sie Sylvie, die neben ihr stand, das Textheft aus der Hand und fächelte sich Luft zu.

»Jetzt reg dich doch nicht so auf.« Adrian zuckte mit den Schultern. »Die Probe lief auch ohne Maske super. Und dein Kleid taucht bis zur Aufführung morgen Abend bestimmt wieder auf.«

Marie funkelte Adrian und Lola wütend an. Ihre Freundin Kim war seit über zwei Stunden verschwunden. Sie machte sich echte Sorgen. Und die beiden hatten nur das Theater im Kopf!

Franzi fasste Marie beschwichtigend am Arm. »Lass doch«, flüsterte sie ihr zu. »Kim kommt bestimmt gleich. Wahrscheinlich hat sie interessante Neuigkeiten von Lotte erfahren und einfach die Zeit vergessen.«

»Ich verstehe das nicht. Kim ist sonst absolut zuverlässig. Zumindest hätte sie uns angerufen.« Marie sah auf ihr Handy. »Keine Nachricht. Ist bei dir was drauf?«, wandte sie sich an Franzi.

»Nein.«

Marie drückte die Wahlwiederholung. »Sie hat das Handy immer noch ausgeschaltet.« Nervös steckte sie sich mit einer Hand eine Haarklammern fest, die sich gelöst hatte.

Lola seufzte. »Puh, mir ist ganz schwindlig von der Hitze und der Aufregung.«
Besorgt sah Adrian sie an. »Du bist auch ganz weiß im Gesicht. Hier«, er schob ihr einen Stuhl hin, »setz dich. Ich hol dir schnell ein Glas Wasser.«
Dankbar winkte Lola Adrian zu und ließ sich auf den Stuhl fallen.
Marie wippte unruhig auf den Absätzen. »Wir müssen nachsehen, wo Kim steckt. Komm, Franzi, wir gehen zum Apartment.«
»Soll ich mitkommen?«, erkundigte sich Sylvie.
Marie schüttelte den Kopf. »Nein danke, lass mal. Jemand sollte bei Lola bleiben, bis Adrian wieder da ist.«
Besonders begeistert schien Sylvie darüber nicht zu sein. Aber sie stimmte Marie zu und zog einen zweiten Stuhl neben Lola. »Okay. Meine Handynummer habt ihr ja. Ruft mich an, wenn ihr Hilfe braucht, ja?«
Franzi und Marie nickten kurz und eilten davon.

Kim umschlang mit den Armen ihre Knie. Es war kalt. Es war dunkel. Der Raum war mehr als unheimlich. Wo war sie hier? Verzweifelt starrte sie zum hundertsten Mal auf ihr Handydisplay. Kein Empfang.
»Ich bin so blöd«, flüsterte Kim mit Tränen in den Augen. Jetzt saß sie schon seit über drei Stunden fest. Die Taschenlampenbatterie war fast aufgebraucht und im zitternden Lichtkegel schienen die Wände und die Decke immer wieder auf sie zuzukommen.
»Tief Luft holen«, ermahnte sich Kim. Das hatte ihr Marie

damals geraten, als sie vor einiger Zeit durch einen alten unterirdischen Piratengang flüchten mussten und ihre altbekannte Platzangst sie beinahe handlungsunfähig gemacht hatte. Das regelmäßige Ein- und Ausatmen half gegen die Beklemmung. Aber es würde sie nicht aus dieser schlimmen Lage befreien. Kim hoffte inständig, dass ihre beiden Freundinnen aufmerksam waren und sie bald herausgeholt würde. Was geschah hier bloß? Was wollte der Mann, der vorhin urplötzlich im Gang hinter ihr aufgetaucht war und fluchend die Verfolgung aufgenommen hatte?
Warum hatte er sie gepackt und in diesen Raum eingesperrt? Wo befand sie sich? Kim sah sich im fahlen Licht um.
Der Boden war mit hellen Kacheln ausgelegt. An der einen Wand befand sich eine Reihe mit Waschbecken und Schränken. An der gegenüberliegenden Seite erkannte Kim mehrere doppelstöckige Liegen. Es gab eine Duschkabine und in der Mitte des Raums stand eine Art Trage mit einer großen runden Lampe darüber. Kim schluckte schwer. Das ganze sah aus wie … Kim schloss die Augen und schüttelte verzweifelt den Kopf. Nein, sie musste sich täuschen. Das war absurd.
Wieso sollte es hier unten in einem Tunnel mitten in Berlin einen *Operationssaal* geben?

»Es ist nicht abgeschlossen«, sagte Marie tonlos zu Franzi vor der Tür zum Apartment.
Sie betraten den Flur. »Kim, bist du da?«, rief Marie.
Sie sahen ins Wohnzimmer. Kims Koffer lag geöffnet auf der Couch. Die Sachen hingen unordentlich heraus. Das war am

Vormittag, als sie gemeinsam die Wohnung verlassen hatten, nicht so. Kim war also in der Zwischenzeit hier gewesen. Aber wo befand sie sich jetzt?
Franzi zupfte nervös an einem ihrer kurzen Zöpfe. »Ich gehe hoch zu Lotte. Vielleicht ist Kim ja bei ihr.«
Marie nickte. Sie untersuchte Kims Koffer. Die Digicam fehlte und ein paar weitere Ausrüstungsgegenstände.
»Bei Lotte ist sie gar nicht gewesen«, rief Franzi atemlos, als sie wieder zurück in die Wohnung kam.
Marie sah sie erschrocken an. »Und der Schminkkoffer steht immer noch im Flur. Dafür fehlen die Kamera und eine Taschenlampe.«
»Was hat Kim bloß gemacht? Hat sie gar keinen Hinweis hinterlassen?«
»Nein, hier ist rein gar nichts.« Marie rieb sich mit Zeigefinger und Daumen die Nasenwurzel. »Taschenlampe und Kamera«, murmelte sie. »Ist Kim vielleicht noch mal in den Keller gegangen?«
»Aber da haben wir doch schon alles untersucht«, antwortete Franzi.
Marie fasste sie am Arm. »Trotzdem, lass uns kurz runtergehen und nachsehen.«
Die beiden Detektivinnen sprangen die Stufen zum Keller hinunter. Aber auch hier war keine Spur von Kim.
»Ich habe ein ganz komisches Gefühl«, murmelte Franzi. »Meinst du, wir sollten besser die Polizei informieren?«
Marie nahm nachdenklich eine Stufe. »Ja, wahrscheinlich ist es das Vernünftigste.« Sie sah auf die Reihe von Briefkästen vor sich. Plötzlich zuckte sie zusammen. »Sieh mal!« Sie deu-

tete auf den Briefkasten, der ihrem Apartment zugeordnet war. »Gästewohnung 2«, stand in Druckbuchstaben auf dem Schild. Und darunter war mit roter Kreide ein Zeichen angebracht. Franzi ging näher heran. »Ein Ausrufezeichen!«

»Das ist garantiert von Kim«, rief Marie aufgeregt.

Franzi nickte. »Wie bei den berühmten *Drei ???*. Jeder der drei Detektive hat auch immer eine Kreide in einer bestimmten Farbe einstecken und hinterlässt bei Gefahr eine unauffällige Spur von gemalten Fragezeichen.«

»Da ist noch eins!« Marie rannte zum Hintereingang und zeigte auf den Türrahmen. »Kim Jülich, du bist genial! Wir müssen einfach nur den Ausrufezeichen folgen. Kim hat etwas entdeckt und die Zeichen führen uns zu ihr!«

In wenigen Minuten waren die beiden Mädchen der Spur gefolgt und standen vor einem weiteren roten Ausrufezeichen, das auf eine Gehwegplatte im Hinterhof gemalt war. Es zeigte senkrecht auf einen angrenzenden Busch. Marie und Franzi beugten sich darüber.

»Bingo!« Marie bahnte sich einen Weg durch das stachelige Gebüsch. Sie sah durch das Gitter. »Da führt eine Treppe hinunter!«

»Hörst du das Summen?«, hauchte Franzi. »Wir müssen sofort da runter.«

»Was ist, wenn Kim da unten etwas zugestoßen ist?« Marie biss sich auf die Unterlippe. »Dann passiert uns womöglich das Gleiche. Und keiner weiß, wo wir stecken. Damit wäre niemandem geholfen.«

Franzi dachte einen Moment nach. Marie hatte recht. Andererseits würden sie wertvolle Zeit verlieren, wenn sie die

Polizei riefen und auf sie warten mussten. Und vielleicht hatte Kim da unten einfach nur etwas Spannendes entdeckt und die Zeit darüber vergessen. »Zu blöd, dass Kommissar Peters nicht hier in Berlin ist.«
Marie nickte. »Dann lass uns wenigstens Sylvie anrufen und ihr sagen, dass sie Alarm geben soll, wenn wir uns in einer Stunde nicht bei ihr gemeldet haben.«
Franzi nickte. »Du rufst sie an und gibst ihr unseren Standort durch. Ich hole unsere Ausrüstung.« Sie zögerte kurz, sagte dann aber mit einem Grinsen: »Ich bin übrigens froh, dass du nicht Adrian anrufen wolltest. Das wäre vor drei Tagen noch anders gewesen.«
Geschickt wich Franzi aus, bevor Marie ihr beide Fäuste in die Rippen rammen konnte, und lief los.

Das Gitter ließ sich leicht anheben. Es quietschte noch nicht einmal, obwohl die Scharniere völlig verrostet aussahen. Nur die Kette mit dem offenen Vorhängeschloss klirrte leise, als sie das Gitter gegen die Häuserwand lehnten. Marie und Franzi sahen sich vorsichtig um. Niemand in Sicht! Auch das leise Surren war verstummt.
»Bäh!« Angeekelt sah Marie auf ihre Hände. »Da hat jemand vor Kurzem die Scharniere geölt.«
Franzi umklammerte ihre Taschenlampe fester. »Ein Indiz mehr dafür, dass hier etwas nicht stimmt. Und da …«, sie deutete auf die Innenseite des steinernen Randstreifens, der den Treppenabgang umfasste, »ist ein weiteres Ausrufezeichen!«
»Hörst du das Summen? Los jetzt, wir müssen da runter.«

Franzi begann die steile Treppe hinabzusteigen. Die Wände des Schachts waren mit Moos und Staub bedeckt, der Handlauf neben den steinernen Stufen mit Spinnweben überzogen.
Marie zuckte zurück, als eine dicke braune Spinne keine fünf Zentimeter neben ihrer Hand entlangkrabbelte.
»Was ist?«, flüsterte Franzi nach oben.
»Ich komme ja schon.« Marie beeilte sich, Franzi zu folgen.
Unten angelangt beleuchteten die zitternden Lichtkegel ihrer Taschenlampen ein gespenstisches Bild: Ein langer, sehr schmaler und niedriger Gang führte schnurgeradeaus. Er schien immer enger zu werden. Es herrschte totale Dunkelheit. Die Luft roch modrig und abgestanden, obwohl ein feiner Windhauch über ihre Gesichter strich.
»Wo sind wir hier?«, fragte Marie. Ihre Stimme hallte hohl von den Wänden wider.
Franzi beleuchtete die rissige Mauer. »Weiß auch nicht. Aber ich finde es ziemlich unheimlich. Und ich kann keine Zeichen mehr von Kim sehen.«
Sie liefen zögernd einige Meter weiter. Plötzlich blieb Franzi stehen. »Das gibt's doch nicht. Eine Sackgasse!«
Marie leuchtete das Hindernis ab. »Nein, sieh mal, hier rechts ist eine Öffnung. Da zweigt ein Gang ab.«
»Und links ist noch einer.« Franzi machte einen Schritt auf die dunkle Öffnung zu. Plötzlich sauste eine kleine Schattengestalt dicht neben ihrem Fuß vorbei. Etwas Haariges streifte ihr Bein und Franzi sprang zur Seite. »Ich glaube, hier gibt es Ratten!«, quiekte sie.
Marie schüttelte sich. »Außerdem ist es ziemlich kalt.«

»Ja«, flüsterte Franzi. »Das liegt an dem Luftzug. Irgendwo muss es mindestens eine weitere Öffnung geben.«
Marie leuchtete in den Gang auf ihrer Seite hinein. »Fragt sich bloß, auf welcher Seite. Und: Welchen der beiden Tunnel hat Kim gewählt?«
»Das können wir ganz einfach herausfinden«, sagte Franzi trocken. »Du gehst da rein und ich auf der anderen Seite.«
Marie sah ihre Freundin mit großen Augen an. »Bist du wahnsinnig? Du weißt, auf was es in Horrorfilmen immer hinausläuft, wenn die Leute sich aufteilen und alleine losgehen!«
Franzi zuckte mit den Schultern. »Das sind doch bloß Filme. Und wir bleiben einfach über unsere Handys in Kontakt. Nach einer Viertelstunde treffen wir uns wieder hier.«
Marie zog das Handy aus ihrer Hosentasche und drückte eine Taste. »Hier unten gibt es kein Netz.«
»Dann«, Franzi griff in ihren Rucksack, »sichern wir uns mit den Seilen, die ich mitgenommen habe.«
Sie drückte Marie ein Knäuel Schnur in die Hand, während sie ein weiteres für sich aus dem Rucksack zog. »Jede von uns knotet sich ein Seilende um die Taille und das Knäuel nimmt die andere mit.«
»Nicht schlecht!«, sagte Marie anerkennend.
»Einmal ziehen heißt: ›Habe etwas gefunden, sofort Treffen am Gabelpunkt.‹ Zweimal: ›Gefahr, habe Hilfe nötig.‹ Dreimal: ›Gefahr, sofort flüchten und Hilfe holen!‹« Franzi schlang das Seil um ihre Hüfte. »Die andere muss natürlich jeweils mit einem Zug am Seil bestätigen, dass sie die Nachricht empfangen hat.«

»Wo hast du das denn her?«
»Aus einem Horrorfilm.«
»Sehr witzig.« Marie sog scharf die Luft ein. Sie hatte ein ungutes Gefühl. Was sie hier taten, war mehr als unvernünftig. Aber jetzt hatten sie es schon bis hierher geschafft. Und sie wollte Kim schnellstmöglich finden. »Also gut. Wir machen es.«
Franzi hatte schon etwas Seil von ihrem Knäuel abgerollt und war im Gang auf ihrer Seite verschwunden. Dumpf drang ihre Stimme zu Marie. »Ich gehe davon aus, dass wir nur das erste Zeichen benötigen werden.«
Marie spürte das leichte Abrollen des Seils in ihren Händen. »Das hoffe ich!«, rief sie, obwohl Franzi bestimmt schon zu weit weg war, um sie noch zu hören. Marie atmete tief ein. Dann setzte sie sich in Bewegung.

Franzi tastete sich vorwärts. Sie sah auf ihr Handydisplay. Erst fünf Minuten waren vergangen. Die Zeit kam ihr hier unten viel länger vor. Der Lichtstrahl der Taschenlampe zuckte geisterhaft über die Steinwände. Hier und da hatten sich kleine Rinnsale von Wasser ihren Weg durch das dichte Moosgeflecht gebahnt. Ab und zu huschte eine Ratte vorbei. Dann sah Franzi das Kreidezeichen. Kurz über dem Boden war ein langer krakeliger roter Strich mit einem verwischten Punkt angebracht. Franzi schluckte. Das sah nicht gut aus. Kim hatte das Zeichen ganz offensichtlich in höchster Eile angebracht. Und warum war es so tief unten an der Wand? Franzi bückte sich, um nach weiteren Spuren zu suchen. Plötzlich hörte sie Schritte. Während sie sich blitzschnell

aufrichtete, wurde sie von einem grellen Licht geblendet und eine laute heisere Männerstimme zerriss die Dunkelheit. »Verdammt, was ist denn hier los?« Einige Meter vor ihr stand eine Gestalt im Tunnel und leuchtete sie mit einem Handscheinwerfer an. »Ist heute Schulausflug, oder was?«
Franzis Herz schlug wie ein Dampfhammer. Sie stand wie gelähmt da. Bevor ihr Hirn den Befehl zum Weglaufen an ihre Füße gegeben hatte, war die kräftige Gestalt auch schon bei ihr. Sie drehte ihr schmerzhaft einen Arm auf den Rücken. Wie in Trance zog Franzi drei Mal an dem Schnurknäuel in ihrer Hand und ließ es fallen. Während der Mann sie mit sich zerrte, schaffte sie es gerade noch, die Seilschlinge um ihre Hüften zu lösen.
Franzi trat aus Leibeskräften um sich und versuchte in die Hand zu beißen, die sich erbarmungslos wie ein Schraubstock um ihren Oberarm gelegt hatte und sie mit sich riss. Aber es half nichts. Sie war ihrem Entführer hilflos ausgeliefert.
»So«, ächzte die Stimme nach einigen Metern, »hier rein mit dir. Zu der anderen.«
Franzi hörte, wie ein Schlüssel umgedreht wurde und eine schwere Tür knarrend aufgestoßen wurde.
»Wir können hier keine Schnüffler brauchen.«
Sie erhielt einen Stoß in den Rücken und taumelte vorwärts. Gerade rechtzeitig riss sie die Arme nach vorne, um nicht mit dem Gesicht voran auf den Boden zu stürzen.
Dann fiel die Tür mit einem Dröhnen hinter ihr ins Schloss.

Jagd im Untergrund

Marie kletterte weiter. Stück für Stück arbeitete sie sich an den metallenen Streben der eisernen Leiter hoch, die sie am Ende ihres Tunnels entdeckt hatte. Das Seilknäuel, das sie mit ihrer Freundin im andern Schacht verband, drehte sich leicht in der Seitentasche ihrer Cargo-Shorts.
Plötzlich spürte Marie ein Rucken an der Hüfte. Sie hielt inne. War sie irgendwo hängen geblieben? Sie prüfte das Seil, aber es hing schlaff nach unten. Franzis Idee war scheinbar doch nicht so gut gewesen. Schon ein paar Mal hatte Marie das Gefühl gehabt, dass es an dem Seil einen Ruck gegeben hatte. Dabei war sie bloß an vorstehenden Ziegeln der Mauer hängengeblieben. Sie warf wieder einen Blick nach oben. Bestimmt noch zwei Meter trennten sie von dem Lichtschacht knapp unter der Tunneldecke. Fahles Licht sickerte durch schmale Lamellen nach unten und ein dumpfes Geräusch drang bis zu Marie. Sie stieg eilig weiter. War hier oben die Ursache des seltsamen Vibrierens versteckt? War Kim vielleicht hier hochgeklettert?
Marie hatte in dem Tunnel kein Ausrufezeichen mehr gefunden. War ihre Freundin doch in den anderen Schacht gegangen? Vielleicht hatte Franzi sie schon längst gefunden. Aber warum gaben ihr die beiden dann kein Zeichen zum Umkehren?
Ein plötzlicher scharfer Zug am Seil ließ Marie zusammenzucken. Etwas riss mit aller Kraft an der Schnur! Marie musste sich mit beiden Händen an den Metallstreben festklam-

mern, um nicht das Gleichgewicht zu verlieren. War das Franzi? Marie sah über ihre Schulter nach unten. Augenblicklich gefror ihr das Blut in den Adern: Da stand jemand! Und es war garantiert nicht Franzi. Denn die hatte sich wohl kaum in den letzten 30 Minuten einen Helm mit einer Grubenlampe und einen fleckigen Arbeitsoverall besorgt.
»Wie viele von euch laufen hier unten eigentlich noch rum?«, schrie die Gestalt außer sich vor Wut.
Panisch versuchte Marie das Seil um ihre Hüften zu lösen. Aber die Schlinge war mittlerweile so straff zugezogen, dass sie es nicht schaffte.
»Runterkommen!« Der Mann zog noch kräftiger am Seil. »Aber zack, zack! Oder soll ich dich holen kommen?«
Marie rutschte ab. Sie schrie auf. Gerade noch rechtzeitig schaffte sie es, die Hand, die sie am Seil hatte, hochzureißen, um sich mit beiden Händen an einer Sprosse festklammern zu können. Sekundenlang baumelten ihre Beine frei in der Luft. Dann fand sie wieder Halt. Marie zwang sich, nicht nach unten zu sehen. Sie musste weiterklettern und versuchen, durch das Gitter oben zu fliehen. Fieberhaft suchte sie in ihrer Hosentasche nach dem kleinen Taschenmesser, das sie immer bei sich trug. Da! Sie fühlte den glatten Griff in ihrer Hand. Mit den Zähnen schaffte sie, es zu öffnen. Die kurze, aber scharfe Klinge durchtrennte das Seil im Nu. Sofort begann Marie nach oben zu klettern. Sie hörte einen lauten Fluch, als das Seilende und das Taschenmesser, die sie achtlos hatte fallen lassen, unten aufprallten.
»Du Biest, dir werde ich es zeigen!« Der Mann begann ihr hinterherzuklettern.

Marie biss sich auf die Lippe. Ihr Herz schlug bis zum Hals und sie bekam kaum noch Luft, so schnell hangelte sie sich die Leiter empor. Das Stampfen und Rauschen, das sie schon vorhin wahrgenommen hatte, wurde immer lauter. Als Marie das Gitter erreicht hatte, sah sie, was die Ursache war: Auf der anderen Seite befand sich ein U-Bahnsteig! Ein Zug hielt gerade und zahllose Beine bewegten sich hektisch darauf zu. Marie versuchte das Gitter wegzudrücken, aber es bewegte sich keinen Millimeter. Sie sah nach unten. Der Mann war ihr dicht auf den Fersen. Bald würde er bei ihr sein! Panisch suchte Marie nach einem Griff oder Hebel, mit dem sich das Gitter öffnen ließ. Aber da war nichts. Sie hämmerte gegen das Metall und schrie verzweifelt durch das staubige Eisengeflecht. »Hilfe! Hört mich jemand? Ich werde verfolgt! Hilfe!«
Der Mann kam immer näher. Auf der anderen Seite schnupperte ein kleiner Hund interessiert, aber bevor er näher kommen konnte, wurde er an der Leine zurückgezogen. Marie schrie erneut. Das gab es doch nicht. Sie war nur Zentimeter von den Menschen entfernt und keiner konnte ihr helfen! Die U-Bahn fuhr los.
»Gleich hab ich dich«, keuchte der Mann.
Ihr Handy! Hier oben hatte sie vielleicht Empfang und konnte einen Notruf absetzen. Marie nestelte mit einer Hand das Gerät aus der Seitentasche ihrer Shorts. Sie strich über den Touchscreen. Die Verbindung baute sich auf.
Eine Hand schnappte nach Maries Fußgelenk. Vor Schreck schrie sie auf. Mit aller Kraft trat sie nach ihrem Verfolger. Fluchend ließ er von ihr ab. Um sofort wieder zuzugreifen. Der Mann hatte große Kraft. Er legte einen Arm von hinten

um Maries Hals und drückte zu. Sie bekam kaum noch Luft. »Du hast die Wahl«, zischte der Mann. »Entweder bist du jetzt schön brav und kletterst mit mir zusammen langsam da runter.« Er verstärkte den Druck. »Dann kommen wir beide heil an. Oder du bekommst einen kleinen Schubs …«

Marie brachte nur ein Nicken zustande. Aber der Griff um ihren Hals wurde gelockert. Blitzschnell entwand der Mann ihr das Handy. »Und das gibst du besser mir!« Er stopfte das Gerät in seine Hosentasche. »Wir wollen ja nicht, dass es kaputtgeht!«

Mit einem fiesen Lachen zerrte er Marie die Leiter hinab. Unten angekommen, bog er ihr den Arm nach hinten und stieß sie vor sich her durch den Gang. Nach einigen Metern schubste er sie in einen Seitengang. Es ging eine glitschige Treppe hinunter und Marie hatte Mühe, sich aufrecht zu halten. Auf der letzten Stufe knickte sie um und stürzte. Ein stechender Schmerz durchfuhr ihr linkes Knie. Sofort wurde sie wieder hochgerissen. Ihr traten die Tränen in die Augen. Der Mann war eiskalt. Er achtete überhaupt nicht darauf, dass sie sich verletzt hatte. Unbarmherzig schrie er sie an: »Keine Tricks, du Biest!«

Der Griff um Maries Arm wurde fester. »Wie viele von euch sind eigentlich hier unten, los sag schon!«

»Ich weiß nicht«, log Marie. Sie tastete nach ihrem schmerzenden Knie.

Der Mann zischte verächtlich. Er gab ihr einen Stoß in die Rippen. »Das glaub ich dir nicht!«

Marie kniff vor Schmerz die Augen zusammen. Fieberhaft überlegte sie, ob der Mann auch Kim und Franzi hier unten

erwischt hatte. Irgendjemanden hatte er jedenfalls gesehen, sonst würde er nicht so fragen.
Marie spürte ihren Arm kaum noch. Sie wollte gerade etwas sagen, da blieb der Mann abrupt stehen. Der Strahl der Lampe an seinem Helm beleuchtete eine grau gestrichene schwere Tür mit einem Schild darüber. Marie las. Sie schüttelte den Kopf. Hatte sie jetzt schon Halluzinationen? Stand da wirklich ›Ambulanz‹?
Bevor Marie einen klaren Gedanken fassen konnte, hatte der Mann den im Schloss steckenden Schlüssel herumgedreht, die Tür aufgerissen und sie in die Finsternis dahinter gestoßen.
Marie fiel in die bodenlose Schwärze. Ihre Schulter streifte etwas Hartes, dann landete sie auf etwas erstaunlich Weichem. Die Tür wurde zugestoßen und der Schlüssel zwei Mal herumgedreht. Die Stimme des Manns drang dumpf herein: »Hier könnt ihr vor euch hin schmoren. So lange, wie es nötig ist!«

»Aua!«
»Hilfe, was ist das?«
»Kim?«
»Marie?«
»Kim, bist du's wirklich?«
»Ich kann nichts sehen!«
Marie wälzte sich zur Seite. Ihr verwundetes Knie pochte im Gleichtakt mit ihrem rasenden Herzen.
»Wartet, ich mache die Taschenlampe an.«
Im plötzlich aufflammenden Lichtkegel sah Marie ihre

Freundin Kim neben sich am Boden liegen. Sie hielt sich die Hände vors Gesicht und stöhnte. Franzi stand mit vor Schreck geweiteten Augen dahinter und blendete sie mit der Taschenlampe.

»Oh Gott, bin ich froh, euch hier zu treffen!« Marie rappelte sich auf. »Aber kannst du mal mit der Lampe woandershin leuchten?«

»Ja klar, sorry, ich hab mich so erschreckt.«

»An mich denkt mal wieder keiner«, jammerte Kim. Sie nahm die Hände runter und eine große rote Schwellung auf ihrer Stirn wurde sichtbar.

»Das gibt eine fette Beule«, stellte Franzi fest. »Aber eine Gehirnerschütterung hast du wohl nicht.«

Dann sah sie Maries Knie, an dem das Blut hinabtropfte. »Oje, da ist ja noch eine Verletzte.«

Im selben Moment setzte ein ohrenbetäubendes Gewummer ein, das in ein lautes Schaben überging.

Marie zuckte zusammen. »Was ist denn jetzt los? Werden wir etwa gleich verschüttet?«

Kim beruhigte sie. »Keine Sorge. Das Geräusch kam in den letzten zwei, drei Stunden regelmäßig. Aber hier drin hat sich nichts getan. Die scheinen irgendein schweres Baugerät laufen zu lassen.

»Es sind mindestens zwei Männer«, ergänzte Franzi. »Zwischendurch schreien sie sich so laut an, dass man fast jedes Wort versteht.«

Kim fuhr fort: »Wahrscheinlich liegt hier die Quelle des seltsamen Vibrierens, das wir in unserem Apartment wahrgenommen haben.«

»Du meinst«, Marie leuchtete die Wände ab, »der Hausbesitzer spukt hier unten herum, um die Mieter zu vertreiben?« Sie zuckte zusammen, als sie den Operationstisch anleuchtete.

»Wo, um Himmels willen, sind wir?!«

»In einem unterirdischen Sanitätsraum.«

Marie schüttelte sich. »Bitte? Und was will dieser Typ mit uns hier unten? Warum hat er uns eingesperrt? Ist das ein Verrückter?«

»Reg dich nicht auf. Wir erzählen es dir gleich. Aber erst mal müssen wir deine Wunde versorgen.« Franzi suchte in einem der offenen Schränke. »Hier!« Sie hielt eine Großpackung Verbandsrollen und eine Flasche mit Jod hoch. »Das müsste für dein Knie erst mal reichen.« Nach einem kurzen Blick auf das Verfallsdatum auf der braunen Flasche entschied Franzi, dass es auch ohne Desinfektion gehen musste.

Während sie Maries Knie verband, erzählte Kim knapp von ihrer Vermutung. »Wir befinden uns wahrscheinlich in einem sogenannten Blindtunnelsystem tief unter Berlin. Das sind alte, zum Teil komplett fertiggestellte U-Bahn-Tunnel und Räume, die aber nie in Betrieb gingen, weil Pläne geändert wurden. Vor zig Jahren, zur Zeit des Kalten Krieges, hat man manche Abschnitte zu Atomschutzbunkern umfunktioniert. Mit Schlafstätten, sanitären Anlagen und Operationssälen. Und in solch einen hat uns dieser Typ eingeschlossen.«

»Ist ja irre. Woher weißt du das mit den Tunneln?«

»Ich habe mich vorgestern Abend mit Sylvies Freund unterhalten. Erinnerst du dich an die Fotos im Flur?«

»Diese komischen düsteren Bilder? Ich habe ehrlich gesagt gar nicht richtig drauf geachtet.«
»Das waren lauter Aufnahmen aus solchen unterirdischen Gängen. Sven ist Mitglied in einem Verein, der die ›Berliner Unterwelten‹ erforscht. Allerdings hat er nichts davon erzählt, dass es solche Tunnel auch gleich bei uns um die Ecke gibt.«
»Vielleicht weiß ja auch noch kein Mensch davon. Jetzt, wo du es sagst, fällt es mir übrigens wieder ein: Die haben doch auch ein Plakat im Schaufenster der Reinigung in unserer Straße hängen.«
Franzi nickte. Sie riss das Ende der Mullbinde in zwei Streifen und knotete es um Maries Knie fest. »Fertig.«
»Super, danke!« Marie bewegte ihr Bein vorsichtig und belastete es. Das Knie tat kaum noch weh. »Aber all das erklärt noch lange nicht, warum uns dieser Typ hier unten eingesperrt hat.«
Kim stöhnte. »Das ist richtig. Es sind übrigens mindestens drei Männer. Wir haben ihre Stimmen gehört, als die Maschinen abgestellt waren.«
Franzi beleuchtete die schwere Tür. »Wir haben sie offensichtlich bei einer wichtigen Aktion gestört. Wer weiß, was die noch mit uns vorhaben. Wir müssen hier schleunigst raus.«
Marie zog fröstelnd die Schultern hoch. Sie stellte sich neben Franzi und untersuchte das Türschloss. Nach fünf Sekunden sah sie ihre Freundin triumphierend an. »Wie blöd sind die denn? Der Schlüssel steckt außen!« Sofort begann sie, eine Haarklammer aus ihrer Frisur zu lösen. Dann griff sie hek-

tisch nach einem der vergilbten Papiere, die mit Magneten an einer Wandleiste aufgehängt waren. Es war doch ganz einfach! Jeder Detektiv kannte den Trick: Sie musste nur den Papierbogen unter der Tür durchschieben, den Schlüssel von innen aus dem Schloss stoßen und ihn auf dem Papier zu sich hereinziehen. Genauso hatten sie sich schon einmal während eines sehr gefährlichen Falls an der französischen Riviera retten können. Marie kniete sich hin und brachte konzentriert das Papier in Position. Vor ihrem inneren Auge erschien ein Bild: Das kleine Zimmer hoch droben in dem Leuchtturm auf einer einsamen Insel, in dem sie damals mit einem Entführungsopfer eingeschlossen gewesen waren.
»Ähm«, machte Franzi.
»Also, das …«, setzte Kim zögerlich an.
»Funktioniert nicht«, vollendete Franzi den Satz.
Marie starrte fassungslos nach unten. Die Tür schloss beinahe nahtlos mit dem Boden ab. Die Lücke reichte gerade für das Papier. Aber den Schlüssel würde sie niemals da hindurchbekommen.
»Verdammt!«
»Daran hatten wir auch schon gedacht«, sagte Kim. »Leider ist es in diesem Fall nicht ganz so leicht.«
Marie schlug mit der Faust gegen die Tür. Sie hatte Tränen in den Augen. »Verdammter Mist! Ich will hier raus!«
»Das wollen Kim und ich auch.« Franzi legte ihrer Freundin den Arm um die Schulter und sah besorgt zu Kim, die sich an einen der Schränke gelehnt und die Augen geschlossen hatte. »Wir dürfen jetzt nicht die Nerven verlieren. Hört ihr?«

Marie schniefte kurz und nickte tapfer. Auch Kim winkte beschwichtigend. Sie schien ihre Platzangstattacke in den Griff zu bekommen.

»Okay, das Schloss können wir vergessen. Das kriege ich ohne mein Dietrichset nicht geknackt.«

Sie schwiegen und hörten dem anhaltenden dumpfen Wummern draußen zu.

»Hier zieht es«, sagte Kim plötzlich. Sie befühlte die Schranktür, an der sie gelehnt hatte. »Da kommt ein feiner Luftstrom durch die Ritzen!«

Augenblicklich waren ihre beiden Freundinnen bei ihr. Gemeinsam schafften sie es, die abgeschlossene Schiebetür aus den Führungsrillen zu heben.

»Dass uns die nicht eher aufgefallen ist«, meinte Franzi ächzend, als sie das Türblatt auf den Boden legten.

Aufgeregt starrten sie in den Raum dahinter. Als Marie mit der Taschenlampe hineinleuchtete, sahen sie Rohre und bunte Kabel, die an der unregelmäßig gemauerten Wand befestigt waren. Ein Versorgungsschacht!

»Der ist nach oben offen!«, rief Marie. Der Schein ihrer Taschenlampe verlor sich in absoluter Schwärze. »Vielleicht führt der in die Ebene der U-Bahn-Station, von der ich euch vorhin erzählt habe.«

»Okay, Leute, das ist eine Chance!«

Marie und Kim sahen Franzi erschrocken an.

»Niemals. Da gehe ich nicht rein«, verkündete Kim sofort.

Auch Marie schüttelte heftig den Kopf.

»Ich mache es«, sagte Franzi.

»Du bist wahnsinnig«, raunte Kim. Sie leuchtete nach unten.

Ein schwarzer Abgrund zeigte sich.
»Das ist viel zu gefährlich«, meinte Marie.
»Sollen wir etwa die nächsten Stunden, Tage oder womöglich Monate hier unten verbringen?« Ohne eine Antwort abzuwarten, schwang Franzi sich in den Schacht. Geschickt fand sie Halt an zwei hervorstehenden Ziegelsteinen. Mit gegrätschten Beinen stand sie da. Ihre Hände tasteten nach den nächsthöher gelegenen Backsteinen. Sie hielt sich fest und zog die Beine nach. Geschickt wie ein Kletteräffchen bewegte sie sich vorwärts.
Bewundernd sah Marie ihr nach. Sie selbst war zwar auch ziemlich sportlich, aber Franzi schlug sie eindeutig um Längen. Im Klettern war Franzi einfach ein Ass!
»Ich komme super vorwärts«, rief sie herunter.
Aber niemand konnte sagen, ob der Schacht oben einen Ausgang hatte. Marie rieb sich nervös die Hände. »Wie kommt Franzi wieder zurück, falls es nicht weitergeht?«
»Ich will es lieber nicht wissen«, flüsterte Kim.

Franzi schluckte. Ihr Mund war total ausgetrocknet und ihre Augen brannten vom Schweiß, der ihr von der Stirn tropfte. Der Aufstieg war um einiges anstrengender, als sie erwartet hatte. Mehrmals machte der Schacht einen Knick und sie musste sich durch enge Stellen hindurchwinden. Aber sie musste durchhalten!
Franzi zog sich wieder ein Stück nach oben. Ihre Hand ertastete einen Vorsprung. Mit letzter Kraft stemmte sie sich gegen die Ziegelwand und schwang sich hoch. Dieses Mal mündete der Schacht in einen großen Raum.

Franzi ließ sich erschöpft auf den Boden rollen.
»Ich habe es geschafft«, rief sie nach unten. Aber ihre Worte schienen von der undurchdringlichen Schwärze geschluckt zu werden. Es kam keine Antwort von ihren Freundinnen. Franzi klinkte die Taschenlampe vom Karabiner am Gürtel und sah sich um. Schaltkästen, Werkzeug, Kabel. Es roch nach Maschinenöl und frischer Farbe. Offensichtlich war sie in einem Technikraum gelandet. Franzi betete, dass sie von hier aus schnell Hilfe holen konnte. Der Taschenlampenstrahl erfasste einen Schalter an der Wand. Franzi sprang hin und drückte darauf. Eine Neonröhre an der Decke flammte auf. Sofort musste Franzi schützend die Hand über ihre Augen legen. Wie viele Stunden hatte sie da unten im Dunkeln, nur im trüben Schein einer Taschenlampe gesessen? Blinzelnd tastete Franzi sich zu der Tür, die sie im plötzlichen Licht erahnt hatte. Sie fand die Klinke. Das Metall fühlte sich angenehm kühl in ihrer Hand an. Franzi lehnte sich erschöpft mit der Stirn an das Türblatt. Hoffentlich war nicht abgeschlossen. Was würde sie dahinter erwarten? War sie gleich in Freiheit und konnte endlich Hilfe holen? Franzi drückte die Klinke herunter und die Tür sprang sofort auf. Damit hatte Franzi nicht gerechnet. Sie verlor das Gleichgewicht und stieß einen spitzen Schrei aus, als sie wie ferngesteuert nach draußen fiel. Nahezu ungebremst schlitterte sie auf den Boden. Eine Geräuschkulisse aus Menschenstimmen, Musikfetzen und Hundegebell empfing sie. Aus den Augenwinkeln sah sie Leute geschäftig an ihr vorbeihasten, daneben Fahrkartenautomaten und einen Blumenstand. Ein spitzer Schrei ertönte. Franzi riss den Kopf hoch. Vor ihr kul-

lerten Orangen, Äpfel und Aprikosen. Mittendrin stand eine blonde Frau mit vor Schreck geweiteten Augen. Zu ihren Füßen lagen diverse Einkaufstaschen, die sie offensichtlich vor Überraschung fallen gelassen hatte.
»Entschuldigung«, brachte Franzi hervor. Sie rappelte sich auf und klopfte sich mit zitternden Händen den Dreck aus der Hose. An den Knien hatte der Stoff zwei faustgroße Löcher. Franzi wollte lieber nicht wissen, wie der Rest von ihr aussah.
»Kind, du siehst ja furchtbar aus!«, rief die Frau prompt.
»Wo bin ich?«
Die Frau sah sie besorgt an. »In der U-Bahn-Station Innsbrucker-Platz. Wo kommst du her? Was ist mit dir passiert? Hattest du einen Unfall?«
»So was Ähnliches.« Ohne weiter auf die völlig verdutzte Frau zu achten, zog Franzi ihr Handy aus der Hosentasche. Es grenzte an ein Wunder, dass es nach den Ereignissen der letzten Stunden immer noch da war und auch noch funktionierte. Mit zitternden Fingern tippte Franzi die 110.

Bereits nach fünf Minuten waren zwei Streifenbeamte bei ihr. Franzi erzählte in kurzen Worten ihre Geschichte. Die beiden Polizisten machten ernste Gesichter. »Wie lautet die Adresse von dem Haus, hinter dem dieser Einstiegsschacht liegt?«, fragte der jüngere. Franzi nannte sie ihm. Der Polizist gab eilig einen Funkspruch an die Zentrale durch.
Dann spurteten sie zu dritt zum Streifenwagen.
Während sie mit Blaulicht durch die Straßen rasten, versuchte Franzi zu orten, wo der unterirdische Raum war, in

dem ihre Freundinnen gefangen gehalten wurden. Die Vorstellung, dass sie gerade genau über die Stelle hinwegbrausten, an der Kim und Marie zig Meter tief im Untergrund festsaßen, jagte ihr einen eisigen Schauer über den Rücken.
Franzi starrte nach draußen. Der Fahrer gab ordentlich Gas. Sie sah Läden und Cafés, eine Bankfiliale und ein Nagelstudio an ihr vorbeifliegen. Kurz bevor sie in die Seitenstraße mit dem Schacht einbogen, schaltete der Polizist das Blaulicht aus und ließ den Wagen lautlos an den Straßenrand rollen.
Im selben Moment durchfuhr es Franzi wie ein Blitz. Sie sah durch die Heckscheibe zurück. Konnte *das* des Rätsels Lösung sein? Das war doch komplett irre. Andererseits …
Aufgeregt wandte Franzi sich an die beiden Polizisten.

Der geheime Tunnel

Marie glitt von dem OP-Tisch herunter. Eine Dreiviertelstunde war sie darauf gesessen und hatte dabei immer wieder das Papier, das sie vorhin bei dem missglückten Ausbruchsversuch benutzt hatte, in aller Ausführlichkeit studiert. Sie wurden nicht schlau daraus. Es schien ein Plan zu sein. Das Tunnelsystem, in dem sie sich befanden, war darauf dargestellt. Jemand hatte mit rotem Stift weitere Linien eingezeichnet. Aber warum sollte jemand so verrückt sein und freiwillig weitere Tunnel hier unten graben?
Marie seufzte. Sie machte sich große Sorgen um Franzi. Die war jetzt schon seit über einer Stunde weg. Und niemand kam, um sie hier herauszuholen! Was, wenn die Männer sie hier einfach verhungern oder verdursten ließen?
Der Baulärm setzte erneut ein.
Kim schien jetzt wirklich durchzudrehen. Sie war die ganze Zeit völlig aufgelöst herumgelaufen und hatte alles mit der Taschenlampe abgeleuchtet. Nachdem sie die Tür noch einmal genauer untersucht hatte, hatte sie irgendwas von »Dann muss es eben von oben sein« gemurmelt. Sofort hatte sie eine dünne Holzleiste von der Wand gerissen und war urplötzlich auf Marie zugestürmt, um den Rest des Seils, den sie immer noch um ihre Hüfte trug, abzumachen.
»Es hilft alles nichts«, rief Kim jetzt hektisch. »Wir müssen uns selbst befreien. Und notfalls Franzi helfen. Da ist garantiert etwas passiert.« Sie schwenkte einen seltsamen Gegenstand durch die Luft: An der Holzleiste war das Seil befestigt

und daran hatte sie einen der großen Magnete von der Wandtafel geknotet. Das Ganze sah aus wie eine Angel. Aber was wollte sie hier unten angeln?
Kim leuchtete über die Tür. Knapp über dem Türstock gab es eine offene Stelle, die durch einen herausgebrochenen Ziegelstein entstanden war. Offenbar war hier nachträglich eine elektrische Leitung verlegt worden. Kim stapelte vor der Tür einige Kisten aufeinander und kletterte hinauf.
Plötzlich strahlte Marie. »Du bist genial!« Sie hatte endlich begriffen. Kim wollte mit ihrer selbst gebauten Angel den Schlüssel durch die Lücke von außen greifen!
Kim betastete vorsichtig ihre Stirn. Mittlerweile hatte sich die rote Schwellung zu einer dicken Beule ausgewachsen. »Das wird nicht einfach werden. Du musst den Schlüssel genau in dem Moment, wenn er vom Magneten angezogen wird, aus dem Schloss stoßen. Dann kann ich ihn zu uns hereinbugsieren. Ob das klappt, weiß ich nicht. Aber es ist einen Versuch wert!«
Es wurden über zwanzig Versuche. Schließlich schaffte Kim es, den Magneten an der Schnur so nahe am Schlüssel vorbeizuführen, dass es *Klick* machte. Sie hielt die Angel ganz ruhig, während Marie mit einer Haarnadel im Schloss stocherte. Langsam zog Kim die Leiste mit der Schnur hoch.
Sie hielten den Atem an, als nach einem leisen Klirren Magnet und Schlüssel in der Öffnung über der Tür sichtbar wurden. Kim übergab Marie die Angel und streckte sich. Der Kistenstapel unter ihr schwankte bedrohlich.
»Pass auf!«, rief Marie.
Da hatte Kim schon zugegriffen. Sie machte den Schlüssel

vom Magneten los. Triumphierend hielt sie ihn in den Händen und kletterte herunter.
Marie fiel Kim um den Hals. »Du bist einsame Spitze!«
Sie lauschten. Der Baulärm hielt immer noch an. Die Männer waren also beschäftigt.
Kim steckte den Schlüssel ins Schloss und drehte ihn vorsichtig um. Die Tür sprang auf, sie waren frei!
Jetzt mussten sie nur noch ungesehen an den Männern vorbeikommen und den richtigen Weg aus dem Tunnellabyrinth finden.
»Nichts wie weg hier!« Marie griff sich im Vorbeieilen den Plan und stopfte ihn in ihren Hosenbund. Sie hatte sich den Rückweg zum Einstiegsschacht gut eingeprägt. Aber im Notfall wollte sie nachsehen können, wo sie sich befanden.
Kim folgte Marie. Sie waren schnell an der Verzweigung angelangt, in deren Seitentunnel die Männer arbeiteten.
Marie stoppte abrupt und presste sich an die Tunnelwand. Vorsichtig tasteten sie sich vor. Der Baulärm war hier so laut, dass wohl noch nicht einmal eine Horde flüchtender Elefanten zu hören gewesen wäre. Aber sie mussten darauf achten, dass das Licht ihrer Taschenlampen sie nicht verriet.
Marie lugte um die Ecke. Sie konnte drei Gestalten sehen, die wie besessen arbeiteten. Die eine schrie gegen den Maschinenlärm an und hob plötzlich den Daumen. Sofort wurde es still.
Die beiden Detektivinnen sahen sich alarmiert an.
»Ab jetzt weiter mit den Handschaufeln«, hörten sie eine Stimme. Kurz darauf drangen schabende Geräusche und schweres Atmen zu ihnen.

Erleichtert nickte Marie. »Los, wir schleichen uns vorbei«, flüsterte sie. »Die rechnen niemals damit, dass wir uns befreien konnten. Vorne geht es den Gang rechts rein. Dann immer geradeaus. Ab da rennen wir!«
Kim nickte. Ihr schlug das Herz bis zum Hals. Sie hielt den Atem an, als sie sah, wie Marie mit leisen schnellen Schritten am Tunneleingang vorbeilief.
Nichts tat sich. Die drei Männer schaufelten wie besessen weiter. Marie winkte. Kim atmete aus und wieder tief ein. Dann sprintete sie Marie hinterher. Ängstlich sah sie sich um. Aber niemand hatte sie bemerkt.
Nachdem sie den rechten Tunnel genommen hatten, begannen sie zu rennen, so schnell das im spärlichen Licht ging. Der Boden war glitschig und stellenweise mit Pfützen bedeckt. Aber die beiden Detektivinnen sahen und hörten nichts mehr. Sie rannten nur noch um ihr Leben. Kims Lungen brannten wie Feuer. Dann sah sie in etwa hundert Metern Entfernung einen Lichtpunkt! Der Eingangsschacht! Sie hatten es bald geschafft!
»Puh«, schnaufte Kim, als sie die Treppe erreicht hatten. Sie hielt sich die schmerzenden Seiten. »Ich habe schon gedacht, wir müssen sterben!«
Marie drehte sich zu Kim um. »Klar müssen wir sterben!«
Kim sah Marie entsetzt an.
»Aber nicht hier und nicht heute!« Marie grinste über das ganze Gesicht und kletterte die Treppe weiter hoch. Gierig sog sie die frische Luft ein, die zu ihr drang. Sie drückte das Gitter hoch.
Und erstarrte.

Die Mündungen von vier Waffen waren auf sie gerichtet.
»Das ist Marie!« Franzis Stimme gellte über die Straße. Der Rest ihres Rufens ging in Schreien und Befehlen unter. Funksprüche wurden durchgegeben und die Waffen senkten sich zögerlich.
»Marie Grevenbroich und Kim Jülich, alles in Ordnung?«, ertönte eine Stimme über ein Megafon.
»Jaa!«, riefen Marie und Kim gleichzeitig. »Uns geht es gut!« Sie wurden von kräftigen Armen nach draußen gezogen.
Franzi raste auf sie zu und umarmte beide gleichzeitig. »Ich bin so froh, dass euch nichts passiert ist!«
»Und ich bin vielleicht froh, dass du heil herausgekommen bist!« Kim liefen die Tränen über die Wangen. Marie schluckte schwer. Sie wollte Franzi gar nicht mehr loslassen. Plötzlich sah Marie aus den Augenwinkeln, wie hinter einem der Absperrbänder, mit denen das Gebiet weitläufig gesichert war, eine Gestalt heftig winkte und gestikulierte. Sylvie! Sie sprach mit einer Polizistin und kam dann zusammen mit ihr und einem schlaksigen, dunkelhaarigen Mann zu den drei !!! herübergelaufen.
»Gott sei Dank, euch geht es gut! Ich habe mir solche Sorgen gemacht, als ich Maries Nachricht auf dem Handy abgehört hatte. Und als ich sie zurückrief, ist niemand drangegangen.« Sylvie zog fröstelnd die Schultern hoch.
»Da waren wir schon unten im Tunnel«, sagte Franzi.
»Als ich dann hierherkam, hatte Franzi bereits die Polizei informiert und alles war abgesperrt. Meine Güte, was alles hätte passieren können!«
Der Mann neben ihr ergriff das Wort. Er stellte sich als Kri-

minalkommissar Körmendy vor. »Unsere Sondereinheit hat sich gerade zum Einstieg bereit gemacht. Wir werden jetzt runtergehen und die Täter dingfest machen.«
Die drei !!! beschrieben den Weg zu dem Schacht, in dem die Männer gruben. »Hier!« Marie zog den Plan hervor und legte ihn auf den Boden. »Den haben wir mitgenommen. Es ist alles genau aufgezeichnet …«
Franzi unterbrach sie aufgeregt: »Ich hab es doch gewusst!« Sie tippte auf den Plan. »Dieser nachträglich eingezeichnete Gang führt genau zu dem Gebäude dahinten!« Sie zeigte auf die Bankfiliale an der Ecke.
Marie sah sie alarmiert an.
»Und keiner wollte mir glauben. Aber das ist der Beweis!«
Der Kommissar rief zwei Kollegen zu sich. Sie sahen sich den Plan an. »Kein Zweifel, das markierte Gebiet ist das Haus, in dem sich die Bank befindet«, sagte Körmendy nach einigen Sekunden. »Der Verdacht liegt nahe, dass die Täter durch einen selbst gegrabenen Stichtunnel über den Keller in das Gebäude eindringen wollen, um die Bankfiliale zu überfallen.«
Die Männer der Spezialeinheit nickten. Plötzlich ging alles sehr schnell: Kommissar Körmendy gab einige Funksprüche durch, ein Teil der Mannschaft wurde abgezogen und zu dem Bankgebäude dirigiert, während der Rest den Einstiegsschacht sicherte.
»Ihr entschuldigt mich«, rief der Kommissar und lief los.
Marie stemmte die Arme in die Hüfte. »Ich glaub es einfach nicht! Jetzt zieht der ab und nimmt die Verbrecher fest, ohne dass wir dabei sein dürfen!«

Die Polizistin lächelte. »Das ist viel zu gefährlich für euch. Wir müssen davon ausgehen, dass die Männer bewaffnet sind.«
Kim nickte zögernd. »Trotzdem. Franzi hat doch den entscheidenden Hinweis gegeben!«
»Und Kim und ich haben das Beweismaterial geliefert«, ergänzte Marie.
»Ihr habt eine tolle Arbeit geleistet«, sagte die Polizistin. »Aber den Rest erledigen wir. Glaubt mir, es ist besser so.« Sie zückte einen Notizblock und einen Kuli. »Und jetzt möchte ich gerne noch eure Namen und Daten aufnehmen. Für die spätere Zeugenaussage.«
Widerwillig fügten sich die drei Detektivinnen in ihr Schicksal.
Als die Frau jedoch kurze Zeit später von einem der Beamten zum Streifenwagen gerufen wurde, sahen Kim, Franzi und Marie sich nur kurz an. Sofort joggten sie los, überquerten die Straße und versteckten sich hinter einem Ligusterstrauch, der in einigem Abstand zum Eingang der Bankfiliale stand. Keine Sekunde zu früh!
Die drei Verbrecher wurden gerade in Handschellen aus dem Gebäude geführt. Ihre Arbeitskombis waren lehmverschmiert und die Gesichter schwarz vor Dreck. Besonders einer, der Kräftigste von den dreien, wehrte sich vehement und die beiden Polizisten, die ihn in Gewahrsam hatten, mussten sich mächtig anstrengen. Marie erkannte ihn sofort als den Typen, der sie unten im Tunnel gefangen genommen hatte. Vor Wut ballte sie die Fäuste.
»Das ist Freiheitsberaubung! Man wird doch noch Tunnel

graben dürfen, wo und wann man will!«, schrie der Mann. Kommissar Körmendy schnaufte verächtlich. »Sicher. Nur sollte man dabei nicht den darüberliegenden Kellerboden des Tresorraums einer Bank durchbrechen und alles für einen Überfall vorbereiten. Wir haben Waffen und Gesichtsmasken gefunden! Sie wollten die Bankmitarbeiter, die morgen früh arglos hinuntergegangen wären, mit Waffengewalt dazu zwingen, den Tresor zu öffnen. Das liegt klar auf der Hand!«

Der Verbrecher schwieg. Dann fing er wieder an zu zappeln und versuchte sich loszumachen. Aber die Polizisten hielten ihn mit eisernem Griff fest. Marie spürte, wie es ihr eiskalt den Rücken runterlief. Dieser miese Typ hatte sie da unten festgehalten und ihr den Arm verdreht! Marie konnte sich nicht mehr beherrschen. Franzi versuchte sie zurückzuhalten. Aber ihre Freundin schüttelte nur mit dem Kopf und raste auf die Verbrecher zu. »Sie haben uns da unten eingesperrt! Wegen Ihnen haben wir Todesängste ausgestanden!«

Kommissar Körmendy sah sie verärgert an. »Ich hatte doch gesagt, dass ihr nicht hierherkommen sollt!«

»Was …«, der Mann riss die Augen auf, als würde er vor einem Gespenst stehen, »was zum Teufel geht hier vor? Wie …« Es war klar, dass er Marie sofort erkannte und sich fragte, wie sie hatte entkommen können. Dann schien er es sich anders zu überlegen. »Wie kommst du auf so etwas? Was willst du Göre? Ich habe dich noch nie gesehen!«

Kim und Franzi kamen nun ebenfalls hinter der Hecke hervor und stellten sich neben Marie. Der Verbrecher schüttelte nur noch ungläubig den Kopf.

Ruhig sagte Kim: »Und mich und meine andere Freundin haben Sie natürlich auch noch nie gesehen. Und nie durch den Tunnel geschleift und nie in diesen schaurigen Raum eingesperrt. Was?« Sie machte eine kurze Pause. »Klar. Das wollen Sie unter keinen Umständen zugeben. Denn dann kommt zur Planung eines bewaffneten Raubüberfalls auch noch Entführung und Freiheitsberaubung hinzu! Ich weiß nicht, wie viele Jahre Gefängnis es dafür gibt – aber es werden schon einige sein.« Kommissar Körmendy hörte jetzt beeindruckt zu.

Der Verbrecher fing an zu toben und an den Handschellen zu zerren. »Ich habe diese drei Gören noch nie in meinem Leben gesehen! Die erzählen doch nur Mist.« Er blickte sich zu seinen Komplizen um. »Stimmt doch, oder? Es steht drei gegen drei bei der Aussage!«

Kim zuckte mit den Schultern. »Ich kann mich jedenfalls genau an unsere Begegnung da unten im Schacht erinnern. Sehr genau sogar! Ach, übrigens, Sie haben da was an Ihrer Schuhspitze!«

Irritiert beugte sich der Mann vor. Marie, Franzi und der Kommissar sahen sich ebenfalls neugierig seine Schuhe an. Dann fingen Marie und Franzi schallend zu lachen an.

»Ein rotes Ausrufezeichen«, murmelte Körmendy. »Was hat das zu bedeuten?«

»Das«, sagte Kim und hakte sich lächelnd bei ihren beiden Freundinnen unter, »können wir Ihnen gerne gleich erklären.«

Marie lächelt

Das Publikum klatschte wie verrückt. Die Schauspieler fassten sich an den Händen und liefen zum vierten Mal vor den Vorhang, um sich zu verbeugen. Marie strahlte und winkte Helga und Walter zu, die in der ersten Reihe neben Sylvie saßen und ebenfalls wie wild applaudierten. Adrian und Lola winkten Franzi und Kim herbei und zogen sie mit auf die Bühne. Sie hatten es geschafft! Zusammen war ihnen eine tolle Aufführung ihres Stücks *Geschlossene Gesellschaft* gelungen! Marie seufzte. Es war ihr mittlerweile egal, ob die Jury am Ende des Festivals den Preis an sie oder an eine andere Truppe vergeben würde. Denn eines stand bereits fest: Ihr Aufenthalt in Berlin war ein voller Erfolg gewesen. Vor allem für ihr Detektivunternehmen, dem es dieses Mal sogar gelungen war, ein Verbrechen zu verhindern!
Plötzlich stand ein Mann auf, der ganz außen in der ersten Reihe gesessen hatte, und ging in Richtung Bühne. Als er die kleine Treppe erklomm, erkannte Marie ihn: Es war Kommissar Körmendy. Er hatte die Lederjacke vom Vortag gegen einen schwarzen Anzug und ein weißes T-Shirt getauscht.
Der Kommissar ließ sich von Helga ein Mikro geben. Er klopfte kurz dagegen. Augenblicklich verstummte der Saal. Neugierig sahen die Schauspieler und das Publikum auf den Überraschungsgast.
»Meine sehr geehrten Damen und Herren Schauspieler, verehrtes Publikum! Ich habe soeben eine einzigartige Vorstel-

lung mit großartigen jungen Talenten sehen dürfen. Eine wirklich besondere Aufführung!«
Das Publikum johlte zustimmend.
Kommissar Körmendy hob die Hand. »Ich bin heute jedoch hier, weil ich ein weiteres großartiges Stück loben möchte: Gestern, am späten Abend, haben drei mutige und clevere Mädchen geholfen, ein schweres Verbrechen zu verhindern.«
Ein Raunen ging durch die Reihen.
»Kim Jülich, Franziska Winkler und Marie Grevenbroich, oder auch *Die drei !!!*, wie ich gestern erfahren durfte, haben aufgrund großer Aufmerksamkeit und tatkräftigen Einschreitens einen raffiniert geplanten Überfall auf eine Bank vereitelt!«
Das Publikum erhob sich und begann laut zu applaudieren. Die anderen Schauspieler klatschten ebenfalls und drehten sich zu den drei Mädchen um. Adrian strahlte Marie an und nickte anerkennend. Marie lächelte nur kurz zurück und wandte sich dann ihren Freundinnen zu. Franzi stupste sie lachend in die Seite. »Wahnsinn! So sind wir ja noch nie gefeiert worden!«
Kim fühlte sich nicht ganz so wohl in ihrer Haut. Sie war natürlich genauso stolz auf ihren Erfolg wie Franzi und Marie. Aber bei so vielen Augenpaaren, die jetzt auf sie gerichtet waren, spürte sie, wie ihr die Röte ins Gesicht stieg. Gott sei Dank konzentrierte sich die Aufmerksamkeit wieder auf Kommissar Körmendy.
»Die Geschäftsführung des Kreditinstituts bedankt sich bei den drei Detektivinnen für diese großartige Leistung. Sie hat sofort nach Bekanntwerden des Vorfalls entschieden, eine

Anerkennungsprämie zu vergeben.« Er griff in seine Jackentasche und holte einen Umschlag hervor. »Diesen Scheck soll ich euch überreichen.«
Marie nahm den Umschlag entgegen, öffnete ihn und sah zusammen mit Kim und Franzi auf das Papier in ihrer Hand. Augenblicklich blieb den drei !!! die Luft weg. Marie war den Umgang mit viel Geld von klein auf gewöhnt. Ihr Vater hatte noch nie gezögert, ihr auch größere Summen zur Verfügung zu stellen. Aber *die* Summe, die da auf dem Scheck stand, haute selbst Marie um. Kim und Franzi standen nur noch da und starrten auf die Zahl, die auf dem Scheck eingedruckt war.
»Tausend Dank«, brachte Marie hervor.
»Das muss ein Irrtum sein«, flüsterte Kim. »Die haben sich um mindestens eine Null geirrt.«
Der Kommissar lachte. »Das hat schon alles seine Richtigkeit.«
»Kinder, das muss gefeiert werden!«, rief Marie. »Wir schmeißen eine Runde für das ganze Theater!«
Tosender Applaus antwortete ihr.

Sylvie prostete den drei !!! zu. »Ihr seid wirklich genial!«
Kim winkte ab. Ihr war der ganze Rummel um ihren Erfolg fast ein bisschen zu viel. »Wir haben einfach Übung.«
»Aber dass du auch noch einen der Täter markiert hast, ist das absolute Highlight!«
»Das war purer Reflex.« Kim konnte sich ein Grinsen nicht verkneifen. »Kennst du das Buch *Die drei ??? und das Gespensterschloss*? Da macht es Justus Jonas, der Erste Detektiv, genau so mit einem Verbrecher.«

»Wahnsinn! Dass so etwas auch in Wirklichkeit funktioniert!« Sylvie war total begeistert.
Kommissar Körmendy bahnte sich einen Weg zu ihnen. »Entschuldigt die Störung. Aber ich wollte dir, Marie, noch dein Handy zurückgeben. Wir haben es bei einem der Bankräuber gefunden.«
Marie nahm das Gerät überglücklich in Empfang. »Vielen Dank!« Sie strich zärtlich über den Touchscreen. Der kleine Kristallanhänger funkelte in allen Regenbogenfarben.
Kommissar Körmendy lächelte. »Die Täter haben übrigens vollumfänglich gestanden. Sie haben sich bei der Vernehmung so in die Haare gekriegt, dass sie uns alle Details preisgegeben haben. Der Coup war genial geplant, das muss ich zugeben. Sie haben sich alte Pläne vom Tunnelbau in Berlin besorgt und nach einer geeigneten Stelle für ihr Vorhaben gesucht. Aber dann haben sie sich selbst ein Bein gestellt.«
Neugierig fragte Franzi nach: »Warum denn das?«
»Sie hatten es plötzlich zu eilig. Es gab überraschend viele Baustellen bei dem Einstiegsschacht, weil marode Wasserrohre ersetzt werden mussten. Die Verbrecher mussten fürchten, dass ihre geheimen Grabungen im Untergrund dabei entdeckt werden könnten. Ihr Anführer, der Mann, der euch auch eingesperrt hat, ist nervös geworden und hat seine Komplizen zur Eile angetrieben. Sie haben praktisch Tag und Nacht mit einem kleinen Elektrobagger gegraben. Dabei wurde das Stromnetz, das sie angezapft hatten, ständig überlastet. Es gab etliche Kurzschlüsse …«
»Deshalb die Stromausfälle im Haus und der stecken gebliebene Aufzug!«, rief Franzi dazwischen. »Und wir dachten,

dass es sich um einen Fall von Schikane gegenüber den Mietern handelt.«

Der Kommissar nickte. »Außerdem kamen sie auf die Idee, einen weiteren Verbindungstunnel zwischen zwei Schächten zu graben. Der sollte zur Abkürzung bei der Flucht nach dem Banküberfall dienen. Da dieser Tunnel sehr nah an dem Keller eines Wohnhauses lag, mussten die Täter ständig fürchten, dass die Erschütterungen Aufmerksamkeit erregen könnten.«

Die drei !!! warfen sich vielsagende Blicke zu. »Das haben sie allerdings auch«, stellte Kim fest.

»Der größte Fehler, den die Ganoven gemacht haben, war jedoch, dass sie eines Tages in der Hektik vergessen haben, das Gitter zum Einstiegsschacht zu sichern. So konnten drei neugierige Mädchen in das Tunnelsystem gelangen.« Der Kommissar macht eine Pause und sah die drei !!! streng an. »Dieser Teil eurer Ermittlungen war fahrlässig und lebensgefährlich!«

Die drei !!! sahen betreten zu Boden.

»In solch eine Gefahr dürft ihr euch nie wieder bringen. Verstanden?«

Kim, Franzi und Marie nickten.

»Aber ich denke, ihr habt eure Lektion gelernt. Und jetzt muss ich es doch noch mal sagen: Euer Einsatz war großartig!«

Der Kommissar schmunzelte. »Hier ist für alle Fälle meine Visitenkarte. Sollte euch bei einem eurer nächsten Berlinaufenthalte etwas Seltsames begegnen, zögert bitte nicht, mich anzurufen, okay?«

Marie nahm die Karte entgegen. »Danke. Das werden wir machen!«
Sie verabschiedeten sich herzlich von Körmendy, der sofort wieder ins Präsidium musste.
Franzi trank einen Schluck von ihrer Cola. Sie lehnte sich neben Kim an eine der Marmorsäulen im Foyer und betrachtete die feiernden Gäste. Irgendwie konnte sie es immer noch nicht richtig fassen, was alles passiert war.
Maries Stimme riss sie aus den Gedanken. »Sieh mal, da kommt Benni!«
Franzi drehte sich so schnell um, dass sie beinahe das Gleichgewicht verlor. »Was? Wo? Kann nicht sein!«
»Na hier.«
Franzi sah einen blonden Jungen auf sich zukommen. Er grinste über beide Ohren und winkte. Es war der Schauspielschüler, dem sie vor zwei Tagen bei Lotte Maurer begegnet war.
Franzi knuffte Marie in die Seite. »Sehr witzig.«
»Hi! Schön, dass man sich hier wiedersieht!«, sagte der Junge und sah Franzi tief in die Augen. »Gute Wahl übrigens.«
»Was, äh, wie bitte?«
Der Junge hob sein Glas und deutete dann auf Franzis. »Na, Cola. Schmeckt immer. Und hält wach! Man weiß nie, was der Abend noch so bringt.«
Er stieß zuerst mit Franzi, dann mit Marie und Kim an.
Mit einem weiteren langen Blick in Franzis Augen sagte er: »Auf die erfolgreichen Detektivinnen! Du bist Franzi, stimmt's?«
Franzi nickte mechanisch. Ihre Beine fühlten sich wie Pud-

ding an und sie musste bewusst ruhig atmen, um ihren Puls wieder unter Kontrolle zu bringen.
»Ich heiße Marc. Na, dann hoffen wir mal, dass du trotz aller aufregenden Fälle noch zum Skaten kommst.«
»Und dahinten kommt übrigens Michi!«, rief Marie.
Kim rührte sich nicht von der Stelle und schwenkte gelassen ihr Colaglas. Sie warf Marie nur einen säuerlichen Blick zu. »Jetzt bist du echt gemein!« Sie spießte mit dem Strohhalm die Zitronenscheibe auf. »Veräppeln kann ich mich selbst. Du weißt genau, dass ich Michi jede Sekunde vermisse, in der ich nicht bei ihm bin. Und ich wünsche mir gerade nichts sehnlicher, als dass er nicht in dieser blöden Eisdiele arbeiten muss, sondern …«
»… hier sein kann«, vollendete eine wohlbekannte, angenehm tiefe Stimme den Satz.
Kim riss den Kopf hoch. Sie blickte in die schönsten blaugrünen Augen, die die Welt je gesehen hatte. »Michi! Das gibt's doch nicht!«
»Ich habe es einfach nicht mehr ausgehalten«, rief Michi und breitete die Arme aus. »Luigi und mein Vater hatten Mitleid und haben mir heute und das ganze Wochenende freigegeben. Und dann habe ich zum Glück noch einen Platz bei der Mitfahrzentrale ergattert.«
Plötzlich hörte und sah Kim gar nichts mehr, sondern spürte nur noch Michis warme und weiche Lippen auf ihren.
Marie lächelte wehmütig. Kim konnte sie für die nächsten Stunden vergessen. Und Franzi flirtete bereits wie eine Weltmeisterin mit Marc.
»Wahnsinn, was ihr als Detektivinnen erlebt!«

Marie zuckte zusammen. Sie hatte gar nicht bemerkt, dass Adrian sich zu ihr gestellt hatte.
»Ich bin wirklich begeistert von den drei !!!.«
Marie räusperte sich. »Danke«, sagte sie lahm. Mehr fiel ihr im Moment nicht ein.
Adrian warf einen Blick auf das leere Glas in Maries Hand. »Soll ich dir was zu trinken holen?«
»Gerne.«
»Eine Bio-Limonade? Vielleicht Ingwer-Orange?« Adrian grinste verschmitzt. »Ich mache die Flasche auch für dich auf!«
Marie musste lachen. »Alles klar!«, rief sie ihm hinterher.
Dann holte sie ihr Handy hervor und scrollte zu den SMS. Sie las noch einmal Holgers Nachricht. Ihr wurde ganz warm ums Herz. Sie schloss die Augen und genoss das wohlige Gefühl.
Als sie die Augen wieder öffnete, sah sie, dass Kim und Franzi sie neugierig anstarrten. Marie nickte ihnen zu.
Dann begann sie lächelnd die Antwort zu tippen.

Die drei !!!
Mehr aus der Welt
von Kim, Franzi und Marie
Entdecke „Die drei !!!“
unter diedreiausrufezeichen.de
Hör-
spiele
Die drei !!!
Fall 42
Geheimnis der alten Villa
Die drei !!!
Fall 43
Nixensommer
EUROPA
Detektiv-Spiel
Apps
Die drei !!!
Detektiv-
ausstattung
Die drei !!!
Geheimstifte
Notizen
Die drei !!!
Achtung, Spurensuche!
Clever getarntes Fingerabdruckset im Nagellack-Flakon
kosmos.de